I0632598

Benno Braun, u. a.

Bibliothek der Unterhaltung und des Wissens

Benno Braun, u. a.

Bibliothek der Unterhaltung und des Wissens

ISBN/EAN: 9783741129957

Hergestellt in Europa, USA, Kanada, Australien, Japan

Cover: Foto ©Andreas Hilbeck / pixelio.de

Manufactured and distributed by brebook publishing software
(www.brebook.com)

Benno Braun, u. a.

Bibliothek der Unterhaltung und des Wissens

Bibliothek

der

Unterhaltung

und des Wissens

Mit Original-Beiträgen
der hervorragendsten Schriftsteller und Gelehrten
sowie zahlreichen Illustrationen

Jahrgang 1901 • Elfter Band

Stuttgart • Berlin • Leipzig
Union Deutsche Verlagsgesellschaft

Zu der Novellette „Die Photographie" von Emma Merk. (S. 83)
Originalzeichnung von Richard Mahn.

Inhalts-Verzeichnis.

❦

Ich will.

Roman von Hedwig Schmeckebier-Erlin.

(Fortsetzung.)   (Nachdruck verboten.)

Elftes Kapitel.

Hand in Hand trat das junge Paar der aufgeregt heimkehrenden Malerin entgegen.

„Wir lieben uns und wir wollen uns heiraten, teure Schwester," deklamierte der junge Schauspieler.

Der reine Bühnenknalleffekt war es. Und sie war so davon überrumpelt worden, daß sie sich die Hand an die Stirn legte und sich fragte, ob sie wache oder träume.

Da faßte der lange Mensch, der sich ihr Bruder nannte, ihre Hand, und das kleine, dumme Ding fiel ihr schluchzend um den Hals, und über sie kam's wie helle Wut.

„Laßt mich in Frieden!" rief sie. „Morgen früh wollen wir miteinander reden. Jetzt habe ich Wichtigeres zu denken."

Wichtigeres? Die zwei starrten sich an, als faßten sie's nicht, daß ihre Liebe nicht die Weltenachse sein solle, um die sich alles drehte. Dann gingen sie, der eine, um sich im Monolog des Mortimer auszutoben, die andere, um in irgend einer Ecke zu heulen.

Und sie, Regine Erhard, saß nun im Dunkeln, ballte die Fäuste und zersann sich den Kopf, was jetzt zu thun sei. Da wurde draußen die Korridorklingel gezogen. Regine sprang empor, griff nach der Lampe, und als sie dieselbe eben entzündete, wurde die Stubenthür geöffnet, und Adelheid trat über die Schwelle.

Mit ausgestreckten Händen lief sie ihr entgegen, doch die warme Herzlichkeit erstarb ihr auf den Lippen, als sie Adelheid ins Gesicht geschaut, und entsetzt stieß sie hervor: „Um Gottes willen, Kind, was ist denn noch geschehen, wie sehen Sie aus?"

Mit einem einzigen, wildschluchzenden Laut stürzte Adelheid in einen Sessel nieder. „Ich weiß nicht, ob ich's ertragen kann. Ob ich das ertragen kann!"

Regine beugte sich über die völlig Fassungslose und schlang den Arm um sie. „Adelheid, reden Sie! Hat der Mensch Ihnen noch eine neue Niedertracht angethan?"

Der schlanke Körper, den sie umfaßt hielt, bebte. Plötzlich sprang Adelheid wieder auf und noch einmal klang ihr Stöhnen: „Ich weiß nicht, ob ich das ertragen kann!"

Die Augen geschlossen, hinter den geöffneten Lippen die Zähne zusammengebissen, stand sie wie erstarrt in wütendem Schmerz. Und dann brachen ihr die Thränen hervor, ein bitterliches, herzzerreißendes Weinen.

„Adelheid, liebe, liebe Adelheid!" Wie eine Mutter ihr Kind, hatte Regine, selbst beinahe fassungslos, sie an sich gezogen und redete ihr zu mit unzusammenhängenden Worten der Zärtlichkeit, bis das Weinen zum leisen Wimmern wurde.

„Sie wissen ja nicht, was er mir angethan, welches unerträglich Schwerste er mir angethan hat."

Regine kam eine Ahnung, daß hier noch anderes vor-
lag als das, was ihrer Kenntnis offenbar war. Doch sie
that keine Frage. Sanft streichelte sie das thränennasse
Gesicht. „Zwingen Sie sich zur Ruhe, Liebste. Wo haben
Sie denn Ihren alten tapferen Mut? Wir müssen ja
doch nachdenken zusammen, beraten, was nun geschehen
soll."

„Nicht heute, nicht jetzt!" bat Adelheid.

„Nun gut, dann morgen also. Jetzt ruhen Sie sich
aus. Sie bleiben doch gleich hier bei mir, nicht wahr?"

„Wenn Sie mich behalten wollen, wenn Sie mir
noch einmal Zuflucht geben wollen —"

„Nur keine großen Worte um eine Selbstverständlich-
keit! Ihre Sachen lassen wir morgen früh holen, oder
lieber gleich heute abend noch. Und jetzt" — sie sah nach
der Uhr. — „ich habe noch zwei jungen Kunstgewerbeschüle-
rinnen eine Zeichenstunde zu geben. — Hier, trinken Sie
zunächst mal diesen Schluck Wein, und dann legen Sie
sich dort derweilen auf die Chaiselongue."

Sie schob Adelheid nach dem Ruhebett, drängte sie
darauf nieder und verließ eilig das Zimmer.

Eine Weile lag Adelheid mit geschlossenen Augen
regungslos, dann erhob sie sich wieder, nahm die Lampe,
ging an den Schreibtisch, schob sich einen Briefbogen zurecht und ohne weiteres Ueberlegen begann sie zu schreiben.

„Ich habe vor Ihnen gestanden wie eine entlarvte
Abenteurerin, wie eine abgefeimte Lügnerin und Betrügerin.
Ich will mich nicht rechtfertigen vor Ihnen, ich ver-
möchte das auch nicht in ein paar kurzen, geschriebenen
Worten. Ich stand im Begriff, Ihnen mit meinem eigenen
Munde die Wahrheit zu sagen, als man mir zuvorkam.
Ja, er ist mein Gatte vor dem bürgerlichen Gesetz, doch
er ist es nicht vor dem Gesetz, das mir höher, heiliger
steht — vor meinem Herzen. Als ich erkannte, daß er

es nie und nimmer sein würde, schied ich mich von ihm.
Und der Tag, an dem ich das that, es war mein Hoch=
zeitstag. Vielleicht kommt Ihnen mit diesem Wissen doch
ein Begreifen dafür, daß ich wähnte, mir vor mir selber
das Recht zugestehen zu dürfen, mich zu nennen.

                                    Adelheid Angreß."

Keine Ueberschrift, auch kein nochmaliges Durchlesen
dessen, was sie geschrieben, kein Ueberlegen, ob es wohl
so das Rechte sei. Den Bogen in das Couvert gefaltet
und die Adresse darauf: „Herrn Doktor Robert v. Selken."

Und hinaus in die Küche, den Brief dem Mädchen
zur sofortigen Besorgung zu übergeben.

Dann saß sie wieder auf der Chaiselongue, jetzt
wirklich ruhig geworden. Eine abwartende Ruhe. Eine
Antwort würde wohl auf ihre Zeilen kommen, irgend
eine. Und dann würde sie's wissen, ob er groß zu
denken vermochte, auch wo er nicht klar sah, ob er es ver=
mochte, zu glauben, auch gegen den Schein, ob die Sprache,
die seine Augen zu ihr geredet, die Sprache eines Herzens
war, das groß empfand, ob er der war, den sie liebte,
um den sie litt in bitterster Herzensqual. —

„Ich bin so müde!" Mit verlöschender Stimme sagte
sie es, als Regine nach beendeter Stunde zu ihr zurück=
gekehrt war.

„So gehen Sie zur Ruhe. Ihr Lager wartet auf
Sie."

Adelheids Arm fassend, führte Regine sie in Annettes
Stübchen. Die Kleine, die in den Ecken herumschlich,
als erwarte sie morgen ihr Todesurteil, wurde in ihrem
eigenen Schlafzimmer mit untergebracht.

Und Adelheid schlief ein, kaum daß ihr Haupt die
Kissen des Lagers berührte.

Als in der Morgenfrühe Regine kam, nach ihr zu
schauen, war sie bereits fertig angekleidet. Sie gingen

in das Wohnzimmer, wo der Kaffee wartete. Neben Adel=
heids Tasse lag ein Brief. „An Fräulein Angreß." Sie
hielt das Couvert in den Händen, las wieder und wieder
die mit vornehm klaren Schriftzügen geschriebene Adresse:
„An Fräulein — Fräulein —"

War's denn nicht eitel grauer Novembernebel draußen?
Wollte sich's durch die Scheiben brechen wie ein helleres
Licht?

Sie hatte den Umschlag erbrochen. Auf elegantem
Papier nur wenige Zeilen. In vornehm klarer Hand=
schrift nur wenige Zeilen.

          „Gnädige Frau!

Sie wollen sich nicht rechtfertigen vor mir. Darauf
Anspruch erheben dürfte wohl auch nur der, dem durch
irgend ein intimeres Band das Recht dazu gegeben wäre.
Mir steht ein solches Recht nicht zu, darum blieb Ihnen
völlige Freiheit, soviel Persönliches vor mir geheim zu
halten, als Ihnen gut dünkte.

Mit vorzüglicher Hochachtung
                              Robert v. Selken."

Adelheid las die Zeilen, las sie noch einmal, faltete
sie zusammen schob sie in den Umschlag zurück und legte
den wieder auf den Tisch.

Regine verfolgte ihr Thun mit scheuem Blick. Dann
sagte sie leise, zögernd: „Nun, Kind?"

Langsam hob Adelheid die Augen und sah sie an.
Um ihre farblosen Lippen zuckte ein wirres Lächeln. „Es
ist nichts von Belang. Der „höhere Standpunkt", der
ist eben nicht jedermann gegeben. Sie Beste" —

„Adelheid!" — Ein erschreckter Ruf, denn das bleiche
Haupt hatte sich hintenüber geneigt. Aber sie war nicht
ohnmächtig geworden. Ein paar Sekunden nur hielt sie
die Augen geschlossen, dann setzte sie sich gerade im Stuhl
auf.

„Verzeihen Sie mir die Heimlichkeit, Regine. Aber das ist etwas, woran auch Ihre lieben Hände nichts ändern und helfen könnten, darum möchte ich Sie damit verschonen. Ich meine auch, daß bald ein an= deres Schreiben kommen wird, das mehr des Beratens erfordert."

Regine sah sie mit ihrem warmen, ehrlichen Blick an. „Ich glaube an Sie, Abelheid. Und wer da glaubt, der braucht nicht immer zu schauen."

Abelheid nickte vor sich hin. „Sie glauben un mich — Sie!" Dann begann sie den Kaffee zu trinken, den Regine ihr eingegossen. Als sie ihr Frühstück beendet, erhob sie sich wieder. „Ich möchte noch einmal in meine Stube gehen."

Regine widersprach nicht. Sie hatte ja ohnedies noch eine kleine Privatangelegenheit zu erledigen. Draußen im Vorzimmer hörte sie Schritte und Stimmenflüstern, und kaum daß Abelheid sich entfernt hatte, traten die beiden Delinquenten, für die noch am Frühstückstische gedeckt war, ein. Regine setzte sich breit in ihren Stuhl zurecht, legte die Arme auf den Tisch und blickte den zweien entgegen.

„Also ihr liebt euch und wollt euch heiraten?"

„Ja." Es war ein schöner Brustton, wie er auf der Bühne nicht überzeugungstiefer hätte erklingen können.

„So. Und das ist gestern nachmittag so plötzlich über euch gekommen?"

„Ja." Annettchens Blauaugen blickten schwärmerisch zur Decke empor. „Gestern nachmittag, wie ich so furcht= bar unglücklich war und er mich so lieb tröstete."

„Tröstete —" wiederholte Regine. „Schön." Sie räusperte sich. „Ich habe euch ja nun eigentlich in der ganzen Sache nichts zu sagen. Du, lieber Ottomar, bist mündig, und du, Annette, hast deine Eltern, die für einen solchen Fall ausschlaggebend sind."

Zwei Ausrufe, die sie unterbrachen, zwei Paar Hände, die von beiden Seiten sich der ihren zu bemächtigen suchten.

„O, du bist doch unsere Liebste, Beste, du gehörst doch zu uns!"

Eine Armbewegung schob die beiden zurück. Regines Stimme behielt ihre unerschütterliche Gelassenheit. „Ich habe also eigentlich in der ganzen Sache nichts zu sagen. Aber das eine, was ich darin zu sagen habe, gebe ich euch hiermit zu wissen. Eines von euch beiden geht mir aus dem Hause. Wer das sein wird, darüber können wir uns ja noch verständigen."

„Ach!" Ein Laut, als schwanke die Erde unter ihr, kam von Annettes Lippen.

Der Schauspieler trat einen Schritt zurück. „Aber liebe Regine, erlaube einmal —"

„Gewiß, lieber Bruder, du hast deine Mansarde vom Wirt gemietet, und wenn du der Ueberzeugung bist, daß eine minder hoch gelegene Wohnung niederdrückend auf dein Rollenstudium wirken müsse, so wird Annette zu ihren Eltern zurückkehren, um sich da erst einmal in Ruhe zu überlegen, ob du ihr für alle fernere Zukunft der un: umgängliche nötige Tröster bist."

„Ach ja! Ich habe ihn so furchtbar lieb und wenn ich fort müßte von hier —"

„Dann stürbest du," vollendete Regine den bewegten Ausruf.

Der Schauspieler machte eine erhabene Geste. „Teure Schwester, du kannst nicht die Absicht haben wollen, zwei liebende Herzen voneinander zu reißen."

„Bewahre. Nur sagt mal — falls ihr überhaupt schon was gedacht habt — wie dachtet ihr euch wohl fürs erste so den weiteren Verlauf eurer Angelegenheit?"

„Wie?" Ottomar streckte die Arme aus. „Dies ist ein Punkt, zum Augenblick zu sagen: Verweile doch, du

bist so schön! — Wie? Nun, wie es eben ist. Wir
sitzen so fröhlich beisammen und haben einander so lieb."

„Hm, zu dreien?"

„Ach ja, zu dreien!" Annette schlug in kindlicher
Freude die Hände zusammen.

„Sehr wohl. Das heißt, ich gebe meine Stunden und
ihr — vertreibt euch derweilen die Stunden."

Ottomar schlug sich dröhnend an die Brust. „Ich
werde arbeiten, ich werde streben, die Liebe wird mein
Thun beflügeln, denn nichts ist mir hinfort zu hoch, um
kühnlich nicht die Leiter danach anzulegen."

„Und ich werde arbeiten," flötete das Blondköpfchen.
„Ich werde malen und in der Küche helfen und nähen
und alles, alles thun."

Regine nickte anerkennend. „Vortrefflich, eure beider-
seitige Absicht! Und um dieselbe ohne störende Zwischen-
fälle durchzuführen, wird, wie gesagt, eines von euch hier
aus dem Hause gehen."

„Und du meinst, daß ich das sein müsse?! Unmöglich!
Verlassen sollt' ich meine stille Klause, darin ich friedlich
lebte, ohne Harm? Kein Segen würde fürderhin mein
Thun begleiten, die hehre Flamme der Begeisterung
strahlt mir allein in diesen sel'gen Räumen, drei Treppen
unterm Dach. Wenn von der Brüstung meines Fensters
mein Blick dahinschweift übers Häusermeer, wenn ich aus
tausend Schloten den Opferrauch empor sich ringeln sehe
— dann quillt's empor in mir, dann drängt's, dann
glüht's, dann hält der Arm der Muse mich umschlungen."

„Ja freilich, diese Umarmung darf keiner stören!
Dann also muß Annette —"

„Ich, Tantchen?!" Die Kleine hatte ihre Hände gefaßt und küßte und streichelte sie. „Aber sieh mal, da
wäre ich ja aus allem herausgerissen. Ich habe doch
schon so gute Fortschritte im Malen gemacht, und du

glaubst gar nicht, was ich für einen Ehrgeiz habe, so recht
weit darin zu kommen. Und müßt' ich nun nach Hause,
das wäre doch geradezu furchtbar, ich — ich wäre doch
vollständig aus meiner ganzen Carriere herausgerissen!"

Regine verbarg mit eiligem Abwenden des Gesichts
das verdächtige Zucken um ihre Mundwinkel.

Ottomar aber rief enthusiastisch: „Jawohl, aus ihrer
ganzen Carriere wäre sie herausgerissen. Würdest du es
wagen, das zu verantworten, Schwester?"

Sie zuckte die Schultern. „Jedenfalls wärst du im
anderen Falle genötigt, zu sehen, wie du dich mit deiner
Muse auseinandersetztest. Denn noch einmal und zum
drittenmal und in allem Ernst: ein Weiterzusammen-
zu dreien unter diesen veränderten Umständen giebt es
nicht. Eines von euch muß aus dem Hause."

Wenn Regine in diesem Tone sprach, dann gab's kein
Rütteln mehr. Ein paar Sekunden blieb es still, dann
trat Annette vor Regine hin, das Blondköpfchen gesenkt,
die Hände gefaltet, ein Bild schmerzgebrochener, doch hel-
denhafter Resignation.

„So werde ich nach Hause reisen. Ich kann gleich
nachher meine Sachen packen. Aber wenn ich auch fort
muß, werde ich ihn doch lieben, bis ich sterbe."

„Annette, Annettchen, Abrettchen" — Ottomar war
auf sie zugestürzt — „kein Gedanke, Sonnenscheinchen,
du bleibst hier! Ich bin ein Mann, ich ziehe in den
Kampf hinaus. — Ich ziehe!" wiederholte er, zu Regine
gewandt. „Doch ob ich auch ziehe, der Zug des Herzens
bleibt meines Schicksals Stimme. Und in deinen Händen, Schwester, lasse ich mein Schicksal, bis du ihm so
viel Malen, Flicken, Kochen beigebracht, wie du für deines
Bruders Glück erfrießlich hältst. Und derweilen —"

„Derweilen," unterbrach ihn Regine," soll es dir un-
benommen bleiben, mich hie und da einmal mit deinem

brüderlichen Besuche zu erfreuen. Mich — verstehst du
wohl, mich — und in den Stunden, da ich zu sprechen
bin. So, da hätten wir uns also verständigt," schloß
Regine und erhob sich. „Lieber Ottomar, ich denke, du
bemühst dich jetzt um deine Muse, und du, Annette, wid=
mest dich deiner Carriere. Ich habe gleichfalls zu thun."

Sie wartete, bis die beiden durch verschiedene Thüren
sich entfernt hatten, dann verließ auch sie das Zimmer,
um noch einmal nach Adelheid zu sehen, bevor ihre
Schülerinnen kamen.

Den Kopf in die Hand gestützt saß Adelheid und
sann, was nun das Erste sein müsse, das ihr zu thun
oblag. Der andere Brief, den sie erwartet hatte, war
ihr zugegangen, und sein Inhalt hatte sie nicht überrascht,
hatte sie doch im voraus gewußt, was derselbe ihr bringen
würde. Der Ton selbst, in dem es geschah, berührte sie
kaum. Wendelburg schrieb ihr:

„Ich unterlasse es, Dich im Hause Deiner sogenannten
Freunde aufzusuchen. Ich verzichte auch für den Augen=
blick darauf, Dich zu zwingen, mir noch einmal persönlich
Rede zu stehen. Ich sage Dir heute nur das eine: daß
ich mich von allem unterrichtet habe — von allem.
Ich weiß, wer der ist, mit dem ich Dich gestern über=
raschte, Du Lügnerin und Betrügerin. Der ist's, von dem
Du behauptet hast, daß er Dich kaum wieder erkennen würde,
wenn er Dich auf der Straße träfe. Nun, vielleicht kennt
er Dich wirklich nicht richtig — aber ich könnte ihm zu
der näheren Bekanntschaft verhelfen und zu meiner
dazu! Und ich thu's, wenn Du nicht umgehend Arberg
verläßt und nie wieder dahin zurückkehrst. Hüte Dich
auch davor, irgend einen Verkehr, brieflich oder münd=
lich, mit dem anderen aufrecht zu erhalten. Ob ich an=
wesend bin oder nicht, mein Auge ruht hinfort auf Dir,
ich werde unterrichtet sein von dem geringsten Deiner

Schritte. Und hüte Dich, Dich nochmals in eine Familie
einschleichen zu wollen. Gestern habe ich Dich dort fort=
gebracht, das nächste Mal würde die Polizei es thun.
Du weißt, was ich von Dir verlange. Kehre zu Deiner
Pflicht zurück, und ich werde versuchen zu vergessen, zu
verzeihen. Beharrst Du bei Deinem Wahnsinn, so bin
ich der Stein auf Deinem Wege, über den Du Dir eines
Tages den Hals brechen wirst.

                        Hugo Wendelburg."

Einen Augenblick dachte Adelheid, wenn er, der andere,
diesen Brief läse, ob ihm dann nicht doch vielleicht so
etwas wie ein Begreifen käme? Dann —? Ein Zug
herber Bitternis grub sich um ihren Mund. Er hatte ihn
ja gesehen, gehört — und doch! — Vorüber, es mußte
vorüber sein in ihr.

Regine war erstaunt, ihren Gast von einer Ruhe und
Festigkeit zu finden, wie sie solche in gleichem Maße noch
nicht an ihr gesehen. Adelheid hatte sich bereits einen
ganzen Plan zurechtgelegt, dem die Malerin nur zu=
stimmen konnte.

Sich von neuem eine Familienstellung suchen, wäre
unter allen Umständen, auch ohne Wendelburgs Drohung,
ausgeschlossen gewesen, da Adelheid erklärte: „Ich lüge
nicht mehr. Ich will die Folgen meines Handelns auch nach
außen hin tragen, und wird der Kampf dadurch schwerer,
so ist es doch ein Kampf der Wahrheit, nicht der Lüge."

Für das erste beabsichtigte sie, sich um irgend eine
geschäftliche Stellung zu bemühen, die nicht zu viel Vor=
kenntnisse erforderte, in der Folge würde ihr es dann viel=
leicht möglich sein, sich für einen Erwerbszweig oder Beruf
vorzubereiten, der ihr eine selbständigere Existenz gewährte.

Die nächsten Tage waren damit ausgefüllt, Zeitungs=
inserate zu studieren, Gesuche zu schreiben und deren Be=
antwortung abzuwarten. Die Auswahl, die sich ihr bot,

war weder groß, noch verlockend, und als man Referenzen
und Mitteilung ihrer persönlichen Verhältnisse erbat,
zogen auf ihre Angabe, daß sie, ohne geschieden zu sein,
von ihrem Manne getrennt lebe, auch diese wenigen Re=
flektanten sich noch zurück.

Da fiel ihr ein neues Inserat in die Augen. Ein
großes Warenhaus in einer Provinzialhauptstadt suchte
für den Weihnachtsverkauf zur Geschäftsbeaufsichtigung und
besseren Orientierung des Kaufpublikums eine Dame.

Ohne Besinnen meldete sich Adelheid unter genauer
Angabe ihrer Verhältnisse und Beifügung der gewünschten
Photographie für die Stelle.

Nach zwei Tagen fieberischen Wartens hielt sie eine
zusagende Antwort in den Händen.

Noch mit dem Nachtzuge reiste Adelheid ab. Sie
schaute nicht zurück, wie hinter ihr die Lichter Arbergs
mehr und mehr verschwanden; vorwärts hielt sie den
Blick gerichtet, vorwärts führte ihr Weg.

Zwölftes Kapitel.

„Und Sie wollen wirklich fort, Herr Doktor? Und
schon morgen?“

Ihre Hand, die sie zum Abschied in die seine gelegt,
zitterte.

„Ja, Fräulein · ·“

„Ilse“ — hätte er sie bald genannt, wie sie da so
voller Liebreiz vor ihm stand, ein helles, klares Bild,
gegen jene andere.

Sein Gesicht wurde starr und finster. „Ja, ich will,
ich muß fort.“

Die Professorin, bereits von ihrem Sessel aufgestan=
den, nickte ihm freundlich zu. „Sie haben recht, Doktor.

Mein Mann sagt mir, bei jener Autorität zu assistieren, sei eine Ehre für Sie."

„Und nicht einmal Weihnachten kehren Sie heim! Wie wird sich denn Ihre Frau Schwester dazu stellen?"

„Ihr Sohn kommt zum Feste nach Hause, gnädiges Fräulein," erwiderte Selken. „Da tröstet sich eine Mutter über anderweitigen Verlust. Ich sagte Ihnen übrigens noch gar nicht, daß ich morgen erst nach Rodenstadt fahre, um meinem Neffen einen kurzen Besuch abzustatten. Schade, daß Sie den lieben Jungen nicht kennen gelernt haben, da Sie so lange Zeit am gleichen Orte mit ihm lebten."

„Aber Herr Doktor" — Ilse machte ihre allererstauntesten Augen und schlug die Hände zusammen — „eine Leutnants= bekanntschaft und ein Pensionsfräulein — shocking!"

Er lachte und tippte sich gegen die Stirn. „Vergebung, daß ich das vergaß. Nun, wenn gnädige Frau gestat= ten" — eine Verbeugung gegen die Professorin — „wird sich mein Neffe Weihnachten erlauben, dem Hause, das seinem Onkel so liebenswürdige Gastfreundschaft geboten, Besuch zu machen."

Noch ein paar gewechselte Freundlichkeiten, und Robert v. Selken schied für die Dauer dreier Monate von Pro= fessor Herberts.

Vierundzwanzig Stunden später legte er denselben Weg zurück, den vor wenigen Tagen Adelheid gegangen war — zum Bahnhof. Als er an jener Stelle vorüber kam, da sich ihres Lebens Geheimnis ihm enthüllt hatte, wendete er rasch den Kopf zur Seite. Auf der Straße war es geschehen, in Gewöhnlichkeit, in Häßlichkeit. Und ähnlich häßlich hatte er empfunden, was ihm Professors und namentlich Ilse in ihrem kindlichen Unbegreifen von so viel Verstellungskunst, über die Entlassung ihres Fräu= leins berichtet hatten.

Häßlich. Er verurteilte nicht geradezu — Abelheids Brief hatte ihm die Sicherheit dazu genommen — er suchte nur Sinne und Gedanken abzulehren von einem Wesen, das ihm häßlich geworden war.

Daheim vor ihrem Schreibtische saß Ilse, sah nach der Uhr und sagte leise: „Jetzt ist er fort." Er hatte ihr die Stunde seiner Abreise verraten müssen.

Warum? Dort der Elfenbeinfederhalter, auf dem ihre Augen ruhten, der wußte es. Der hatte gestern über das Papier fliegen müssen, um Hans v. Namhorst die Freude zu bereiten, ihm den unverhofften Besuch des Onkels recht-zeitig vor dessen Ankunft zu melden.

„Niemand darf je erfahren, daß wir uns kennen! Hörst Du, Hans! Seit Doktor v. Selken bei uns ver-kehrt, zittere ich vor Entdeckung. Aber nein, verzeih, Hans, ich weiß, daß ich Dir vertrauen kann, Deiner ab-soluten Diskretion; auch Weihnachten werde ich es können, nicht wahr? Bedenke, als was ich dastehen würde, wenn man erführe, wie wir uns kennen lernten — auf der Straße! Wenn es herauskäme, wie ich unzählige Male geschwindelt und gelogen, aus Liebe zu Dir, um Dich heimlich zu treffen! Niemand, niemand darf je darum wissen, unsere Beziehungen müssen geheim bleiben, bis —"

Ilse brach ab, im Geist den Brief zu wiederholen, mit welchem sie — pah! einen dummen Jungen hin-hielt, bis sie einmal heiraten würde.

Heiraten! — Ihre Gedanken gingen zu Selken zurück.

„Ah, ich wollte, es käme ein anderer, reicherer —"

Ihre Stirn war gefurcht, ihr Fuß stieß heftig gegen ein Kissen am Boden. Sie blickte darauf hernieder. Abelheid hatte es gestickt. Schnöde lachte sie auf. Abelheid Angreß — Frau Wendelburg! Frau eines Mannes,

der sich schwarze Perlen leisten konnte, und dabei trieb
sie sich freiwillig bei Fremden ums tägliche Brot herum.
Die Verbohrtheit mancher Menschen zeitigte doch seltsame
Blüten. Adelheid war ihr zum Kuriosum geworden, und
sie hätte gern dieselbe noch einmal zu Gesicht bekommen.
Aber da Ilse auf Wunsch ihrer Mutter jede Verbindung
mit Regine Erhard hatte abbrechen müssen, war ihr vor=
derhand die Möglichkeit genommen, zu erfahren, was
sie gar zu gern gewußt hätte: ob Hugo Wendelburg aus
Hartenau die abtrünnige Gattin mit sich nahm oder nicht.

Die Zeit floß dahin. Weihnachten war herangekommen.
Unterm brennenden Baum saß Frau v. Namhorst und
hielt des Sohnes Hand in der ihren. All ihr Mutter=
stolz und ihre Mutterliebe lagen in dem Blick, mit dem
sie zu ihrem einzigen aufsah, der, seine schöne Jünglings=
gestalt zu ihr herniedergebeugt, zärtlich den Arm um sie
geschlungen hielt. Und wieder und wieder, wie sie seine
strahlende Miene, die Freudenlichter in seinen Augen
sah, klang es wie ein glückliches Lachen in ihr auf. All
die Unrast, der Schwermutsklang, der sie in seinen
Briefen so oft geängstigt hatte, waren nichts gewesen als
Heimweh, als Sehnsucht nach ihr, seiner Mutter.

Ihr Junge! Ihr Kind, ihr großes Kind von zwanzig
Jahren.

Der Major, von freundlicherer Art als gewöhnlich,
war beschäftigt, eine Bowle zu brauen, und fragte vom
Büffett herüber: „Was fangen wir denn morgen an. Hast
du was besonderes vor, Hans?"

„Ich habe Besuche zu machen," gab übereifrig der
junge Leutnant zurück und wandte sich ab, die dunkle
Glut zu verbergen, die ihm in die Wangen schlug. „Onkel
Robert bat mich, bei einer Professorenfamilie vorzusprechen,
deren Bekanntschaft ihr gemacht hättet."

Frau v. Ramhorst senkte schweigend den Blick.

Der Major aber, die Gourmandlippen leckend, mit denen er den Punsch gekostet, sagte obenhin: „Ach so — die Herberts — nicht ganz mein Fall! So und nun langt zu, das Zeug ist gut."

Er bot Frau und Sohn die gefüllten Gläser.

Hans erhob das seine langsam gegen die brennenden Lichter des Baumes, folgte ihm mit feierlichem Aufblick seiner Schwärmeraugen und legte die Linke auf das Herz. Ein Ausdruck unaussprechlich schöner, junger Begeisterung verklärte ihn, wie Kerzenglanz die Poesie des Weihnachts= baumes verklärt.

„Dies Glas dem Glück, dem schönen Märchen vom Glück!"

Sie stießen an miteinander. In Frau Irmgards Glas war unbemerkt eine Thräne gefallen.

___

Es hatte stark geschneit in der Christnacht. Wie lichtes Festtagsgewand hing, im Sonnenschein erglänzend, die dichte, weiße Decke über Bäumen und Sträuchern des stillen Stadtgartens, als Hans v. Ramhorst um die elfte Morgen= stunde des ersten Feiertages durch die stillen Parkwege schritt. Und weiß wie Feierkleid und licht wie Sonnen= glanz war's auch über seine Seele gebreitet, eilte er doch dem Glück entgegen, seinem Märchen vom Glück.

Und da ward er dessen gewahr. An heimlich verbor= genster Stelle, dicht eingemummt in Federpelz, den Schleier fest um das Gesicht gezogen, stand es und wartete sein.

„Ilse — Ilse!"

Er hielt sie nicht im Arm, küßte sie nicht, war nur zu ihr hingeflogen und schaute sie an, wie der verzückte Beter sein Gottheitsbild.

„Ilse — Ilse! Ich sehe dich wieder, ich hab' dich wieder — du — du!"

Seine Arme hatten sie an sich gerissen, er hielt sie am Herzen, sein Mund suchte den ihren.

Sie bog sich zurück, wollte sich ihm entwinden. „Nicht doch, Hans, nicht hier, unter freiem Himmel!"

Er lachte leise in ihr Ohr, voll aufgeregter Wonne. „Nicht unter freiem Himmel — o du — o du! Unterm freien Himmel, beim hellen Sonnenschein und beim stillen Mondlicht, da haben wir uns ja schon geküßt viel tausend= mal. Weißt du's nicht mehr — unser erster Ausflug in die Berge, unterm Tannenrauschen, auf grünem Moos, unter Gottes freiem, weitem, seligem Himmel unser erster Kuß! Hast du's vergessen?"

„Nein, ich hab's nicht vergessen, Hans. Ich schwin= delte ja die Hölle zusammen, wenn es galt, eine Zu= sammenkunft mit dir zu ermöglichen. Und weil ich das weiß, weil ich weiß, wie meine Eltern, wie alle, alle mich verdammen würden, wenn sie erführen darum — nicht wahr, Hans," — sie schmiegte sich an ihn, sah mit schmelzender Bitte zu ihm auf — „du wirst nie, nie durch ein unbedachtes Wort oder einen Blick verraten, daß wir uns bereits früher kannten. Um dich noch einmal daran zu mahnen, schrieb ich dir, mich hier zu treffen, bevor du bei uns Besuch machst."

„Nur darum, Ilse?"

Stürmisch umschlang er sie. Sie schob ihn zurück.

„Aber Hans, ich bitte dich, wenn jemand käme!"

„Nun und wenn!" Seine Augen blitzten. „Dann wärst du eben vor aller Welt meine Braut, wie du es im geheimen bist."

„Hans!" Es war ein Laut fast des Entsetzens. Ilse war jäh erbleicht. „Hans, so also kann ich mich auf dich verlassen?!"

Er sah sie an und lächelte — ein seltsam ernstes Lächeln in seinem jungen Gesicht. „Du kannst dich schon auf

mich verlassen. Ich weiß, daß ich, ein blutarmer Leut=
nant, jetzt noch kein Recht habe, um dich zu werben.
Aber ich will mir das Recht verdienen. Ich arbeite Tag
und Nacht, ich werde vorwärts kommen, werde Carriere
machen. Inzwischen lieben wir uns. Und was sind sechs,
acht Jahre, wenn man sich liebt?"

„Freilich, was sind sechs, acht Jahre, wenn man
sich liebt!"

Mit ihrer weichsten Stimme sprach sie es ihm nach,
den Blick zum leuchtenden Himmelsblau erhoben. Dabei
war in ihr eine fast unwiderstehliche Lust, diesen jungen
Thoren da vor sich an den Ohren zu zausen, ihn zu
schütteln und unter tollem Lachen ihm zuzurufen: „O du
dummer, dummer Junge! Sechs, acht Jahre! O du
Narr, du närrischer Narr!"

Er aber, der dumme Junge mit seinem närrischen
Glauben, hörte nichts von dem stummen Lachen in ihr,
er hörte nur ihr süßes, hingebendes: „Freilich, was
sind sechs, acht Jahre!" — er sah ihr zum Himmel er=
hobenes Antlitz wie von unendlicher Treue übergossen, und
er riß sie an sich und küßte sie, küßte sie, daß das feine
Schleiergewebe zerfetzt ihr vom Gesicht fiel.

Wieder wehrte sie ihm und lachte doch und ließ ihn
gewähren, da seine junge Glut ihres Sträubens miß=
achtete.

„Ilse, liebst du mich noch?"

In seinem Arm sich zurückbiegend, sah sie ihn an,
die Lippen geöffnet, in den Augen ein lächelndes Lauern.
„Und wenn ich dich nun nicht mehr liebte, sondern —
einen anderen?"

„Ilse!"

Sie legte ihm jählings die Hand auf den Mund.
„Still, nicht so laut!"

Ein fahles Antlitz starrte ihr entgegen, und durch die,

ihm Stimmenmäßigung aufzwingenden, feinen Finger
hinburch kam es leidenschaftlich: „Ich würde ihn töten!“

Ilses Hand glitt von seinen Lippen herab, sie trat
einen Schritt zurück und sah ihn seltsam unburchbringlich
an. „Was ich liebte, würdest du morden? Mein Glück
würdest du morden? Denn meine Liebe wäre mein Glück!
Ich hätte die deine für größer, für gewaltiger gehalten.
Ich hielt sie für so groß, so gewaltig, daß sie es selbst
vermöchte, schweigend über sich selbst hinweg zu schreiten,
schweigend dein eigenes Glück dem meinen zum Opfer zu
bringen. — Meine Auffassung scheint zu überspannt ge=
wesen zu sein.“

„Du bist grausam, Ilse“ — ganz leise sagte er es
und seine Finger spielten unruhig an der Degenkoppel —
„ich weiß nicht, was ich könnte oder nicht könnte um
dich, Ilse!“ Er hielt ihre Hände gegen sein Herz ge=
preßt, daß sie dessen wilde Schläge fühlte, wie helle
Todesangst zitterte es aus seiner Stimme: „Ilse, liebst
du mich noch?“

Fröstelnd zog sie die Schultern ein. „Ja, ich liebe
dich noch, du thörichter Hans.“

„Schwör’s mir zu, Ilse, schwöre es!“

„Ich schwöre es dir.“

Ihr Haupt neigte sich an seine Schulter, und über
ihnen stand die helle, wahrhafte Sonne und leuchtete
herab auch auf dieses — Märchen vom Glück.

Dreizehntes Kapitel.

Draußen sangen die Lerchen, duftete das erste Grün.
Es war Frühling. Ilse trat an ihren Toilettentisch,
schaute in den Spiegel desselben hinein und lächelte, als
ihr die frisch ins Zimmer strömende Luft die Locken ver=
wirrte. Sie fand sich schön in ihrem koketten, erbbeer=

farbenen Kleide, mit der kindischen, hochstrebenden Schleife
seitwärts im Haarknoten. Und sie wollte schön sein, unwiderstehlich wie Frühlingszauber.

Selken war nach viermonatlicher Abwesenheit seit zwei
Tagen wieder nach Arberg zurückgekehrt. Jetzt galt es
mit letztem, klugem Schachzug im Schicksalsspiele über ihn
zu siegen, oder weiter nach einem anderen Partner zu
suchen, wie sie es die vergangene Wintersaison hindurch
vergeblich gethan hatte.

„Ich würde ihn töten!" Heiße Lippen hatten es ge-
flüstert, in eisiger Winteröde war's verklungen, und hallte
dennoch jetzt, wo's Frühling war, in Ilse wieder, da sie
schön sein wollte, unwiderstehlich.

Sie lachte ihr lautloses Lachen, verschränkte die Arme
hinter dem Kopfe, und ihre schmalen Lippen hoben sich
von den Zähnen.

„Man mordet nicht, wenn man so liebt wie du! —
Einer wie du schweigt aus Liebe! Warum kamst du, um
mich das zu lehren?"

Sie lachte wieder und ließ die Arme sinken. Sie war
in ihrer vorzüglichsten Stimmung heute. Fiele doch Selkens
Besuch in diese Stunde! Er würde ja kommen, heute,
morgen, oder übermorgen. Jetzt aber war sie allein zu
Hause, die Mutter hatte eine unaufschiebbare Krankenvisite
machen müssen, die sie vermutlich für längere Zeit in Anspruch nahm. Käme er doch, käme er doch! Sie würde
ihn empfangen, wie sie Besuche, welche ihr paßten, in der
Eltern Abwesenheit empfing, trotz aller Verbote und Rügen.

Es wurde an die Thür gepocht. „Herr Doktor
v. Selken bittet —"

Sie ließ die Ueberbringerin seiner Karte nicht aus-
sprechen. „Ja, ja!" und sie war schon wieder zum
Spiegel hingestürzt, um ein wenig Freudenrot auf die
Wangen zu tupfen.

Da sah er sie wieder, die gemütlichen Räume, die ihm in kurzer Zeit so lieb und vertraut geworden waren, und die er doch hatte meiden müssen, um eine zu vergessen, die in diesen Räumen ihre Lüge gelebt hatte.

Es war vergessen. Robert v. Selken wandte sich der Thür zu, hinter welcher es raschelnd näher huschte — Ilse. Er kannte ihren Schritt.

Und nun, wie von unsichtbaren Händen getragen, flog sie ihm entgegen, die Arme ausgebreitet, in rosiger, alles vergessender Wiedersehensfreude, die Augen strahlend in Glück, auf den Lippen besinnungsloses Stammeln: „Endlich — o!"

Dann im plötzlichen Erschrecken zu sich kommend, wich sie jäh wieder zurück, starrte ihn fassungslos, kindlich verwirrt an und brach in Thränen aus.

„Ilse, liebes, geliebtes Kind!"

Ohne fast zu wissen, was er that, überwältigt von ihrem rührenden, beschämten Weinen, selber aufs tiefste erregt von dem Anblick des reizenden, lichten Geschöpfes, das so jung, so thöricht sein Lieben verraten hatte, war er auf sie zugeeilt, hatte seine Arme um sie geschlungen und ihr die Thränen von den Augen geküßt.

„Ilse — Liebling, so hast du mich erwartet?"

Sie nickte leise an seiner Brust. „Und — du?"

Wie süß dies zögernde Du ihm klang! Ihre holde Schmeichelstimme hatte die Saite angeschlagen, auf der die Zauberweise tönte: „Was es zuvor besessen, dein Herz soll es vergessen."

„Und du?"

„Ich habe dich lieb."

Als er es ausgesprochen, ging ein Erschüttern durch ihn hin, als hätte eine Riesenfaust einen Eichbaum gerüttelt. Auf seinen Schultern lagen Ilses kleine Hände. —

Am selben Vormittage noch hielt Selken bei Professor

Herbert um die Hand seiner Tochter an und wurde mit
Freuden als künftiger Schwiegersohn begrüßt. Dann
suchte er seine Schwester auf, um ihr Mitteilung von
dem Geschehenen zu machen.

In kaum verhaltener Erregung trat er ihr entgegen.
„Ich habe mich soeben verlobt, Irmgard."

Sie erblaßte, auf ihr Gesicht trat ein finsterer, fast
feindlicher Ausdruck, die ihm gereichten Hände zogen sich
zurück, sie sagte kein Wort.

Betroffen blickte er sie an. „Was heißt das, Irmgard?
Du bist seltsam! Keine Frage, keinen Glückwunsch —"

Sie atmete schwer auf. „Doch, ich wünsche dir
alles Glück," sagte sie und ein bitteres Lächeln grub sich
um ihre Mundwinkel. „Ich fürchte nur, du bist nicht
reich genug für eine Ilse Herbert."

Seine Haltung straffte sich. „Ich hoffe, du wirst
meine Braut anders beurteilen lernen."

„Das sollte mich freuen in deinem Interesse. Ein Mann
deiner Art sieht eher einen Fleck an der Sonne, als einen
Balken am Boden, über den er sich den Hals brechen
kann."

„Du gestattest, daß ich mich verabschiede, um über
den Sinn deiner Bemerkungen nachzudenken."

Sie trennten sich so fremd, wie noch nie zuvor in
ihrem Leben.

Auf Selken lag die Verstimmung mit seiner Schwester
wie ein Alp. Er hatte lang gefühlt, daß ihr Ilse nicht
sympathisch war, was sie ihm aber heute gezeigt, war
offenkundige Abneigung gegen sie. Und warum? Weil sich
Ilse zuweilen außergewöhnlich, aber immer geschmackvoll
kleidete, weil sie — zugegeben — selber Augen für ihr
reizendes Persönchen hatte? Wie hart doch die Frauen
einander gleich beurteilen!

Indes so leicht er in diesem Falle Frau v. Ramhorsts

Meinung anzuschlagen sich mühte, hatte dieselbe doch ein scharfes Unbehagen in ihm heraufbeschworen, und unter dem Einflusse desselben unterließ er, was er sofort hatte thun wollen, seinem Neffen Hans durch ein paar Zeilen Mitteilung von seiner Verlobung zu machen. Es hatte ja noch Zeit, bis morgen oder übermorgen die offiziellen Anzeigen versandt wurden.

Den Abend brachte Selken bei Professors zu, und was bei seiner Ankunft dort etwa noch an Verstimmung in ihm gelegen, war bald hinweg gezaubert durch Ilses kindlich bestrickende, holde Zärtlichkeit.

—   —   —   —   —   —   —

Drei Tage später beschloß das neue Brautpaar Ramhorsts, als den nächsten Anverwandten, Besuch zu machen, und da Selken das Einvernehmen mit seiner Schwester so ziemlich wieder hergestellt hatte, durfte er auf freundlichen Empfang Ilses rechnen. Diese ihrerseits hatte alles gethan, um im Sinne der Majorin guten Eindruck zu machen. Sie ging einfach angezogen und bemühte sich, den stattlich vornehmen Mann, an dessen Arm sie stolz durch die Straßen schritt, angelegentlich zu unterhalten. Er sah sie an, während sie plauderte, und er lächelte, wenn sie drollige Bemerkungen machte. Plötzlich war es ihm, als brenne ein Feuerstrahl auf seinen gesenkten Lidern, und die Augen hebend begegnete er einem anderen Augenpaar, das groß und dunkel in die seinen flammte.

Ihm blieb kaum Zeit zu einem Gruße, dann war die biegsame Gestalt, dann waren die schwarzen Sonnenaugen im bleichen Antlitz vorüber.

Er sprach kein Wort. Ilse war es, die aufgeregt das Schweigen brach.

„Das nenne ich aber unverfroren, wieder hierher zu kommen," rief sie. „Ich dummes Ding grüße auch noch in der ersten Ueberraschung, kaum gedankt hat sie."

„War — sie denn fort von Arberg inzwischen?" fragte
Selten zögernd.

„Ja; die Erhard sagte mir's, als ich sie einmal unterwegs traf, hingehen darf ich ja nicht mehr zu ihr, seit sie
uns solch ein - - Fräulein aufgehalst."

Er wollte nichts weiter hören. Ilses spöttelnder Ton
verletzte ihn, er kehrte den Blick von ihrem lächelnden Gesicht, doch von der anderen schönem Bildnis wandte er die
Seele. War die Welt nicht groß genug, mußte sie nicht
eher in weiteste Ferne verschwinden, ehe sie noch einmal
den Blick mit ihm tauschte? Und hoch hatte sie den Kopf
getragen und stolz war ihr Gang gewesen!

Beinahe wortkarg legten sie den Rest des Weges zu
Ramhorsts zurück. - -

Der nächste Tag war ein Sonntag. Ilse saß zu
früher Morgenstunde bereits in Straßentoilette in ihrem
Zimmer, damit beschäftigt, die Briefe, Karten und De-
peschen durchzusehen, die ihr die Post heute morgen gebracht. Glückwünsche von nah und fern, von Freunden
und beinahe Fremden. Ihre Hände zitterten, sie befand sich in fiebernder Aufregung. Sie war soeben vom
Postamt heimgekehrt, wohin sie heimlich gelaufen war, im
festen Glauben, dort unter verabredeter Chiffre seine Antwort auf die ihm brieflich von ihr selbst gemachte Mitteilung ihrer Verlobung zu finden. Umsonst. Hatte ihr
Hans v. Ramhorst nichts mehr zu sagen? Das war nicht
möglich! Oder

Brief um Brief glitt durch ihre Finger, und plötzlich
öffnete sie die Augen weit. Wahrhaftig, er hatte gewagt
ihr offen ins Haus zu schreiben! Hier — seine Schriftzüge. Was bedeutete das? Kalt fühlte sie es durch ihre
Glieder rieseln, als sie den Umschlag zerriß und zu lesen
begann:

„Wenn Du diese Zeilen erhältst, bin ich in Arberg

und erwarte Dich in den Anlagen am Bahnhof. Ich
muß Dich sprechen, ob mit oder gegen Deinen Willen."

Das Schreiben entfiel ihr, sie saß regungslos.

Das klang ernst. Sie sprang empor, strich verwirrt
das Haar aus der Stirn, sann noch ein paar Sekunden,
raffte dann den Brief auf, verbarg ihn und eilte aus dem
Zimmer, mit leisen Schritten den Vorsaal entlang.
Mochte man daheim denken, sie sei spazieren gegangen,
oder was man sonst wollte — hier half kein Ueberlegen,
sie mußte seinem Rufe folgen, sonst war der Tollkopf zu
allem fähig, das wußte sie jetzt.

Zwischen dem knospenden Buschwerk, das die Promenade vor dem Bahnhofsgebäude umsäumte, schritt Hans
v. Ramhorst auf und nieder. Wohl trug er Uniform,
wohl klirrten Säbel und Sporen, aber sein Gang hatte
nichts soldatisch Aufrechtes mehr, seine Haltung war ge-
beugt, sein Kopf vorgeschoben, seine Augen starrten zu
Boden.

So erblickte ihn Ilse, als sie atemlos und banger,
als sie sich zugestehen wollte, in die Anlagen einbog.

„Hans!"

Beim leisen Klange ihrer Stimme aufschreckend, starrte
er sie verstört an, dann lief ein Zucken über sein bleiches
Gesicht.

„Ist es wahr, Ilse?"

Jedes Wort war ein Herzstoß.

Sie blieb ruhig, hatte sogar noch die Besonnenheit,
ihn in einen menschenleeren Seitengang zu ziehen, ehe sie
bittend, in rührender, verängstigter Hilflosigkeit die Hände
zu ihm emporfaltete.

„Hans, ich —"

„Ist es wahr?"

„Ja, ich liebe ihn."

Ein Laut, als ginge ein Riß durch ihn hin. „Und

ich töte ihn!" brach es heiser von seinen Lippen, indem
sich seine, zur Faust geballte Rechte schüttelnd vorstreckte.
„Ich schieße ihn über den Haufen — und wär' er mein
Bruder!"

Ihre Finger schlossen sich um seine Fäuste, ihre zärtliche, weiche Schmeichelstimme aber schlich sacht in seines
Herzens bestes Teil.

„Hans, lieber, guter Hans, mich würdest du dann
töten, mich zu allererst. Ich liebe ihn ja mehr als
mein Leben! Ich wußte es nicht, er wußte es nicht,
daß wir uns liebten, sonst, Hans, sonst hättest auch du
es gewußt. Erst beim Wiedersehen jetzt vor ein paar
Tagen kam es über uns wie ein Sturm, der da alle anderen, kleineren Gefühle hinwegfegte, das Wissen: wir
lieben uns und müssen einander angehören! Ich schrieb
dir ja alles, alles, Hans, in deinen Händen liegt mein
Glück, du kannst es mir geben, du kannst es mir nehmen."

Demütig ergeben stand sie vor ihm, holdselig, unschuldig an ihrer Liebe, wie die Rose an ihrer Blüte.

Er starrte sie an mit irren, wilden Blicken. Was
wollte er denn von ihr? Wie hätte sie ihrem Herzen
gebieten sollen? Es war natürlich, daß sie den anderen
lieben gelernt.

Er taumelte zurück, die Hände gegen Stirn und Augen
gedrückt und stöhnte zu Tode getroffen. „Ilse — und
ich? Ich wollte doch auch leben und glücklich sein!"

Ein unheimlicher Schauer strich über sie hin. Sie
hatte noch keinen Toten, sie hatte noch kein Herzweh gesehen.

„Du — du wirst es verwinden, Hans."

„Glaubst du, Ilse?"

„Und — und —" stammelte sie weiter, unter dem
Drucke beklemmenden nie gekannten Grauens. „Und wenn
du mir aus deinen Händen mein Glück reichst, wenn du

stark bist, wenn du schweigst, dann — wir könnten ja
gute Freunde bleiben, Hans."

„Wir könnten ja gute Freunde bleiben," wieder=
holte er leise und nickte mit verzerrtem Antlitz. „Ich —
werde — schweigen, Ilse!"

„Und stark sein?"

„Und stark sein," sagte er fest, hob den Kopf und sah
sie an, all seine Liebe, all seinen heiligen, jungen Glauben
in den Augen.

————

Mit gleicher Beschäftigung wie Ilse, hatte auch Doktor
v. Selken den Tag begonnen. Auch ihm waren Stöße
von Gratulationen zugegangen, und auch er hatte unter
allen nur nach einer Handschrift gesucht, aber ohne die=
selbe zu finden.

Auch sein Neffe war ihm den Glückwunsch zu seiner
Verlobung bis jetzt schuldig geblieben. Das sah dem guten
Jungen, der sich so leicht mit anderen freute und der zu=
dem in diesem Falle auf das Höchste überrascht sein
würde über ein Geschehnis, dessen Möglichkeit ihm mit
keinem Worte angedeutet worden war, so wenig ähnlich,
daß es den Doktor befremdete. Er hatte auf seine Ver=
lobungsanzeige hin umgehend eine Antwort von Hans
erwartet. Nun, dieselbe würde jedenfalls im Laufe des
Vormittags noch eintreffen, sagte er sich schließlich und
begann sich zum Ausgehen zu rüsten.

Er hatte für den heutigen Abend mit seiner Braut
und deren Eltern gemeinsamen Theaterbesuch verabredet,
und er mußte eilen, wollte er bei dem Sonntagsandrang
noch Billets erhalten.

Bereits den Hut in der Hand haltend, hörte Selken,
wie man draußen jemand Einlaß gewährte, und ehe er
noch Zeit zu einem Gedanken gefunden, wurde seine
Stubenthür aufgestoßen, und herein stürzte, das junge

Gesicht von Leidenschaft und Verzweiflung zerwühlt, die Stirn feucht, das blonde Haar in Strähnen darauf klebend, Hans v. Ramhorst.

„Mensch — Junge!" Ein Schreckensruf des Mitleids, der treusten Liebe, und Selken hatte den Wankenden fest, fest mit beiden Armen umschlungen.

„Was hast du angefangen, Junge, wo kommst du her? Sprich, rede doch!"

Dumpfes Aechzen rang sich aus des anderen Brust, er schob die Arme von sich, die ihn halten wollten, und schwankte auf einen Stuhl zu, sank darauf nieder, stützte die Ellenbogen auf die Kniee und vergrub den Kopf in den Händen. Ermorden hatte er ihn wollen, mit diesen Händen ermorden! Warum wäre er sonst zu ihm gestürzt, nachdem er von Ilse gegangen ohne Abschied, ohne letzten Abschied — warum? Um ihn zu sehen, wie er glücklich war — er, der so gemeinsam mit ihm empfand, der liebte, wo er liebte!

Da fühlte er sich bei den Schultern gepackt, wie die Angst, die Sorge packt.

„Hans, lieber Junge, rede, rede doch um Gottes willen. Du hast einen dummen Streich gemacht, nicht wahr? Und du kommst zu mir, damit ich dir rate, helfe, nicht wahr? Wie viel ist's denn, Mensch? — Schulden doch natürlich! Ehrenschulden, nicht? Oder Wechsel? Kommt ja vor, Junge, nur heraus mit der Sprache! Auch wenn's ein schwerer Haufen ist. Was mein ist, ist dein!"

Langsam richtete sich Hans empor, und seine unnatürlich reglosen Blicke hafteten auf Selkens Händen, die sich wieder und wieder ihm entgegenstreckten. Nein, diese Hände hatten ihn nicht bestohlen, sie waren ohne Schuld, wie die Ilses weiß waren, ohne einen Tropfen des um sie vergossenen Herzblutes daran.

„Ich — werde dir schreiben, Robert."

„Nun, endlich doch ein Wort!" rief der Doktor auf=
atmend und drängte seinen Neffen, wieder Platz zu
nehmen. ·

„Also Schulden! Oder -- schlimmere Geschichten?"

Wie geistesabwesend schüttelte Hans verneinend den
Kopf. Selken atmete freier. „Dann also" — er trat an
seinen Schreibtisch und nahm ein Portefeuille heraus —
„Brauchst du die Summe gleich? Wie viel ist's? Fünf=,
nein sechshundert Mark habe ich hier. Das andere wäre
morgen früh oder auch sofort —"

Wieder antwortete das starre Kopfschütteln, von einer
abwehrenden Handbewegung begleitet. „Es eilt nicht so
— ich werde dir schreiben."

„Aber Mensch, wenn's dir nicht so auf den Nägeln
brennt, warum kommst du denn eigentlich her? Hast du
so an mir gezweifelt? Dummer Kerl, einmal helf ich
dir schon aus der Patsche, das hättest du doch wissen
sollen. Uebrigens — wissen deine Eltern um dein Hier=
sein?"

„Nein," der blonde Kopf neigte sich tief auf die
Brust herab und wie ein unhörbarer Hauch verwehte ein
leises: „Mutter — meine Mutter!"

„Du bist also direkt von der Bahn zu mir gekommen,
Hans?"

„Ich kam zu dir —"

„Und" -- von einem plötzlichen Verdacht gepackt, faßte
Selken des jungen Mannes Arm. „Hast du Urlaub?"

„Urlaub?" Eine klanglose Stimme fragte es zurück,
wie im Traume. „Nein, wozu?"

Der Doktor sprang auf. „Bist du denn völlig von
Sinnen, Mensch? Ohne Urlaub —" Er riß die Uhr
aus der Tasche. „Wenn wir uns in eine Droschke stürzen,
können wir den Eilzug noch erreichen, und du bist vor
Abend wieder in deiner Garnison. Alles andere später!"

„Ja — später!"

Selten schob den jungen Mann, ihn an den Schultern fassend, vor sich her aus dem Zimmer. Vor dem
Hause hielten Droschken. Der Doktor sprang in die erste,
beste hinein; willenlos, stumm folgte Hans ihm nach.

„Hast du Retourbillet?"

„Nein."

Noch ehe die Droschke hielt, sprang Selten heraus,
stürzte an den Schalter und dann, immer Hans vor sich
her drängend, die Treppe hinauf, nach dem Bahnsteig.
Eine Thür aufreißend, schob er den Neffen in den ersten
Wagen. Das Signal tönte, der Zug setzte sich in Bewegung.

„Schreibe sofort!" rief Selten noch einmal.

Nur ein stummer Blick aus zwei umflorten Augen
gab ihm letzte Antwort.

Vierzehntes Kapitel.

Grübelnd, sorgend und fragend verließ Selten den
Bahnhof. Wie hatte der arme Junge ausgesehen! Waren
ein paar Schulden wirklich ein stichhaltiger Grund für
solche verstörte Verzweiflung? Heißer Schreck engte Selten
die Brust ein, unwillkürlich stockte sein Schritt.

Wenn es etwas anderes wäre, wenn die Ehre auf
dem Spiele stände!

Er tastete nach dem Halse, riß den Ueberzieher auf.
Hans, sein Liebling, der Schwester Stolz und einzigstes
Glück — der prächtige Junge, der ideale Schwärmer mit
dem heißen Herzen und der vornehmen Seele! Wie
ein lichtes Bild hob sich aus dem Dunkel seines Sinnens
der schöne Jünglingskopf vor ihm empor und —

„Unmöglich, unmöglich!" rief es in ihm. Wer so aus-
schaute, der that gewiß nichts Unwürdiges, Niedriges.

Schulden, ein erstes Ausgleiten auf der an Versuchung so
reichen Bahn seines Standes, und der Junge hatte darüber
den Kopf verloren, leidenschaftlich heftig, wie er von
Natur war. Die Zusicherung, die er mit sich genommen,
daß ihm unter allen Umständen Hilfe sicher sei, würde
ihn wohl schon während der Rückfahrt beruhigen, und für
das übrige würde sein Brief, der bereits morgen eintreffen konnte, Klärung bringen.

Es kam Selken ins Gedächtnis zurück, wie er heute
morgen vergeblich nach einem Glückwunschschreiben von
Hans gesucht, und daß dieser auch vorhin mit keinem
Worte seiner Verlobung gedacht hatte. Das war freilich
natürlich gewesen, aber die kaum in dem Doktor auf-
gestiegene Zuversicht, daß das, was den Neffen zu ihm
getrieben, im Grunde nur eine Bagatelle sein werde, kam
wieder ins Wanken.

Sein Schritt beschleunigte sich, es trieb ihn zu seiner
Schwester, wenn es ihm auch nicht in den Sinn kam,
dieselbe zu erschrecken, indem er ihr auch nur mit einer
Silbe Andeutung von dem Geschehnis machte. Aber er
hatte ein unruhiges Verlangen, sie zu sehen, zu sprechen.

Er traf die Majorin zum Ausgehen angekleidet.

„Ich wollte gerade einen Spaziergang machen. Möchtest
du mich begleiten?"

Er stimmte zu und plötzlich erinnerte er sich der ver-
gessenen Theaterbillets und machte der Schwester Mitteilung von seiner Unterlassungssünde, denn die Kassen-
stunde war vorüber.

„Du kannst ja trotzdem noch einen Versuch machen,"
schlug Frau v. Ramhorst vor, „laß uns am Theaterbureau
vorbeigehen, vielleicht ist es zufällig geöffnet."

———   ———   ———   ———   ———

„Was, Adelheid, heute am Sonntag wollen Sie aufs
Bureau? Da wird nichts d'raus!"

Regine Erhard schob ihre Hausgenossin energisch dem blütenweiß gedeckten Tische wieder zu, an welchem sich zwei gegenüber saßen, Schwarzauge in Blauauge versenkt und im Glück über dies sonntäglich gestattete Zusammensein Speise und Trank vergessend.

„Doch, Regine, verzeihen Sie mir, aber ich möchte noch ein paar Stunden arbeiten. Ich habe Rollenabschriften übernommen und finde im Theaterbureau das nötige Material dazu."

Adelheid trat wieder von der Tafel zurück, als des Schauspielers tiefste Grabestöne sie nochmals am Hinaus- gehen hinderten.

„Unser Direktor müßte mir die Gage erhöhen zum Danke dafür, daß ich ihm solch eine unschätzbare Kraft, wie Sie es sind, zuführte."

„Genügt Ihnen der meine nicht, Herr Erhard, muß es auch noch Dank in klingender Münze sein? Seit wann sind Sie denn so materialistisch?"

„Seitdem ich von meines Daseins lichtem Höhepunkt hoch über der Bäume Wipfeln hinunter steigen mußte zu des Lebens finsteren Sorgen."

Hellauf lachte Annette. „Ja, seine Mansarde war be- deutend billiger als sein jetziges Parterrelogis. Er kann sie noch immer nicht vergessen und haßt Sie nun im Grunde seiner schwarzen Seele, daß Sie sich statt seiner droben etabliert haben."

„Das glaube ich Ihnen doch nicht ganz," entgegnete Adelheid lächelnd. „Nachdem Herr Erhard sich schon einmal so warm meiner Stellenlosigkeit angenommen, gönnt er mir wohl auch sein betrauertes Vergangenheitsheim."

Allen ein freundliches „Auf Wiedersehen!" zunickend, verließ Adelheid das Zimmer.

Die Malerin sah ihr gedankenverloren nach, welche schöne Gelegenheit die beiden anderen benützten, um sich

unter dem Tische heimlich die Hände zu drücken, was sie
niemals durften, wenn Reginens Blicke auf ihnen ruhten.
Die aber dachte nicht an das zärtliche Paar, dessen Ehe-
absichten trotz aller Prophezeiungen grauesten Elendes
immer kühner wurden. Adelheids Gesicht war es, das
vor ihrem Geiste stand — blaß, abgespannt, freudlos,
wie sie es heute, wie sie es seit jenem Tage gesehen
hatte, wo Adelheid mit der Nachricht zu ihr gekommen
war, Ilse Herbert habe sich mit Doktor v. Selken verlobt, sie sei den zweien Arm in Arm begegnet. Mit
völlig ruhiger Stimme hatte sie ihr die Mitteilung gemacht, und doch war ein so sonderbarer Klang in derselben
gewesen.

Vor Regine begann die Wahrheit zu tagen. Selken
war Adelheid von früher her bekannt, und sie war so
seltsam gewesen beim ersten Wiedersehen mit ihm. Um
ihn litt sie, nicht um die Kette, die sie an den Füßen
trug, um ihn, der eine Ilse gewählt hatte!

Aehnlich wie Regine sann Adelheid, als sie eilig den
Weg zum Theater zurücklegte. Ja, sie litt um ihn. Litt,
daß sie es mit ansehen mußte, ohne warnen, helfen zu
können, wie er blind der Lüge zur Seite schritt. Und sie
litt auch, daß ihr stolzer Weg „Ich will!" sie wieder hierher zurückgeführt hatte, von wo sie für immer scheiden zu
müssen geglaubt. Gern war sie in die weite Welt hinaus-
gegangen, nachdem sie vor dem Manne ihrer Liebe wie
eine Abenteurerin, wie eine entlarvte Heuchlerin gestanden;
aber ihres Schicksals Woge hatte sie, die Heimat- und
Steuerlose, wieder hierher zurückgeworfen, an den gemeinsamen Strand mit ihm, ohne ihre Schuld ohne ihr
Wollen.

Vier Monate etwa war sie draußen gewesen in der
Fremde und hatte sich gemüht, ehrlich und mit tapferem
Mut ihren Weg zu finden, aber es hatte ihr keine Sterne

vom Himmel reißen helfen, das stolze Wort: Ich will!
Ihr Fuß war an Steine gestoßen, wohin sie schritt.

Wendelburg hatte Wort gehalten — er hatte ihr den
Weg verlegt, wohin sie sich auch wandte. Teils durch
persönliches Erscheinen, teils durch wiederholte gerichtliche
Aufforderungen, zu ihrem Gatten zurückzukehren, hatte er
sie stets von neuem wieder vertrieben, kaum daß sie in
einer Stellung festen Fuß gefaßt.

In einer Stunde tiefster Verzweiflung hatte sie an
ihren Vater geschrieben, ehrlich und offen hatte sie ihm
ihr Empfinden für Wendelburg klargelegt, aus kindlicher
Wärme heraus, die das Gefühl der Vereinsamung in ihr
wachgerufen, hatte sie zu ihm gesprochen.

Ein paar kurze Zeilen waren die Antwort gewesen.
Wieder das schroffe, unbedingte Verurteilen ihrer Handlungsweise, mit der sie auch über die Eltern Schande gebracht habe. Sie werde kein Glück finden auf ihrem
Wege, bis sie nicht ihr Unrecht gut gemacht und dahin
zurückgekehrt, wo einzig ihr Platz sei — zu ihrem Manne.

Die Tage wurden trüber und trüber, ihre geringen
Hilfsmittel gingen zu Ende. Was sollte sie beginnen?

„Lieber Gott, Sie müssen nicht so heikel sein in Ihren
Ansprüchen," sagte ihr der Agent, zu dem sie wieder und wieder lief. „Bei Ihrem Aeußeren kann's Ihnen ja kaum fehlen."

Bei ihrem Aeußeren! Wie Zorn überkam es sie gegen
ihre Schönheit, die ihr nur Steine in den Weg legte,
statt ihn ihr ebnen zu helfen. Was sollte sie thun?

Da kam eines Tages ein Brief von Regine. Ihr
Bruder habe erfahren, daß man im Theaterbureau für
allerhand schriftliche Arbeiten eine weibliche Kraft suche.
Die Stelle sei ihr sicher, wenn dieselbe ihr recht wäre, und
sie umgehend käme. Und sie war gekommen, nicht leicht,
nicht ohne inneren Kampf; doch was hätte sie beginnen sollen?

Sie füllte ihre neue Stellung aus ohne Liebe, ohne

Abneigung. Es würde, es mußte sich ja eines Tages etwas anderes finden. Inzwischen arbeiten, arbeiten, daß die Gedanken, die Gefühle nicht Zeit fanden, in ihr sich quälend einzunisten. —

Sie war im Bureau, in dem sie heute, am Sonntag, die einzige Arbeitende war, angekommen, suchte sich die Originale der Rollen hervor, die sie abzuschreiben versprochen. Ringsum war tiefe Stille. Wie wohl die that, wie sie beruhigte, kräftigte! Das leise Knistern des Papiers unter ihren Händen störte nicht, es war die Sprache der Arbeit, die stark macht, überwinden hilft.

Es hatte an die Thür gepocht. Lauschend hob sie den Kopf. Nochmals dasselbe Geräusch. „Herein," sagte sie zögernd und stand von ihrem Stuhle auf.

Die Thür ward geöffnet, eine hohe Männergestalt erschien auf der Schwelle, ihr zur Seite eine Dame.

Frau v. Ramhorst war es und ihr Bruder.

Adelheids Herz drohte stillzustehen.

Selken war bei ihrem Anblick unwillkürlich zurückgewichen, die Majorin aber, obwohl gleichfalls auf das Höchste überrascht, war mit ein paar Schritten vollends eingetreten. Seit sie von Adelheids unseliger Heirat erfahren, war das Interesse, das sie vom ersten Augenblicke an für dieselbe gefaßt, nur stärker geworden, und sie hatte sich deren Handlungsweise unter Zuhilfenahme der Erfahrungen ihres eigenen Lebens in einer Weise zu erklären versucht, die der Wahrheit nahe kam. Mit ihrem Bruder hatte sie ihre Anschauung über den Fall nicht austauschen können, da er jedes Anschlagen dieses Themas beinahe schroff zurückwies.

„Welch liebenswürdiger Zufall, Sie hier zu entdecken, Frau —" ein leichtes Stocken, ein halb verlegen lächelnder, fragender Blick.

„Frau Wendelburg ist mein gesetzlicher Name, indessen

nennt man mich hier Frau Angreß," sagte sie ruhig, einfach. „Ich danke Ihnen, gnädige Frau, daß Sie sich
meiner noch erinnern."

Ein klarer Blick glitt zu ihm herüber, der nur eine
schweigende Verneigung für sie gehabt hatte.

„Aber wie kommen Sie hierher, liebes Kind?" begann
Frau v. Ramhorst im Tone eines herzlichen Interesses,
und zog sich einen Sessel an Adelheids Schreibpult heran.
„Sie müssen mir das erzählen. Haben Sie ein wenig
Zeit für uns?"

„Bitte sehr" -- eine kühle, stolze Handbewegung bot
Selken gleichfalls Platz an.

Er lehnte dankend ab und nannte sie „gnädige Frau"
dabei.

Ihre Augen brannten dunkel, mit zusammengepreßten
Lippen wandte sie sich der Majorin zu.

„Seit vierzehn Tagen bin ich hier im Theaterbureau
zur Erledigung schriftlicher Arbeiten engagiert. Ich ver-
danke Herrn Erhard die Stelle und ich nahm sie in Er-
mangelung jeder anderen Auswahl notgedrungen an, so
sehr es mir auch widerstrebte, nach Arberg zurückzukehren."

Frau v. Ramhorst nickte. „Ich begreife das," sie er-
griff Adelheids Hand, „ich wüßte gern mehr von Ihrem
Schicksal. Es ist ehrliche Anteilnahme. Wollen Sie
mich nicht einmal besuchen?"

Adelheid that erbleichend einen tiefen Atemzug, dann
hob sich ihr gesenkter Blick wieder. „Ihre Güte beglückt
mich, gnädige Frau, allein wenn Sie begreifen, daß ich
nur gezwungen an einen Ort zurückkehrte, wo ich meine
irrige Auffassung, innere Wahrheit auf Kosten äußerlicher
Lüge leben zu können, so bitter büßen mußte, werden Sie
auch billigen, wenn ich jetzt alles ablehnen möchte, was
keinen unmittelbaren Zusammenhang mit dem einzigen
Zwecke meines Hierseins, mit meinem Broterwerb, hat."

Ihre Worte waren für ihn gesprochen, er verstand das Empfinden, dem sie entnommen, dennoch verletzten sie sein Ohr, und zum erstenmal sich zu direktem Worte an Adelheid wendend, gab er mit merklicher Schärfe zurück: „Hoffentlich steht dieser Broterwerb, wie Sie sich aus= zudrücken belieben, nun wenigstens nicht in Widerspruch mit Ihren Neigungen, gnädige Frau."

„Er gestattet mir, die Wahrheit meiner Lage zu leben, ohne anzustoßen; das genügt mir."

„Armes Kind," sagte leise die Majorin.

Adelheids feiner Kopf hob sich stolzer empor. „Ich hätte kein Recht und wünschte keines zu haben, Mitleid wachzurufen, gnädige Frau. Ich schuf mir mein Schicksal in freier Selbstbestimmung."

„Wir nehmen Frau Angreß allzulange in Anspruch, fürchte ich." Selken sagte es beinahe schroffen Tones und trat einen Schritt näher an Adelheids Pult. „Wenn Sie mir gestatten wollen, das Anliegen vorzubringen, um dessentwillen wir gekommen. Ich habe für die heutige Vorstellung die Bestellung von Billets versäumt, und möchte mir die Frage erlauben, ob die Möglichkeit vorliegt, zum Abend noch vier gute Plätze zu erhalten."

Ohne mit der Wimper zu zucken, hatte Adelheid sich erhoben und an einem Nebenpulte die dort aufgelegten Listen durchgesehen.

„Eine Loge im ersten Rang ist noch frei. Darf ich dieselbe für Sie reservieren lassen?"

„Ich bitte darum, gnädige Frau, und bin Ihnen sehr verbunden für die Freundlichkeit."

Adelheid stand still vor ihrem Pulte. Da wurden ihre beiden Hände von der Majorin, die immer be= fremdeter ihren Bruder angeblickt, erfaßt und herzlich gedrückt.

„So leben Sie denn wohl für heute. Hoffentlich sehe

ich Sie noch öfter wieder — zufällig, wenn Sie es nicht anders wollen."

Ein dankbarer Blick antwortete ihr, dann geleitete Adelheid in gelassener Höflichkeit ihren Besuch bis an die Thür.

Als dieselbe sich hinter den Fortgehenden geschlossen, hob Adelheid die Hände empor und hielt dieselben wie in ratloser Unschlüssigkeit vor sich ausgestreckt. Wohin sollte sie dieselben pressen? Wo saß ihr der meiste Schmerz? In den Schläfen, wo die Gedanken hämmerten, oder im Herzen, wo es bebte und zuckte?

Nein — nein! Ich will, ich will die Qual nicht fühlen! — Welches Recht stand ihm zu, sie so zu verurteilen, ihr so weh zu thun? So wie er, so handelte nur Engherzigkeit und Kleinheit, oder — Liebe, die grollte und zürnte, weil sie litt.

Liebe -- jawohl! Er liebte — eine Ilse!

Mit fester Hand schob sie wieder ihre Arbeit zurecht. — —

„Du warst zu schroff," sagte draußen Frau v. Ramhorst zu ihrem Bruder. „Was hast du nur gegen Frau Angreß?"

Was er gegen sie hatte — was? Er schritt schneller vorwärts, seine Brauen zuckten.

„Derartige, allzuselbständig ihr Dasein leitenden Frauen sind mir unsympathisch und unverständlich."

Frau v. Ramhorst schüttelte den Kopf. „Bist du so zum Splitterrichter geworden, oder läßt du dich in deinem Urteil beeinflussen? Wer kann wissen, wieviel Tragik hier zu Grunde liegt, welche eigentümlichen Verhältnisse, wie viel Zwang vielleicht?"

„Zwang?" Selken lachte hart auf. „Du hörtest ja das Gegenteil betont — ein Schicksal in freier Selbstbestimmung."

Mit großen Augen schaute die Majorin ihn an. „Du bist seltsam, Robert, ich erkenne dich kaum."

Er fuhr sich über die Stirn und machte eine abwehrende Handbewegung. „Du hast recht, was ereifere ich mich. Nun — mein Ideal von Weiblichkeit sieht eben anders aus."

Und als er am Abend in dämmeriger Theaterloge Ilse zur Seite saß, die, ganz in ein schneeweißes Gewirr von Spitzen und Krepp gehüllt, von bestrickendem Reiz war, hatte sie zum erstenmal seit der Verlobung, die ihm so unerwartet, wie vom Himmel gefallen gekommen war, tiefe, nachhaltige Wirkung auf ihn ausgeübt. Wie sie gelächelt, wie sie geplaudert, wie sie sich heimlich an ihn geschmiegt hatte, und er erbebt war im Dufthauch ihrer Nähe — so hatte er sie nie zuvor empfunden, die holde Blume auf seinem Lebenswege.

Ihren Namen auf den Lippen, betrat er gegen Mitternacht in aufgewühlter, erregter Gemütsverfassung sein Heim. Ohne daran zu denken, sofort zur Ruhe zu gehen, ohne die Lampe anzuzünden, streckte er sich auf das Sofa hin und ließ so, im mondhellen Dämmer der Frühlingsnacht nochmals an sich vorüberziehen, was der Tag gebracht.

Zwei dunkle, heiße Augen, die das Kraut Vergessenheit suchten, suchen mußten und darüber ihre Strahlen verloren hatten. Ein anderes Antlitz, hell und jung, ein heimlich süßer Händedruck. Und weiter —

Weiß, gespenstisch stand da im Thürrahmen plötzlich eine Gestalt — sie schwankte. Mit einem Ruck saß Selken aufrecht. Es war das Mondlicht, das im Zimmer umherschlich. Und dennoch —

Hans, Hans! Er hätte es hinausschreien mögen, so war es plötzlich über ihn gekommen in heißer, namenloser Angst. Warum hatte er den Jungen reisen lassen — so reisen lassen?

Dumpfe Schläge bröhnten an seiner Hausthür brunten. Er fuhr empor. Das Fenster fliegt auf.

„Wer ist da?" klingt seine Stimme in die Nacht hinaus.

„Der Bursche vom Major v. Ramhorst," schallt es zurück. „Herr Doktor möchte sofort kommen — Depesche von Robenstedt.

In wenigen Sekunden steht Selken brunten auf der Straße und eilt mit dem verstörten Boten zu seiner Schwester.

Er findet·sie über den Diwan geworfen, einen Wahnsinnsausbruck in den entsetzt verzerrten Zügen. Der Major steht neben ihr, sein Gesicht ist aschfahl, seine Hände zittern.

„Da — hier!"

Selken reißt ihm die gereichte Depesche aus der Hand, und ein gurgelnder Schrei ringt sich aus seiner Brust.

„Leutnant v. Ramhorst hat sich —"

Hans — Hans — erschossen!

Fünfzehntes Kapitel.

Als Frau v. Ramhorst ihrem Manne und ihrem Bruder voran in das Zimmer hineinwankte, ohne Frage, ohne Laut, schmerzversteinert, wichen alle erschüttert zurück vor ihrem Anblick und gaben ihr den Weg zum Schlafzimmer ihres Sohnes frei.

Dort lag er auf seinem Bette. Neben ihm, sorgsam über einen Stuhl gehängt, die Uniform.

Das also war das Ende! Hans, ihr Hans, ihr Junge — er war tot!

Kein Laut bewegte ihre Lippen, aber die Arme hatte sie hoch über ihrem Haupte emporgereckt, und aus ihrem

verwandelten, erstarrten Antlitz schrie der Seele Erdenleid
sein qualvoll wildes: „Warum — warum?" gen Himmel.

Der Major war an seiner Gattin Seite getreten, die
Zähne zusammengebissen, nur mühsam seine Fassung
bewahrend, ein fäusteballendes „Warum?" im Blick, der
zwischen des Sohnes Leiche und dem Revolver am Boden
hin und her zuckte.

Da schlug noch ein anderes Warum? dröhnend an
des Schicksals verschlossene Pforte. Selken als letzter
hatte den Toten gesehen, den kleinen Fleck auf dessen
Brust. Hans hatte gut getroffen — Herzblut, erstarrtes,
junges Herzblut —

„Warum hast du das gethan — warum?"

Der kalte, bleiche Mund dort in den Kissen hielt sein
Geheimnis fest im letzten ewigen Schweigen. Er aber,
der da droben über Gut und Böse thronte, er mußte sie
kennen, die Teufelsmacht, die hier dem Tod ein Opfer in
die Arme getrieben, auf das derselbe kein Anrecht hatte,
und er würde sie ihm verraten und ihm das Richtschwert
in die Hände drücken.

„Verlaß dich darauf, Hans, mein lieber Junge!"

Nassen Auges dem stillen Schläfer zunickend, als habe
der ihn verstanden, raffte der Doktor seine ganze Kraft
zusammen, um fähig zu sein, in das Nebenzimmer zurückzukehren, wo er zunächst mit den Kameraden des Dahin-
geschiedenen Rücksprache nehmen wollte. Ihm unmittelbar
folgte der Major, um die Berichte des Arztes, des Burschen und des Wirtes anzuhören.

Die unglückliche Mutter allein blieb bei der Leiche
zurück, teilnahmlos für alles, was um sie herum geschah.
Mochten sie reden da nebenan — was kümmerte es sie?
Keines Menschen Wort konnte ihr den Sohn vom Lager
auferstehen lassen. Wie bald — und sie würden ihn in
die Erde senken, dann sah sie ihn nicht einmal mehr --

nie mehr — nie wieder! Bis es aber so weit war, durfte
sie noch an ihres Kindes Bette sitzen, hatte sie noch ein
Kind, wenn es auch tot war. Es war doch da, war doch
da. Erst wenn sie ihn hinausgetragen, ihren Einzigen,
wenn die Erde ihn empfangen, und des Frühlings Blumen
auf seinem Hügel blühten — dann hatte sie kein Kind
mehr. --

Niemand konnte nähere Mitteilungen über die mut=
maßliche Ursache des Geschehnisses machen. Auch die bei=
den jungen Offiziere, mit denen Selken außer Hörweite
seines Schwagers in einer Fensternische stand, wußten
nichts. Ihr Kamerad hatte keine Aeußerung gethan, die
ihnen irgendwie auffällig erschienen wäre. Daß er Schul=
den haben könnte, so viele Schulden, um zur Pistole
greifen zu müssen, hielten sie für unmöglich bei der Soli=
dität seiner Lebensführung. Gespielt habe er zudem nie=
mals, auch seine Stimmung sei weder merklich verändert,
oder irgendwie melancholisch gewesen. Andere Aufschlüsse
vermochten die Herren nicht zu geben, und in tiefer Be=
wegung verabschiedeten sie sich. Desgleichen thaten die
übrigen Anwesenden, sobald ihre Gegenwart nicht mehr
vonnöten war.

Ramhorst und Selken blieben allein miteinander, und
letzterer wollte eben sein Herz mit der Mitteilung, daß
Hans kurz vor seinem Ende bei ihm in Arberg gewesen
sei, entlasten, was zu thun er bisher in Rücksicht auf
seine Schwester unterlassen hatte, als der Major erklärte,
zunächst die für die Bestattung seines Sohnes notwendigen
Gänge unternehmen zu wollen.

Das erste, was Selken that, nachdem sein Schwager
das Zimmer verlassen, war, daß er den Burschen des
Verstorbenen hereinrief, um denselben über alle Einzel=
heiten, die der Katastrophe vorangegangen, auszuforschen.
Wann der Leutnant am Sonntag nach Hause gekommen

sei, was er dann noch gethan, ob er die Tage zuvor
Briefe empfangen, Besuche gemacht, wie seine Stimmung
gewesen sei — alles ließ er sich von dem, selbst auf das
schmerzlichste von dem Ende seines geliebten Herrn be=
troffenen jungen Menschen berichten.

Der Herr Leutnant habe am Sonnabend einen Brief
bekommen.

„Einen offenen?" forschte Selken, der an seine Ver=
lobungsanzeige dachte.

„Auch," bestätigte der Bursche, „aber noch einen an=
deren."

„Von seinen Eltern aus Arberg vielleicht?"

„Nein. Herrn und Frau Majors Schrift kenne ich
genau, ich glaube eher —"

„Nun, was glauben Sie? Hier giebt es kein Ver=
stecken mehr, reden Sie frei heraus."

„Eine Dame, Herr Doktor." Mit tiefem Atemzuge
war's heraus, und nun wurde der Bursche mitteilsamer.
„Wenn die Schrift ankam auf dem dicken Papier, dann
griff der Herr Leutnant immer schon von weitem nach
dem Briefe. Er schrieb auch oft selber Briefe, die er
persönlich zur Post brachte, alle anderen besorgte ich."

Selken stand wie vom Donner gerührt. „Und von
dieser Dame, meinen Sie, wäre am Sonnabend ein
Brief angekommen."

„Ja, Herr Doktor," sagte der Bursche überzeugt.
„Der Herr Leutnant ist dann weggegangen, am Abend
nach Hause gekommen, bald darauf wieder gegangen, ohne
zu sagen wohin, und erst am Sonntag spät abends
zurückgekehrt. Er sah so schrecklich aus, daß ich's mit
der Angst kriegte und vor seiner Thür blieb, trotzdem er
mich in meine Stube geschickt hatte."

„Nun und — was hörten Sie?"

„Papierknistern, Herr Doktor; einmal klappte auch

die Ofenthür, und ein paar Streichhölzer wurden angebrannt. Dann ging der Herr in sein Schlafzimmer und —" der Bursche fuhr sich mit der Faust über die Augen. „Ich fand ihn nachher zuerst, Herr Doktor, und rief den Hauswirt."

„Und außer den Briefen, von denen Sie vermuten, daß sie von einer Dame kamen, haben Sie nichts Auffälliges an Ihrem Herrn in letzter Zeit bemerkt?"

„Nein, Herr Doktor."

„Haben Sie darüber bereits zu jemand anderem gesprochen?"

„Ach nein" — treuherzig schaute der Bursche den Doktor an — „weil's der Herr Leutnant selber wie ein großes Geheimnis hielt, wollte auch ich nicht —"

Der Doktor nickte. „Ja, ja, schweigen Sie auch vorläufig weiter über den Punkt. Und gehen Sie jetzt, es ist gut."

Sobald Selken wieder allein war, eilte er an des Neffen Schreibtisch, die Schubladen desselben aufziehend. Die darin befindlichen Papiere waren in musterhafter Ordnung und völlig belanglos.

Was der Bursche ihm da verraten, daß ihm das selber nicht einen Augenblick in den Sinn gekommen war!

Cherchez la femme — ja, suchen wollte er sie, und Gnade ihr Gott, wenn sie das Richtschwert verdiente!

Aber wo einen Anhaltspunkt finden, der die Wahrheit verriet! Hans hatte offenbar jedes darauf bezügliche Schriftzeichen vernichtet.

Von einem plötzlichen Gedanken erfaßt stürzte Selken nach dem Ofen hin, riß dessen Thür auf und begann den Aschenrest im Feuerraum zu durchwühlen. Nichts — nichts — nur die Spuren, daß eine ziemliche Anzahl Papiere hier verkohlt waren. Schon wollte er von seinem vergeblichen Nachsuchen abstehen, da war es ihm, als

schimmere ganz hinten im Ofen etwas. Schnell fuhr
seine Hand danach und faßte eine Ecke starken, nur an-
gekohlten Briefpapiers. Das Stückchen, ein Briefüber-
rest, war eingebogen. Er nahm es und faltete es auseinander.

Große Schriftzüge sprangen ihm in die Augen wie
schwarze Schlangen — ein paar Worte, nur ein paar
Worte nahmen die Welt, jagten sie in sausendem Kreise
um seine schwindelnden Sinne, stießen gegen seiner Seele
stolze Tempelmauern, bis daß sie barsten, fielen, ein-
gestürzt von jener kleinen Hand, die diese paar Worte
geschrieben!

„Schweige über unsere Liebe zu jedermann, aber glaube,
daß Dich immer liebt Deine treue Ilse."

Wie lange er so am Boden gekniet und auf das an-
gesengte Stück Papier vor sich herniedergestarrt hatte, er
wußte es nicht, als er sich endlich langsam, schwer erhob
und die furchtbare Anklageschrift bei sich verbarg.

Er wußte nur eins: die Thür seines bisherigen
Daseins war für immer hinter ihm zugefallen. Ein an-
derer an Leib und Seele geworden, stand er auf fremdem
Boden mit unsicheren Füßen. Wo waren gerade, wo
krumme Wege, wo fing die Lüge an, wo endete die
Wahrheit? Wo hieß es verdammen, wo begnadigen?

Seine Hände, die das Richtschwert hatten führen
wollen, erzitterten. Da schlug er sie vor sein Antlitz
und weinte.

Der Major hatte angeordnet, daß sein Sohn am
nächsten Tage bestattet würde. Es war geschehen. —
Nun hatte die arme Mutter kein Kind mehr. Als sie
die erste Handvoll Erde auf seinen Sarg herniederrollen
gehört, war Irma v. Ramhorst ohnmächtig an seiner Gruft
zusammengebrochen. Bei ihrem Erwachen war sie starr,

thränenlos geblieben, nur ihres Herzens „Warum?" hatte
unablässig um Antwort gefleht. Man mußte ihr doch
sagen können, warum ihr Hans seine Mutter verlassen,
die er so sehr geliebt, zu der er stets heimverlangt hatte?
Der Major schwieg auf solche Fragen, seit er seines
Sohnes Ende sich im Zusammenhang mit irgend einer
Liebesaffaire dachte, der nachzuspüren ihm durchaus widerstrebte.

Und Selken?

Ihm schloß furchtbares Wissen den Mund, und kein
Atemzug, kein Aechzen seiner namenlosen Qual durfte verraten, welcher Blitzstrahl den jungen Baum gefällt, von
dem er selber einst behauptet: er ist einer von denen, die
eher brechen, als sich biegen. —

Am nächsten Morgen nach dem Begräbnisse waren
Ramhorsts und Selken nach Arberg zurückgekehrt, wo der
Major jetzt erst der schweren Pflicht nachkam, den Tod
seines einzigen Sohnes, von dem bisher nur der Re-
gimentskommandeur gewußt, bekannt zu geben.

Selken aber nahm den Weg zu seiner Braut.

Keine Zeile hatte sie von dem Geschehenen in Kenntnis
gesetzt, kein Wort ihr den Grund seines Fortbleibens von
ihr verraten.

Wie er ihr nun gegenübertreten, was er ihr, was er
ihren Eltern sagen wollte? Es war ihm nicht klar, er
fühlte nur, wie mit jedem Schritt, den er that, das
Blut tropfenweise aus seinem Antlitz, aus seinem Herzen
wich. Vor dem Hause angelangt, war es ihm, als
zwinge magnetische Gewalt seinen Blick, sich nach oben zu
richten.

Droben an einem der Fenster stand Ilse und sah zu
ihm herab. Ohne ihr zuzunicken trat er rasch ins Haus
hinein. Sie würde ihm jetzt entgegenfliegen, ihn mit ihrer
Stimme küssen, noch eh ihr Arm ihn berührt. Er

wußte es und war nicht überrascht, als sie ihm selber die
Entreethür öffnete.

Mit einem frohlockenden: „Die Mama hat noch nicht
Toilette gemacht, jetzt werde ich dich allein ins Verhör
nehmen,“ glitt sie an ihm vorüber und lief voran in den
Salon. Der Duft ihrer Kleider drängte sich in seinen
Odem, noch einmal flatterte ihre reizende Erscheinung als
Frühlingsschmetterling aus dem Lande seiner Träume
durch seine Sinne, dann starb er im Eiseshauch der Wahr-
heit. —

„Du hast drei volle Tage nichts von dir hören lassen,
was soll das heißen, du Abtrünniger?“

Die Hände vor sich verschränkt, den Kopf zurück-
gebogen, die Lippen geöffnet, lächelte sie ihn schmollend-
kokett an, da er ihr ins Zimmer hineingefolgt war.

Er antwortete nicht, er sah nur zu ihr hernieder mit
seinem festen, kalten Blicke. Ihm schien, als lausche sie
seiner Antwort unruhig, als rühre die Blässe ihrer Wangen nicht allein vom Widerschein des fahlblauen Gewan-
des her, das sie wie rieselndes Wasser umfloß.

„Was soll das heißen?“ fragte sie noch einmal, leiser
als zuvor.

„Können die Augen, die so scharf und klug zu Men-
schenseelen durchbringen, nicht in meinem Gesicht lesen?“

Der Ton riß ihr das Lächeln vom Antlitz. „Ich —
ich begreife nicht. Du bist seltsam.“

Eine tiefe, senkrechte Falte grub sich in seine Stirn.
„Ich komme von meinem Neffen, Hans v. Ramhorst.“

Sie verlor die Fassung nicht, wenn sie auch zusammen-
fuhr, den Kopf zur Seite wandte und die Finger gegen
die Lippen drückte, wie ein auf Abwegen entdecktes
Schulkind.

„Robert — du — nun ja, ich sehe es dir ja an,
daß — daß —“

„Nun daß —" fiel er dröhnend ein, als sie stockte.

Sie fing an zu schluchzen, hilflos, bethörend, wie in jener unseligen Stunde, da sie sein Herz mit ihren Thränen bethört hatte.

„Daß er mir zuvorgekommen ist! Ich hätte dir's ja selbst gebeichtet. — Diese Thorheit, diese lächerliche Leutnantsschwärmerei! Als ich dich sah, da — da wußte ich erst, was Liebe war. Aber ich — schämte mich, dir so ohne weiteres zu sagen, daß ich — daß ich deinen — daß ich Hans v. Ramhorst als Pensionsmädchen kennen gelernt."

Selken schloß sekundenlang die Augen — rote Ringe tanzen vor ihm — mit Fäusten hätte er in sie hineinschlagen mögen, und er hätte dann jene getroffen, die dastand und so kindlich weinte.

„Mein Neffe war am Sonntag hier in Arberg?"

Einen Schrei ausstoßend, flog Ilse auf ihn zu und umklammerte ihn mit ihren Armen.

„O, das hat er dir auch gesagt — und er mußte doch, ich wollte das selbst thun, ich liebe dich ja so unendlich, nur dich! Er war aber so eifersüchtig, ich hatte Furcht! Verzeih, verzeih mir doch! Wo, wie hast du's denn erfahren? War er bei dir - schrieb er — sprich, rede doch, starre mich nicht so an!"

Ihr Mund drängte sich zu ihm empor, und sie zitterte doch.

Rauh schob Selken sie von sich, tastete in seine Brusttasche, ein Papier knitterte in seiner Hand, dann hatte er es hoch gehalten, ihr dicht vor die groß und dunkel werdenden Augen.

„Hier, dies - nicht er selbst — dies wurde zum Verräter!"

Die von ihr geschriebenen Worte auf dem Briefreste, die ihm eine Welt in Trümmer gerissen, ließen Ilse nur die Lippen verziehen.

„So etwas schreibt man, wenn man thöricht ist,“ sagte sie leichthin. „Ein wirklicher Mann schweigt über solche Albernheiten · ·“ Eine Blutwelle färbte ihr Gesicht, jäh aufsteigender Zorn raubte ihr die Besinnung — „der dir aber diesen Fetzen in die Hände gespielt, ist ein dummer Junge.“

„Den wir gestern begraben haben und hier“ — seine Stimme schwoll zum Donnerton — „hier steht s e i n e M ö r d e r i n!“

Ihre Hände griffen in die leere Luft hinein, dann sank sie lautlos vor ihm zusammen.

Stumm kehrte er den Blick vor ihr ab und schritt zur Thür. Er hatte das Richtschwert geführt — kalt, unbarmherzig, denn sie war die Lüge gewesen.

Sechzehntes Kapitel.

In Erhards Gärtchen hinter dem Hause saßen Adelheid und Annette bei einander, erstere nach dem dumpfen Bureauaufenthalt mit Behagen die frische Luft atmend, letztere glühend eifrig an einer umfangreichen Häkelei arbeitend.

„Sie sind ja furchtbar fleißig, Annettchen! Wie viele Staubtücher haben Sie denn eigentlich schon?“

„Zwölf,“ gab die Kleine zurück ohne aufzublicken. „Nun noch zwölfe, dann Decken, Spitzen — ach,“ sie seufzte niedlich — „es gehört viel dazu, einen Haushalt einzurichten.“

Adelheid lachte. „Sie sind doch noch lange nicht so weit, Annette! Tante will's doch noch nicht haben.“

„Aber wir wollen es — er und ich!“ Energisch richtete sich der Blondkopf in die Höhe. „Und wenn zwei sich nur gut sind, dann kriegen sie sich schon.“

„Glauben Sie?“

„Natürlich! Gerade seit man uns auseinander zu zwingen sucht, haben wir's gelernt! Liebe läßt sich nicht zwingen, und es wird gewiß alles gut werden, wenn man's nur fest will, nur immer fest wollen!"

Adelheid hatte sich aus ihrer bequemen Stellung im Klappstuhl aufgerichtet und das Kind da vor sich angeschaut wie etwas Neues, Seltsames.

Kind? Nein, das war kein Kind mehr — ein werdendes Weib, wachgeküßt, schon wachgeküßt von dem lauen Liebeshauch, der ihr Puppendasein gestreift, wachgeküßt zu einem: „Ich will — Liebe läßt sich nicht zwingen." Und sie selber, was hatte sie für einen Aufwand an Kraft, an inneren und äußeren Erlebnissen gebraucht, um auf unseligem Irrwege endlich zu ihres Lebens einfachem: „Ich will wahr sein vor mir!" zu gelangen.

„Adelheid, kommen Sie, bitte, mal herein." Reginens Stimme rief es vom geöffneten Atelierfenster her, und aufspringend leistete Adelheid dem Rufe Folge.

Die Malerin, den Hut noch auf dem Kopfe, zwei rote Flecken auf ihren Wangen, drückte Adelheid auf einen Stuhl nieder. „Da setzen Sie sich, Liebste, ich habe Ihnen etwas zu erzählen, das ich soeben erfahren habe. Es sind Dinge in den letzten vierzehn Tagen geschehen, Dinge" — sie hielt inne und sah auf Adelheid, die wenig wißbegierig dreinschaute, und nun fiel sie mit der Thür ins Haus: „Denken Sie, Ilse Herbert soll ihre Verlobung mit Doktor v. Selken gelöst haben, und —"

Von flammender Glut übergossen war Adelheid emporgefahren. „Wenn es wahr ist, wenn sie nicht mehr verlobt sind miteinander, dann hat er das Band zerrissen — nicht sie!"

Regine überhörte den leidenschaftlichen Einwurf. „Und die Frau v. Namhorst, seine Schwester, hat ihren Sohn verloren!"

„Regine" — voller Entsetzen stürzte Abelheid zu ihr
hin — „Regine, ihren einzigen Sohn!"

„Ja, sie munkeln, er hätte sich erschossen."

„Er — schossen!"

„Man sagt es," erwiderte die Malerin dumpf. „Vor
vierzehn Tagen schon soll es geschehen sein. Das Schlimmste
aber ist —"

„Noch Schlimmeres?" bebte es leise in Reginens Worte
hinein.

„Ja, die bedauernswerte Mutter soll schwer krank,
dem Tode nahe sein."

„Seine — Schwester!" Abelheids Hände drückten sich
krampfhaft gegen die hochatmende Brust, dann stürzten
ihr Thränen über die Wangen. „Ich habe sie lieb, ich
will zu ihr."

Regine schüttelte den Kopf und fuhr sich heimlich mit
der Hand über das Gesicht. „Ach Herzenskind, sie liegt
ja im Krankenhaus und kennt niemand. Nervenfieber
ist's, und niemand darf zu ihr."

„Und das ist alles wahr, Regine?"

„Ich glaube, mein Liebling, soviel Unglück wird nicht
auf einmal erfunden."

„Ich —"

Die Malerin winkte der Stammelnden verständnisvoll
zu: „Gehen Sie nur, Abelheid, ich mußte es Ihnen aber
doch sagen." —

Droben betrat Abelheid ihr Mansardenstübchen mit
dem Blick über der grünenden Bäume Wipfel. Die Vögel
sangen zu ihr hinein, die ganze Frühlingsherrlichkeit
breitete die Arme nach ihr aus. Ihre Wangen waren
naß von Thränen, über anderer, über sein Leid.

„Könnt' ich jetzt weinen mit dir — könnt' ich dich
doch weinen mit dir!"

Sie warf sich über ihr Bett und schluchzte laut. — —

„Haben Sie nichts wieder von Frau v. Ramhorsts Ergehen gehört, Regine?"

Das war Abelheids tägliche Frage.

„Nein, die Fama wußte nichts weiter, als daß Frau v. Ramhorst noch immer schwer erkrankt zwischen Tod und Leben schwebe."

So ging der Mai dahin, und jener selige Monat kam, da auf der Terrasse von Harwitz die Rosen geblüht hatten.

Abelheid hatte ihr Leid und hatte ihr Glück vergessen. Es war niemand da, der sie an das eine oder an das andere erinnerte. Ihr Dasein war ihrer Pflichterfüllung geweiht, die sie nicht freute, weil ihr innerstes Wesen keinen Teil daran hatte. Die Sprache des Theaters war nicht ihre Sprache, sie lebte die Leidenschaft, den Schmerz des Lebens; die geschminkte Freude, das geschminkte Leid stießen sie ab. Aber die Furcht, von einem besseren Platze wieder durch Wendelburg vertrieben zu werden, ließen sie ausharren in Geduld und arbeiten und sparen, damit sich ihr Zukunftsplan, dermaleinst aus eigenen Mitteln ein kleines Geschäft, oder eine Handarbeitsschule gründen zu können, verwirklichte. Sie wußte es wohl, wenn auch Wendelburg nach der Erfolglosigkeit seiner gerichtlichen Aufforderungen an sie, als seine Gattin zu ihm zu kommen, bisher geschwiegen hatte, eines Tages würde er dennoch wieder da sein, mahnend an ihres jungen Lebens Irrtum vor ihr erscheinen, sie von neuem vertreiben und immer wieder vertreiben.

Ihm die Möglichkeit dazu nehmen, indem sie selbständig und unabhängig von anderer Meinung und Bestimmung wurde, das war jetzt die Triebfeder ihrer tapferen Regsamkeit von früh bis spät, der ihr Herz freilich weltenfern stand. Das war nicht tapfer in dieser schönheitstrunkenen Sommerszeit, da die Sehnsucht auf Rosendüften zu der Jugend schwebt. Wenn auch sein eigenes

Glück, sein eigenes Leid schlummerte unter dem eintönigen
Wiegenlied der Arbeit, das des geliebten Mannes wachte
doch und rief in ihr mit heißen Schlägen jenes heilige,
demütige Weibesverlangen zum Leben, das geneigten
Hauptes spricht: „Ich will helfen, trösten, in den Thränen,
die das Unglück weint, will ich mein Ich versenken." —

„Haben Sie noch immer nichts Gutes von Frau
v. Ramhorst gehört, Regine?"

Dieser sich stets wiederholenden Frage Adelheids, wenn
sie aus dem Bureau heimkam, ward endlich eine frohe
Antwort.

„Ja, Kind, mehr als das, ich habe sie sogar gesehen.
Sie fuhr mit ihrem Bruder spazieren. Aber sie ist eine
ganz alte Frau geworden mit weißen Haaren."

Adelheid blickte stumm zu Boden. Sie konnte nicht
sprechen, sie wäre ihrer Stimme nicht mächtig gewesen
und hätte doch so gerne gefragt: „Und er — wie hat
er's getragen?"

Doch sie schwieg. Wie es ihn auch getroffen haben
mochte, seine Liebesenttäuschung, der Tod des Neffen, die
Krankheit der Schwester — was war es schließlich im
Vergleich zu dem, was jene schmerzgeweihte Mutter durch-
litten haben mochte!

„Ich habe sie lieb, ich will zu ihr."

Ganz still und fest sprach sie es bei sich und wußte
dann, daß sie noch heute bei einer Unglücklichen anpochen
würde.

Erschüttert hingen Selkens Blicke an der Schwester,
die müde von der ersten Ausfahrt nach monatelanger
Krankheit auf der Chaiselongue in ihrem Zimmer lag und
die Augen geschlossen hielt, ohne zu schlafen. Er saß an
ihrer Seite und streichelte leise ihre welk gewordene Hand
in der seinen. So hatte er während der Zeit ihrer lang-

samen Genesung Stunden und Stunden bei ihr zugebracht,
ohne daß jemals von ihr die Frage gekommen wäre:
„Kannst du dich mir auch so oft widmen, erhebt deine
Braut keine Ansprüche an dich?"

In vollständiger seelischer Apathie hatte sie gelegen
Wochen um Wochen, als habe sie keine Zugehörigkeit
mehr zur Erde, auf der ihr Sohn nicht mehr wandelte.
Erst ganz allmählich war des Bruders sorgende Liebe wie
ein hellerer Strahl in ihr Seelendunkel gedrungen und
hatte ihren schmerzgebrochenen Geist zum irdischen Leben
zurückgeleitet. Um ihr aber das fremd und leer gewordene
Dasein wieder vertraut, wieder lebenswert zu machen,
dazu hätte es einer anderen Liebe als der des Bruders
bedurft — der eines treuen Gatten. Doch diese Liebe
hatte Irmgard v. Namhorst nicht umfangen, als sie vom
Rande des Todes, aus schwerer Krankheit erstanden, in
ihr Heim zurückgekehrt war. Als ihr, der elend und
alt Gewordenen, der Major gegenüber getreten, hatte
seine Miene sofort verraten, daß mit dem Hinscheiden des
Sohnes jedes innere Band zwischen ihm und seiner un-
geliebten Gattin zerrissen war.

„Bleibe bei mir," hatte sie da ängstlich ihren Bruder
angefleht, und er — vor ihr nieder hätte er sich werfen
mögen, als sei er schuldig vor ihr, weil er so blind gewesen war in seines Herzens Wahl, als müsse er es ihr
mit wildem Jammer zurufen: „Ich bin es — ich, dem
dein Sohn den Platz räumen wollte."

Er hatte geschwiegen, nur bei ihr geblieben war er
in ihrer Einsamkeit.

„Ich meinte, du wolltest schlafen, Irmgard."

Er sagte es, da er sah, daß sie plötzlich weit die Augen
öffnete, als sei ihr ein Gedanke gekommen, der ihr zu
schaffen machte.

„Und du wärst auch dann nicht fortgegangen von mir?"

„Warum sollte ich?"

Schwer drehte sie den Kopf nach ihm und blickte un=
sicher in sein Gesicht. „Hast du denn so viel Zeit für
mich? Ich —" sie tastete über ihre Stirn — „ich habe
alles andere vergessen; du bist ja doch verlobt."

Seine Hand löste sich aus der ihren, fahl geworden
lehnte er sich im Stuhle zurück.

Diese Frage! Er hatte gewußt, daß sie eines Tages
kommen müsse, hatte sie längst erwartet, und nun er=
zitterte er dennoch, sie zu beantworten.

Wenn es wieder ertönte, das so lange unterdrückte
„Warum?" der Mutter, die nicht fassen konnte, weshalb
ihr Sohn die Welt verließ. Doch nein, nein! Die Wahr=
heit war zu grauenvoll, die würde ihr milder Geist nicht
zu ahnen vermögen.

Und so gefaßt es ihm möglich war, neigte er sich ihr
wieder zu: „Ich war verlobt, liebe Schwester," sagte er
sanft und ruhig. „Es ist eine lange Zeit inzwischen ver=
gangen und —"

„Und —" sie richtete sich auf, als sei sie stärker, klarer
geworden.

„Und ich bin es nicht mehr, Irmgard," vollendete er,
jeden Muskel seines ernsten Gesichts beherrschend.

„Robert! Bruder!"

Sie lag an seiner Brust, hielt ihr gebeugtes, weißes
Haupt an seinem Herzen, und mit dem ersten Wieder=
kehren von Empfindungsfähigkeit und Anteilnahme stam=
melte sie: „Bist du zur Erkenntnis gekommen, ehe es zu
spät war? O das ist gut, das ist gut!"

„Ich bin zur Erkenntnis gekommen," brach es von
seinen Lippen.

Die Schwester fragte nicht weiter, was es war, das
ihren Bruder erleuchtet; wie sein Bund mit Ilse sich ge=
löst. Das in seinen Einzelheiten wissen zu wollen, dazu war

ihr Interesse an der Welt und ihren Ereignissen noch zu
gering. Schweigend hielt sie ihn umfangen, und er zuckte
und bebte in ihren Armen.

Wie ihr Bund sich gelöst hatte! Noch einmal zwang
sich das widerwärtige Erinnern daran in seine Sinne,
und Ekel und Verachtung waren es, was ihn gleich einem
Krampfe durchrüttelte.

Noch am selben Tage, als er mit seiner furchtbaren
vernichtenden Anklage von Ilse gegangen war, hatte er
von Professor Herbert einen Brief erhalten: obwohl er be=
daure, einem ihm persönlich lieb Gewordenen einen
Schmerz zufügen zu müssen, könne er nicht anders, als
ihm auf dringendes Bitten seiner Tochter den Verlobungs=
ring zurückzusenden. Da Ilse ihm heute unter heißen
Thränen gestanden, daß sie nur in Uebereilung, leiden=
schaftlichem Werben nachgebend, ihr Jawort gesprochen,
dürfe er sein unerfahrenes Kind nicht zwingen, dasselbe
zu halten. Er und seine Gattin beklagten auf das Tiefste
solches Ende ihrer Beziehungen zu einander, hofften aber
doch auf großmütiges Verzeihen des reifen Mannes für
ihr thörichtes Kind, das sein Herz noch nicht kannte.

Er hätte lachen mögen, hier über dem weißen Haupte
seiner Schwester. So hatte Ilse das Band ihrer Ver=
lobung gelöst, so elend, so verlogen. So hatte sie den
Ring vom Finger gestreift, um den ein Menschenleben,
tausendmal mehr wert als das ihre, dahingegangen war,
so hatte ihre Erwiderung geklungen auf sein richtendes:
„Mörderin, Mörderin!"

(Fortsetzung folgt.)

Die Photographie.

Novellette von Emma Merk.

Mit Illustrationen
von Richard Mahn.   (Nachdruck verboten.)

Gustav Ebert fühlte sich recht einsam, seit seine gute
Mutter tot war. Sie war ja eine stille Frau gewesen,
die nur wenig Freude am Leben hatte, seit sie ihren Mann
und ihren älteren Sohn verloren. Wie oft hatten sie des
Abends stundenlang ganz stumm bei einander gesessen, sie
mit ihrem Strickstrumpf, er mit seiner Zeitung; aber es
brannte doch immer die Lampe im Zimmer, wenn er
heimkam, es knisterte im Winter das Feuer im Ofen, der
Tisch war sauber gedeckt, und vor allem — es grüßten
ihn freundliche Augen, und er wußte, daß eine treue
Seele in der Nähe war, die an allem warmen Anteil nahm,
was ihm tagsüber Frohes und Aergerliches geschehen sein
mochte.

Nun trat er, müde von vielstündiger Bureauarbeit —
er war Beamter bei den Münchener Verkehrsanstalten —
in seine finstere, frostige, leere Wohnung und mußte erst
eine Weile rufen, bis die Hausmeisterin, die seine Be-
dienung übernommen hatte, sich entschloß, ihre umfang-

reiche Gestalt heranzuschieben und mit umständlichem Ge-
schwätz seine Aufträge entgegenzunehmen.

Im Gasthaus behagte es ihm auch nicht. Er war kein
Raucher, kein besonderer Trinker; auch die Unterhaltung
war nicht immer nach seinem Geschmack. Man erzählte
Anekboten, man politisierte, man stritt und erhitzte sich.
Seinem friedfertigen Wesen schien das keine Erholung
nach einem Arbeitstag. Er war eben für ein häusliches
Leben geschaffen. Ein summender Theekessel unter der
Hängelampe, ein friedliches, behagliches Zimmer mit einem
altmodischen breiten Sofa vor dem Tisch, und eine
freundliche junge Frau mit guten, lieben Augen und
einer sanften, leisen Stimme — das war für ihn das
Glück, nach dem er sich sehnte.

Ja, er fühlte, daß er ein guter Ehemann werden
und mit seinem unverbrauchten Herzen einem weiblichen
Wesen eine solche Fülle von Liebe schenken könne, daß sie
mit der Zeit vielleicht ganz vergessen würde, wie wenig
hübsch er war. Aber wie sollte er denn den ersten Schritt,
die schwierige erste Annäherung wagen mit dem Gesicht,
das ihm die Natur verliehen hatte. Solch ein nüchternes
fahles Gesicht mit einer unschönen Nase und umgeben von
Haaren, die sich so glatt anlegten und so dünn aussahen,
obwohl er noch keine Glatze hatte, wie so viele seiner
Altersgenossen!

Und wo lernte man denn junge Mädchen kennen? In
einem Ballsaal! Da mußte er eine armselige Rolle spielen
mit seiner unscheinbaren hageren Gestalt. Und solch
halbflügges Ding, das man zum Tanzen führt, paßte doch
auch nicht zu einem Mann von siebenundbreißig Jahren.
Verwandte hatte er nicht, und in den Familien wurde
man bei den wenig gastfreundlichen Sitten der Stadt nicht
leicht eingeführt.

Aber wenn er an den langen Abenden so allein saß,

dann dachte er zuweilen, es müsse doch wohl da oder dort
ein braves Mädchen wohnen, das ebenso einsam sei wie
er, das sich nach Anschluß sehne und froh sein werde,
wenn ein anderer ihr die Sorge um die Existenz ab-
nähme.

Und in einer trübseligen Dezembernacht um die Weih-
nachtszeit, als der Sturm so laut um die Fenster heulte,
daß er nicht schlafen konnte, da trieb diese Erwägung ihn
zu einem kühnen Entschluß. Er wollte einmal das Schicksal herausfordern; er wollte einmal einen Ruf ergehen
lassen an jene Unbekannten, unter denen sich vielleicht für
ihn die rechte finden könnte. Er setzte folgende Anzeige
auf: „Ein Herr in den Dreißigern, Beamter, der wenig
Verkehr mit Damen hat, möchte durch einen Briefwechsel
die Bekanntschaft eines jungen Mädchens machen. Er
könnte seiner Lebensgefährtin zwar kein glänzendes, aber
ein sorgloses ·Dasein bieten. Photographie erwünscht.
Strengste Verschwiegenheit selbstverständlich."

Er hatte lange überlegt, ob er „ein junges Mädchen"
schreiben sollte. Aber er fürchtete, daß ohne diesen ausdrücklich betonten Wunsch am Ende ganz alte Jungfern
und Witwen ihr liebebedürftiges Herz vor ihm ausschütten
würden, und davor graute ihm ein wenig. An eine
Tageszeitung wollte er seinen Aufruf nicht geben. Zwischen
Dienst- und Vermietungsanzeigen, Lokalnachrichten und
Reklamen schien ihm seine Frage an· das Schicksal ent-
würdigt. Er ließ die Anzeige in eine vielgelesene
Familienzeitschrift einrücken, deren Romane und Novellen
zumeist auf ein Damenpublikum berechnet waren. Hier
wehte viel eher die Stimmung, die er brauchte, über
seine Worte hin. Aber er mußte da allerdings eine geraume Weile auf Antwort warten.

Schließlich waren doch sechs Briefe eingelaufen, die er
unerbrochen verwahrte, um sie an einem stillen Sonntag-

nachmittag in der richtigen Muße zu studieren. Ganz
feierlich setzte er sich an das Fenster, nachdem er die
Thür fest versperrt hatte, und öffnete in einer gewissen
Aufregung die Umschläge. Der erste Brief gefiel ihm gar
nicht. Nein, das war nichts für ihn. Ins Feuer damit.
Der zweite roch nach Moschus — ihm widerwärtig.
Einem dritten merkte man den Briefsteller an. Ein vierter
war zu nüchtern. Die Betreffende ging schnurgerade auf
ihr Ziel los und erkundigte sich nach den Verhältnissen, nach
der jährlichen Einnahme, nach seiner Gesundheit und so
weiter. Ein fünfter klang fast so, als hätte ihn ein Herr
geschrieben, um sich einen Ulk zu machen. Den vertrauen=
erweckendsten mit der klarsten Handschrift hatte er sich bis
zuletzt aufgehoben. Er lautete:

„Ich habe lange überlegt, ob ich wirklich dem Einfall
nachgeben soll, der mich heute anwandelte, an Ihre
Chiffre zu schreiben. Ihre Anzeige hat mich sympathisch
berührt, trotzdem kann ich mich ja einer großen Enttäuschung
aussetzen. Immerhin, ich wage es — ehrlich gestanden,
aus Langerweile. Seitdem meine Eltern tot sind, lebe ich
bei einer Tante in einer kleinen Stadt. Sie liebt ihren
Mops mehr als mich. In ihr Haus kommen nur alte
Damen, die über das Kochen reden und über ihre Dienst=
mädchen klagen; sonst sehe ich keinen Menschen. Ich habe
Angst, in dieser Umgebung ganz zu verdummen. Wir
haben früher ja auch nicht gesellig gelebt, aber meine
Mutter interessierte sich für Litteratur und Musik, und mein
Vater war ein kluger Mann, der sich gerne über ernste
Fragen mit uns unterhielt, so daß ich das Gefühl hatte,
ich lebte auch mit in dem mächtigen Strome der Zeit.
Nun bin ich gänzlich herausgeworfen. Ich wäre so dank=
bar für einen anregenden Verkehr. Wenn Sie daher Lust
hätten, mit einem einsamen Menschenkind über allerlei
Interessantes zu plaudern, wenn Sie damit zufrieden

sind, daß ich alle die Gedanken, die Fragen und Be=
trachtungen an Sie hinrede, die ich hier in mich ver=
schließen muß, so schreiben Sie mir. Einen konventionellen
Liebesbrief freilich werde ich an einen Unbekannten nicht
zu stande bringen."

Das gefiel ihm, das war natürlich, aufrichtig. Er
antwortete sogleich und bekam auch kurz darauf eng=
beschriebene vier Seiten, die er mit lebhaftem Interesse
wieder und immer wieder las. Gute Laune und kluger
Sinn ohne blaustrümpfelnde Geschraubtheit sprach aus
dem anmutigen Geplauder, dem man wohl anmerkte, daß
die Schreiberin sich aus ihren engen vier Wänden, aus
ihrer Kleinstadtgefangenschaft heraussehnte und froh war,
ein paar Stunden lang in eifriger Unterhaltung ihr ödes
Dasein bei der Tante mit dem Mops zu vergessen.

Es ward ihm bald zur besten Freude seines stillen
Lebens, die frischen zierlichen Züge der Mädchenhand zu
erblicken, und wenn er sich einen neuen Brief auf der Post
geholt hatte, brachte er den ganzen Tag in einer Fest=
stimmung zu. Um den Genuß recht oft zu haben, schrieb
er immer fleißiger, so daß allmählich in jeder Woche ein
Gruß hin und her flog.

Einmal fühlte er schon von außen, daß in dem Um=
schlag die erbetene Photographie enthalten sein mußte.
Das war ein aufregender Moment für ihn. Wenn nun
ein recht häßliches, reizloses Gesicht vor ihm auftauchte!
Er wäre doch sehr enttäuscht gewesen. Nach einigem
Zögern schnitt er den Umschlag auf. Dann stieß er
einen Schrei aus: halb Freude, halb Bestürzung. Das
hatte er nicht erwarten können: ein hübscher, junger, allzu
junger Mädchenkopf! So lachende braune Augen, ein so
süßer, weicher Mund. Die war ja kaum zwanzig!

Er warf einen traurigen Blick in den Spiegel. Wie
sollte er bestehen vor diesem blühenden Gesicht?

Es ward ihm ganz schwer, ganz melancholisch zu Mute. Unverwandt mußte er die holden Züge betrachten;

er konnte das Bild gar nicht weglegen, so lieb schien es ihm. Aber er sagte sich doch mit einem tiefen Aufseufzen,

daß nun alles zu Ende sei, und er auf diese anregende
Freude, die ihm der Briefwechsel geworden, verzichten
lernen müsse.

Sie schrieb ihm ja, daß sie nun wohl auch um seine
Photographie bitten dürfe; und wenn sie diese sah, dann
warf sie wohl seine Briefe ins Feuer und schrieb nicht
mehr.

Es hatten sich doch schon ein paar zarte, leise Liebes-
fäden hin und her gesponnen; die mußten zerreißen, jählings, grausam, denn sie war so jung; sie konnte fordern,
daß der Mann, dem sie Beachtung schenkte, ihren Augen
wohlgefiel. Er aber! Lachen würde sie, lachen!

Er konnte vor Traurigkeit nicht schlafen. Und in der
Nacht geriet er auf einen verzweifelten Ausweg. Er besaß noch eine Photographie seines verstorbenen Bruders.
Paul hatte mit ihm eine unverkennbare Familienähnlich-
keit, und doch war er ein hübscher Mensch gewesen, der
mit seinen frischen Augen und seinem lebhaften Ausdruck
alle Herzen gewonnen. Wenn er das Bild des damals
dreißigjährigen Paul, der von der Natur so viel besser
bedacht gewesen war, als er, statt des seinen einschickte!
Er war sich ja klar darüber, daß eines Tages die Wahrheit an den Tag kommen, und die erste Begegnung seine
Täuschung verraten, ihm vielleicht eine recht bittere Stunde
eintragen mußte, aber das lag doch noch in weiter Ferne.
Er bekam vor dem Sommer keinen Urlaub, und seine
hübsche Unbekannte — er wußte nur den Namen Marie,
den sie ihm angegeben — wohnte in einem kleinen Städtchen
in der Pfalz und war also durch viele, viele Meilen von
ihm getrennt. Sie würden wohl nicht so bald zusammen-
kommen.

Jedenfalls aber ging der Briefwechsel weiter, wenn
sein Bild Gnade vor ihren Augen fand. Und wer weiß:
vielleicht lernte sie ihn durch den brieflichen Verkehr so

schätzen und lieben, daß sie ihm verzieh, wenn er als
eine weniger gelungene Ausgabe des Ebertschen Familien-
typus vor ihr erschien.

Recht wohl war ihm dabei ja nicht zu Mute, aber
er führte den Plan dennoch aus.

Es war förmlich, als sollte ihn sofort eine Strafe
für seine Falschheit ereilen, denn als er, etwas aufgeregt
und zerstreut, aus dem Postgebäude trat, in dem er seinen
Brief mit der Photographie hatte einschreiben lassen, achtete
er nicht auf eine glattgefrorene Stelle neben dem Trottoir,
auf der Schulkinder sich eine Schleife angelegt hatten.
Er glitt aus und fiel so unglücklich, daß er sich den Fuß
brach.

Den Schrecken, die Schmerzen — alles hätte er lieber
ertragen als die Zimmerhaft, zu der er nun mehrere
Wochen lang verurteilt war. Nun fühlte er erst den
ganzen Jammer seines Junggesellenlebens. Wenn er
auch einen Wärter nahm, der ihn pflegen mußte, wenn
er sich auch Arbeit aus dem Bureau kommen ließ: er war
doch nur schlecht versorgt und langweilte sich schrecklich
ohne seine gewohnte Tageseinteilung.

Als nun der Samstag herankam, fiel es ihm besonders schwer aufs Herz, daß er seinen Brief nicht selbst
abholen konnte. Aber verzichten wollte er um keinen
Preis. So gab er denn dem Wärter, wenn auch mit
innerlichem Widerstreben, den Auftrag und teilte ihm die
Buchstaben und Nummer der Adresse mit.

Das sollte nicht wieder vorkommen. Er hatte nun
so viel Vertrauen zu seiner hübschen Unbekannten gewonnen, daß er nicht länger zögerte, ihr seinen Namen
zu schreiben und sich ihren nächsten Brief in seine Wohnung zu erbitten.

Aber der Wärter mußte geschwatzt haben, oder die
Hausmeisterin hatte schon früher in seinen Sachen herum-

spioniert, jedenfalls setzte sie sich nun öfters breitspurig
vor sein Lager und gab ihm mütterliche Ratschläge; er
solle sich doch verheiraten, sie wisse eine treffliche Partie
für ihn, und es wäre ihr leid, wenn ein so guter Herr
in schlechte Hände geraten würde, besonders da ein so
braves, hübsches Mädchen ihn heimlich in ihr Herz ge=
schlossen habe. Sie sollte das ja freilich nicht verraten,
aber sie meine ja nur das Beste für ihn und für Fräu=
lein Ida, und auf seine Verschwiegenheit dürfe sie gewiß
rechnen.

Er war doch ein wenig neugierig, welches hübsche
Mädchen ihn in ihr Herz geschlossen haben könnte, so daß
er sich die Frage entschlüpfen ließ, wer denn diese Ida
sei, die er ja gar nicht kenne.“

Da schlug die dicke Frau die Hände zusammen und
lachte, als habe er einen Spaß gemacht.

„Aber ich bitt' Sie, Herr Inspektor, Sie wohnen doch
seit einem halben Jahr in einem Hause, im selben
Stockwerk bei einander! Da nebenan Frau Obermeier
und ihre Tochter! Und Sie haben sie doch immer so
freundlich gegrüßt!“

„So so; sie heißt Ida!“

„Ja, und ich sag Ihnen: eine Seel' von einem Mäd=
chen. Was die für ein gutes Herz hat! Und wie sie
geweint hat, als man den Herrn Inspektor aus der Droschke
heraufgetragen hat! Totenblaß ist sie gewesen, bis der
Doktor wieder fort war.“

Dieses warme Interesse, das ihm so gänzlich uner=
wartet von einem weiblichen Wesen entgegengebracht
wurde, hatte für den gutmütigen, einsamen Mann natür=
lich etwas Rührendes. Er konnte deshalb die kleinen Auf=
merksamkeiten, die ihm nun von seinen Nachbarn Ober=
meier erwiesen wurden, nicht schroff ablehnen, obwohl
er nur ungern Gefälligkeiten annahm.

Man schickte ihm eine kräftige Fleischbrühe herüber,
denn im Gasthaus sei das ja doch nicht zu bekommen, oder
Fräulein Ida hatte Krapfen gebacken, die er vielleicht
zum Kaffee kosten würde, Frau Obermeier ließ fragen,
ob sie nichts besorgen könne, sie ginge eben in die Stadt;
oder: der Herr Inspektor habe gewiß einmal Zeit, sich
die „Fliegenden Blätter" anzusehen, von denen sie ein
paar Bände besitze.

Nachdem er so eine Woche lang mit kleinen Liebens=
würdigkeiten bombardiert worden war, rückte eines Tages
Frau Obermeier selber an mit sehr viel höflichen Knixen
und sehr süßen Redensarten, wie besorgt sie um ihren
freundlichen Nachbar gewesen, wie es sie freue, daß es
ihm wieder besser gehe.

Da er seine Ungeduld über das Stillliegen nicht ver=
hehlte, machte sie ihm mit einer vor Wohlwollen schmel=
zenden Stimme den Vorschlag, ihre Ida wolle ihm einmal
ein Stündchen vorlesen, das wäre doch eine Abwechslung.

Dieses Anerbieten machte Gustav etwas verlegen, die
gute Dame beeilte sich aber rasch hinzuzufügen: „Ich
komme natürlich mit herüber und setze mich ganz still in
ein Winkelchen, denn allein brächten meine Ida keine zehn
Pferde zu einem jungen Herrn."

Gustav war verstimmt und niedergeschlagen. Der
sehnlichst erwartete Brief von Marie war in dieser Woche
ausgeblieben. Zum erstenmal gerade jetzt, da er ihr
seinen Namen genannt hatte. Er sah darin mehr als
einen bloßen Zufall. Vielleicht hatte sie eiligst Erkundi=
gungen über ihn eingezogen, sie konnte ja Bekannte in
München haben. Ueber seinen Ruf war freilich nichts
Schlimmes zu melden, sie konnte doch erfahren haben,
daß er ein häßlicher Mensch sei, daß er schon siebenund=
dreißig Jahre zähle und durchaus nicht zu ihr passe.

In seiner üblen Laune ließ er sich der Zerstreuung

halber den angekündigten Besuch gefallen. Er hatte eigentlich Fräulein Iba nie genau angesehen und war nun einiger-

maßen gespannt auf ihren Anblick. Ein Mädchen, das ihn heimlich lieben sollte, das war jedenfalls etwas so Neues

für ihn, daß er die widerliche Zudringlichkeit der Mutter
dafür in den Kauf nehmen konnte.

Er ward wieder etwas verlegen, als dann am Nach=
mittag Frau Obermeier hereintrat, gefolgt von ihrer
Tochter, die so hübsch angezogen und frisiert war, als
käme sie in eine große Gesellschaft. Die Mutter wieder=
holte ihre Versicherungen, wie ihre Tochter sich freute,
dem Herrn Inspektor vorlesen zu dürfen. Das Mädchen
selbst hielt die Augen meistens gesenkt und war sehr still
und scheu. Aber diese Schüchternheit, die er recht gut
verstand, und die so angenehm von dem zudringlichen
Wesen der Mutter abstach, gefiel Gustav ganz wohl. Er
kam dem stummen Fräulein, das in dem hellgrauen
Kleide mit dem feingelockten Blondhaar wirklich einen
hübschen Eindruck machte, freundlich entgegen und schaute
sie forschend und prüfend an, während sie ihm mit einer
Schulmädchenbetonung aus Gottfried Keller vorlas.

Den Spüraugen der Mutter, die mit ihrer Häkelei
daneben saß, entging kein Blick.

Als Gustav dann Ida mit einigen lobenden Worten
für ihre Bemühungen dankte, rief Frau Obermeier eifrig:
„Ja, sie hat immer die besten Zeugnisse aus der Schul'
heimgebracht! Schon in der Schul' hab' ich meine Freud'
an dem Kind g'habt! Es giebt halt kein größeres Glück
als eine wohlgeratene Tochter. Sparsam und häuslich
ist sie, das muß ich wirklich sagen, wenn sie gleich mein
Kind ist!"

Mit dem demütigsten Geschmeichel wand sie sich dann
endlich zur Thür hinaus und versprach baldige Wiederkehr.

Nach einer Weile, während Gustav noch über das
rätselhaft verschlossene Gesicht der vielgepriesenen Ida
nachsann, kam sein Wärter herein und grinste vor sich hin.

„Sie sind ja ungewöhnlich lustig, Schmid!" sagte
Gustav.

Der Mann lachte nun hellauf: „Ich bin gerad' in der Kohlenkammer gewesen,' und da hört man ganz deutlich, was die Leut' da nebenan in ihrer Wohnung reden. Und da hat die Frau Obermeier ganz andere Saiten mit ihrer Tochter aufgezogen als wie vorher, wo ich sie herein= g'führt hab. „Du dumm's Ding, du Gans!" hat sie g'schrieen, und ich mein' immer, die Fräulein Ida hat eine Ohrfeig' kriegt. „Meinst, ich hab' dir umsonst das schöne Kleid 'kauft? Das nutzt was, wenn du dich nach= her so fad benimmst und ein G'sicht machst, als könnt'st nit fünf zählen!" — So hat's jetzt geheißen!"

Dieser Einblick in die nachbarliche Familienscene be= stätigte Gustav nur einen Verdacht, der ihm schon leise aufgedämmert war, und als das nächstemal Ida ihre schüchterne Zurückhaltung abgestreift hatte und ihn mit einer Koketterie anschaute, die recht erzwungen und ge= künstelt schien, da nannte er sich heimlich einen alten Narren. Wie hatte er nur einen Moment an diese heim= liche Neigung glauben können? Frau Obermeier wollte für ihre Tochter eine Versorgung, die Hausmeisterin war eine Mitverschworene, und das Mädchen mußte sich Mühe geben, ihm zu gefallen.

Er hatte eine unangenehme Empfindung, als drohe ihm eine Gefahr, als würden Fallstricke um ihn her= gespannt, in die er sich bei dem ersten unvorsichtigen Schritt verwickeln könnte. Er war wütend über sich selber, daß er sich in diesen Verkehr eingelassen, so viel Ge= fälligkeiten angenommen hatte. Wie wurde er nun diese Leute wieder los? Er konnte nicht grob werden. Diese Waffe hatte ihm die Natur versagt, und seine sanfte Ab= lehnung schien nicht bemerkt zu werden. Fortlaufen war auch nicht möglich, da er noch immer Stubenarrest hatte. Wie unter dem Belagerungszustand erschien er sich, mit dem Feind dicht vor der Thür.

Endlich zeigte ihm sein Arzt eine Rettung aus seiner
peinlichen Lage und machte diesen immer drückender wer=
denden Vorlesungen ein Ende, indem er erklärte, sein
Patient müsse unbedingt nach Wildbad, wenn nicht Lahm=
heit zurückbleiben sollte. Es war Gustav ja sehr unan=
genehm, daß er um einen weiteren Urlaub nachsuchen mußte,
aber auf diese Weise entwischte er doch der Obermeier=
schen Umgarnung.

Vor der Abreise erlebte er auch noch eine große Freude:
er bekam wieder einen Brief von Marie. Auch sie war
krank gewesen, hatte nicht ausgehen können, und um keinen
Preis die Adresse mit seinem Namen einem dienstbaren
Geist anvertrauen und ihrer neugierigen Tante verraten
wollen. Es war ohnedies in dem Nest schon herumgeklascht
worden, daß sie sich allwöchentlich postlagernde Briefe
hole; der Schalterbeamte, der sie jedesmal so spöttisch an=
lächelte, sei ihr schon so zuwider geworden, daß sie Herrn
Ebert bitte, ihr das nächste Mal nach Landau und das
übernächste Mal nach Karlsruhe zu schreiben, da sie ein
paar Verwandtenbesuche vorhabe und um jeden Preis den
Fragen und Anspielungen ihrer Tante ausweichen wolle,
der eine alte Freundin jedenfalls auch schon über die
heimliche Korrespondenz berichtet habe.

Der Brief war herzlicher, zutraulicher als jeder frühere.
Ach, wie Gustav nun bereute, daß er den kleinen Betrug
mit dem Bilde gemacht hatte! Sie ging nach Karlsruhe,
und er mußte nach Wildbad! War das nicht ein ganz
merkwürdiges Zusammentreffen? Das Schicksal selber
schob sie zu einander bis auf ein paar Stunden Entfernung,
und sie brauchten nur den Mut zu haben, diesen letzten
Rest der Trennung mit dem ersten besten Schnellzug zu
überwinden. Ja, er war eigentlich geradezu gezwungen,
dem Fräulein eine Begegnung vorzuschlagen, wenn er ihr
seine nächste Adresse meldete, und sie daraus erfuhr, wie

nahe er ihr plötzlich war. Ach, er hätte sie ja auch so
gerne gesehen! Wenn er nur sich selber hätte unsichtbar
machen, wenn er nur in irgend einer Vermummung vor
ihr hätte erscheinen können!

Als dann der Abschied von den beiden Nachbars-
damen, die ihm etwas süßsauer Lebewohl sagten, glücklich
überstanden war, kam ein rechter Wagemut über ihn.
Die Sache mußte zu einem Abschluß kommen — so oder so.
Er wollte nicht mehr in die alte Wohnung zurück. Nun
sollte es sich entscheiden, ob er ein neues Heim suchte
mit einer Frau, oder wieder eine Junggesellenwohnung in
einer anderen Stadtgegend.

Er frug also bei Fräulein Marie an, ob es ihr wünschens-
wert sei, wenn er nach Karlsruhe käme, oder ob sie ihm
ein paar Stationen entgegenfahren wolle, um ihn zu treffen.

Sie schien bestürzt über diese Entscheidung, die so
plötzlich an sie heranrückte, und schrieb ihm ganz offen,
der Briefwechsel sei ihr so lieb geworden, daß sie jeder
Veränderung mit Bangen entgegensehe. Aber er würde
ihr gewiß mit Recht zürnen, wenn sie sich nun gegen
eine Begegnung sperre, nachdem sie sich einmal so weit
eingelassen. Nun wolle sie um jeden Preis das Gerede
vermeiden, das unvermeidlich wäre, wenn sie sich in Karlsruhe, wo sie mitten unter Verwandten säße, ein Stelldichein gäben. Sie wolle lieber auf der Heimreise den kleinen
Umweg über Pforzheim machen, wo er sie an einem noch
näher zu bestimmenden Tag an der Bahn erwarten möchte.

Der Aufschub war Gustav nur angenehm. Mittlerweile
würde er doch so weit hergestellt sein, daß er ihr nicht
auch noch entgegenhinken mußte; das fehlte gerade noch.
Wenn nur das Bad Wunder wirken, und er wie aus
einem Verjüngungs- und Verschönerungsquell aus den
Fluten emporsteigen könnte.

Je näher der ereignisvolle Tag der Zusammenkunft heranrückte, desto ängstlicher wurde es ihm zu Mute. Er konnte ja nun wieder ohne Stock gehen, hatte auch ein frischeres Aussehen, als nach seiner Zimmerhaft, aber ein reizender Freier für ein zwanzigjähriges Mädchen wurde trotz des eleganten Anzuges, zu dem er sich aufgeschwungen, und trotz der schönen Krawatte und der feinen Handschuhe nicht aus ihm.

Sie hatte ihm geschrieben, daß sie am ersten Mai mit dem Mittagszug nach Pforzheim kommen wolle. Was für ein hübscher Tag für ein Stelldichein war der erste Mai! Er hatte die ganze Nacht kaum geschlafen vor Aufregung. Als er sich aber am Vormittag zum Bahnhof begeben wollte, kam ein Telegramm: sie könne erst später abreisen und würde deshalb leider ziemlich spät in Pforzheim eintreffen zu einer ganz flüchtigen Begegnung. Weiteres könnten sie ja verabreden, wenn sie sich in dieser Viertelstunde gegenseitig nicht mißfielen.

Sie baute schon vor, sie hielt sich einen Ausweg offen! Er war recht kleinlaut während der kurzen Reise, während des langen, aufreibenden Wartens am Bahnhofe. Aber einen Vorzug hatte diese späte Stunde, die sie gewählt: es ward dunkler und dunkler, es ward wirklich fast Nacht, bis der Zug, der eine Verspätung hatte, einfuhr. Da konnte sie ihn jedenfalls nicht so genau sehen.

Nun endlich! Nun brauste der Zug heran! Mit Herzklopfen trat er auf den Bahnsteig und spähte im Halbdunkel herum. Er trug zum Erkennungszeichen eine Maiblume im Knopfloch.

Es stiegen nicht viele Menschen aus, er hatte keine besondere Schwierigkeit, die Richtige herauszufinden. Eine schlanke feine Erscheinung, nicht besonders groß, aber von schlichter Anmut mit zierlichem Gang, ohne alle Hast

„Guten Abend, Herr Inspektor," sagte sie. (S. 80)

und Aufregung in den Bewegungen, sichtlich eine wohl-
erzogene junge Dame in ihrer ruhigen Selbstbeherrschung
— das war sie also! Sie trug einen langen grauen
Reisemantel und einen Matrosenhut mit einem weißen
Schleier, der ihr Gesicht verhüllte.

· „Guten Abend, Herr Inspektor,“ sagte sie, als er den
Hut vor ihr zog, und gab ihm die Hand.

Wie diese liebe, weiche Stimme ihm zu Herzen ging!
In diese Stimme allein könnte er sich verlieben, das
fühlte er gleich bei den ersten Worten.

Sie wolle hier in Pforzheim bei Bekannten über Nacht
bleiben, erklärte sie mit freundlicher Bestimmtheit, und
sie bitte ihn dringend, mit dem nächsten Zug, der in
einer halben Stunde abgehe, nach Wildbad zurückzufahren.
Ihretwegen solle seine Kur nicht unterbrochen werden, und
wenn es ihr möglich wäre, würde sie in den nächsten
Tagen in den Badeort kommen, den sie sich schon lange
gerne angesehen hätte. Ihr Vater, der als bayerischer
Major den siebziger Feldzug mitgemacht und bei Orleans
verwundet worden, sei so oft dort gewesen, und sie würde
mit wehmütiger Freude die Plätze sehen, von denen er
häufig erzählt habe.

Gustav war so befangen, daß er gar nicht widersprach,
obwohl er nicht die geringste Lust hatte, in einer halben
Stunde schon wieder abzureisen, und viel lieber den ganzen
Abend ihrer sanften Stimme gelauscht hätte. Sie gingen
in der Bahnhofstraße, die nur spärlich erleuchtet war,
auf und ab. Er fühlte mit Schrecken und Angst, daß
sie manchmal unter ihrem Schleier die Augen forschend
zu ihm aufschlug, und hätte dann immer in den Erdboden
versinken mögen in seiner Bescheidenheit und niederschlagen-
den Selbsterkenntnis. Sie mußte es ja merken, daß er
sie mit der Photographie betrogen hatte. Er fürchtete
beständig, sie würde plötzlich stehen bleiben und ausrufen:

„Aber Sie sind ja ein ganz anderer! Welcher ist denn nun der Herr Inspektor Ebert? Sie — oder der hübsche Mann auf der Photographie?"

Diese bellemmende Besorgnis machte ihn natürlich erst recht scheu und unbeholfen, und wenn er ihr auch wiederholt versicherte, daß ihre Briefe ihm die höchste Freude seines Lebens geworden seien, so sagte er sich doch, als er dann wieder im Zuge saß, mit tiefer Trauer, daß er die kurze Frist herzlich schlecht ausgenützt habe, und daß er ihr sicherlich einen recht langweiligen Eindruck hinterlassen haben müsse.

Sie hatte zwar gesagt: „Auf Wiedersehen!" aber er glaubte nicht daran.

Zwei Tage vergingen denn auch, und umsonst sah er sich auf der Promenade, auf allen schöngepflegten Wegen, halb in Erwartung, halb in Angst nach ihr um, denn hier herrschte kein verhüllendes Halbdunkel.

Sie kam nicht, sie gab auch keine Nachricht.

An einem herrlichen Morgen ging er zu früher Stunde in recht trauriger Stimmung in den einsamen Anlagen spazieren. Wie alles blühte und duftete! Wie die Vögel jubelten! Vor ihm wandelte ein verliebtes Pärchen. So glückliche junge Menschenkinder! Er mußte unwillkürlich tief aufseufzen.

Da erhob sich von einer Bank eine schlanke Dame in einem grauen Reisekleid mit einem enganschließenden Jäckchen. Der Matrosenhut mit dem weißen Schleier kam ihm so bekannt vor, und auch der Gang, die Bewegungen. Er wurde blaß, der Atem versagte ihm. Wahrhaftig, sie war's!

Nun stand er vor ihr im klaren Morgenlicht. Nun war's vorbei mit jeder Täuschung. Diese Maiensonne kannte kein Erbarmen.

Es fiel ihm auf, daß sie zurückhaltender, verlegener

war als das erste Mal. Sie sah ihn nicht an, als sie ihm
die Hand gab. Und als sie dann nebeneinander auf der
Bank Platz nahmen, schaute sie immer auf den Kiesboden
und zeichnete mit ihrem Schirm geheimnisvolle Schnörkel
in den Sand.

„Ich habe schon gefürchtet, Sie würden gar nicht
kommen, Fräulein Marie," sagte er, da das Schweigen
der ersten Minuten doch zu drückend wurde.

„Ich habe es mir auch hin und her überlegt, ob ich
es thun sollte," gab sie zu. „Und fast wäre ich heute
wieder in meine Heimat zurückgefahren zu meiner Tante
mit ihrem „Goldherzerl" — so heißt nämlich der Beherrscher
des Hauses, der dicke Mops."

„Die erste Begegnung hatte Ihnen also recht wenig
Freude gemacht?" frug er traurig.

„Nein, das war es nicht. Sonst — sonst hätte ich mich
ja gar nicht zu besinnen brauchen, sonst wäre ich ja rasch
im klaren gewesen. Wenn ich es genau betrachte, so
hat mich nur eine gewisse Feigheit fast davon abgehalten,
Sie wiederzusehen."

„Feigheit? Wieso? Wie meinen Sie das? Sie wollen
es mir wohl nicht mündlich sagen, daß mein Anblick
Sie enttäuschte, daß Sie einen viel hübscheren, viel
jüngeren Mann erwartet haben?"

„Viel hübscher, viel jünger? Nein! Dann wäre ich
ganz gewiß nicht nach Wildbad gekommen. Wenn ich
Ihnen nur ein bißchen Selbstbewußtsein angemerkt hätte,
nur ein bißchen Männerhochmut und Eitelkeit, so wie es
mir nach Ihrer Photographie fast schien —"

„O, Fräulein Marie, diese Photographie —" rief er
und stockte vor dem schweren Bekenntnis.

„Ja, ich weiß," unterbrach sie ihn, „die Photographen
glätten und verschönern so lange an einem Gesicht, bis es
eigentlich ganz fremd und ausdruckslos wird. Aber ich

will es Ihnen nur gestehen, bei der kurzen Begegnung kamen Sie mir gleich so freundlich und gutmütig vor, daß ich mir sagte, Ihnen würde es ernstlich leid thun, wenn ich wegbliebe."

„Ein schwerer, schwerer Schmerz wäre es mir gewesen."

„Wirklich?" sagte sie mit liebem Klang und einem Lächeln. „Dann ist es doch gut, daß ich meiner Feigheit nicht nach= gab, sondern es vorzog, mich lieber selber einer Be= schämung auszusetzen, als Ihnen wehe zu thun. Ich muß Ihnen nämlich sagen, daß ich gar nicht das Recht gehabt hätte, auf diese Anzeige zu antworten."

Sie hatte den kleinen Zeitungsausschnitt mit seinem Aufruf hervorgezogen, und während er sie ganz bestürzt anstarrte, deutete sie mit ihrem schlanken Zeigefinger, von dem sie den Handschuh abgenommen, auf die Worte: ein j u n g e s Mädchen. — „Sehen Sie, das bin ich nicht mehr."

„Sie, Fräulein Marie? Sie wären nicht jung? Aber ich bitte Sie, Sie sehen ja aus wie kaum zwanzig."

„Sie meinen auf dem Bild, das ich Ihnen schickte. Ja, damals war ich auch erst neunzehn. Aber es ist — vor zehn Jahren gemacht. Schier dreißig Jahre bin ich alt, Herr Inspektor! Ich hatte zwar freilich keine neuere Photographie, das muß ich zu meiner Entschuldigung sagen, aber ich habe doch auch vermieden, ein richtiges, zutreffendes Bild zu senden. Dafür muß ich nun die Strafe hinnehmen, wenn Sie sich recht enttäuscht von mir abwenden."

„Aber Fräulein Marie! Glauben Sie das nicht! Ich finde Sie so lieb und reizend —"

„O, der weiße Schleier täuscht! Die letzte Falschheit soll deshalb schwinden. — Sehen Sie, so sieht das junge Mädchen aus!" *)

---

*) Siehe das Titelbild.

Es war immer noch ein recht anmutiges Gesicht mit frischen Farben und hübschen Zähnen und lebhaftem Ausdruck. Aber die Augen blickten allerdings nicht mehr mit neunzehnjährigem Uebermut in die Welt, und um den Mund lag schon ein ernsterer Zug, der verriet, daß sie in diesen zehn Jahren manches Traurige erlebt hatte.

Eine warme Röte war ihr in die Wangen gestiegen, als sie den Schleier losgenestelt und ihm den Kopf zu gewendet hatte, und sie zog leise die Brauen zusammen, als erwarte sie mit nervöser Unruhe einen unvermeidlichen bitteren Augenblick.

Aber auf das, was nun kam, war sie jedenfalls nicht gefaßt. Ein solcher Freudensturm! Er hatte ihre Hand genommen und zerdrückte sie fast und wiederholte immer aufs neue mit strahlender Miene: „Nein, Sie brauchen keinen Schleier, Fräulein Marie! So hübsch sind Sie, viel zu hübsch für mich! Ach, ich bin ja so froh, so überglücklich, daß Sie nicht mehr neunzehn Jahre alt sind!“

Sie mußte lächeln, obwohl sein warmes Wohlgefallen an ihr, seine freudige Begeisterung sie ungemein rührten. „Sie sind ja wirklich eine Ausnahme unter den Herren,“ sagte sie mit einem vergnügten Gesicht. „Die meisten denken doch, je jünger, desto besser.“

„Ach nein, Fräulein Marie! Ich war ja ganz erschrocken über die Photographie, so erschrocken, daß ich mein eigenes Bild gar nicht zu schicken wagte, sondern Ihnen eines von meinem verstorbenen Bruder in den Brief legte, der viel hübscher war wie ich. Denn ich fürchtete, wenn Sie mich in meiner ganzen Häßlichkeit sähen, dann würden Sie nichts mehr von mir wissen wollen.“

Sie hob langsam den Blick zu ihm empor und sah ihn mit freundlicher Prüfung an. „Häßlich, nein! Das müssen Sie nicht sagen. Sie haben so gute Augen.“

Wenn er ein Königreich geschenkt bekommen hätte, es hätte ihn nicht so freuen können, wie diese sanften, lieben Worte. Niemand hatte noch seine Augen gelobt. Nicht einmal seine Mutter, für die auch der hübsche Paul schon als kleiner Bub der Liebling gewesen war.

„Ist es nicht drollig," fuhr sie heiter fort, „daß wir beide einander mit den Bildern angeschwindelt haben, und daß uns beiden das schlichte Original besser gefällt? Ich kann nur wiederholen: der Herr auf der Photographie sah ein klein wenig eitel und überhebend aus, als wäre er von Damen verwöhnt worden. Und das stimmte nicht recht zu Ihren Briefen. Ihr Ausdruck ist mir viel lieber, viel vertrauenerweckender."

„Mich hat auch nie jemand verwöhnt, Fräulein Marie, das dürfen Sie glauben," sagte er mit heiterer Ehrlichkeit. „Ich habe ein stilles, freudloses Arbeitsleben hinter mir."

„Aber es ist doch ein Arbeitsleben! Sie haben doch einen Beruf!" rief sie lebhaft. „Ich glaube, ein Mann kann sich ein Mädchendasein wie das meine, in der Klein=stadt, in einer kleinlichen Umgebung, kaum vorstellen. Wie überflüssig man sich da vorkommt! Wie leer sich die Jahre abspinnen! Und doch müssen Sie sich das ver=gegenwärtigen, damit Sie verstehen, wie ich überhaupt dazu kommen konnte, auf eine Anzeige hin an einen wildfremden Mann zu schreiben."

„Ich danke Ihnen von Herzen, daß Sie das thaten," sagte er warm. „Und scheint es Ihnen nicht auch, daß auf diesem „nicht ungewöhnlichen Wege", wie es oft in der Zeitung heißt, etwas Ungewöhnliches sich ereignet hat? Daß sich zwei Menschen zusammenfanden, die ein recht ähnliches Schicksal hatten und die so dankbar wären für ein bißchen Sonnenschein?"

Sie nickte. Er sah ja so glücklich aus, seit er sein

Geständnis hinter sich hatte, und seit ihr sein Gesicht sogar lieber war als das seines schönen Bruders.

Und wie sie dann miteinander durch die Anlagen gingen, in denen die Vögel jubelten und Flieder- und Maiblumenduft sie umwehten, und er sie an die Plätze führte, von denen einst ihr Vater erzählte, und sie sich mit jedem Wort näher rückten, da fühlten sie erst, wie viel Jugend noch in ihnen war trotz ihrer reifen Jahre. Es war ihnen, als erlebten sie zum erstenmal den Frühling mit wachen Augen, weil sie nicht mehr allein waren in der Maienschönheit. —

Am Nachmittag nahmen sie Abschied voneinander. Marie hatte der Tante ihre Rückkehr angezeigt. Aber nun wußten sie, daß eine nahe hoffnungsfrohe Zukunft vor ihnen lag.

„Empfiehl mich der Tante, und dem Goldherzel,“ sagte er lachend, um seine Bewegung zu verbergen. „In vier Wochen hole ich dich. O, wenn es nur schon Juni wäre, Schatz!“

Aus dem Pharaonenlande.

Aegyptiſche Reiſebilder von Adolf Claſſen.

Mit 11 Illuſtrationen. (Nachdruck verboten.)

Cooks Salontouriſtendampfer „Ramſes III.", der regel=
mäßig die Fahrt von Kairo nach Oberägypten bis zum
erſten Katarakt macht, legt gegen Sonnenuntergang in
Lukſor an, wo das treffliche Lukſorhotel der engliſchen
Reiſeunternehmer Thomas Cook & Son mit ſeinem park=
ähnlichen Garten die angekommenen Reiſenden aufnimmt.

Wir befinden uns hier auf dem Boden des alten,
„hundertthorigen", das heißt von unzähligen Pylonen über=
ragten Theben, das während ſeiner Glanzzeit als vor=
nehmſte Reſidenz der Pharaonen und Mittelpunkt des
Reiches ſechs deutſche Meilen im Umfang hatte und ſich
zu beiden Seiten des Nils ausbreitete. In die Geſchichte
war die Stadt mit der elften Dynaſtie (2850 v. Chr.)
eingetreten; unter der achtzehnten (1706) begannen die
großartigen und herrlichen Bauten zu entſtehen, welche,
während der folgenden elf Jahrhunderte noch vermehrt,
vergrößert und verſchönert, Theben, die „Ammon=Stadt",
zum Wunder der Alten Welt machten. Erſt die Ver=
legung der Reſidenz ins Nilbelta unter den letzten Dynaſtien

Fassade des nubischen Te

s von Abu Simbel

und der rasche Aufschwung von Alexandria entzogen
Theben die Lebenskraft, und schließlich brachte ihm die
Empörung gegen Ptolemäus Soter II. den Untergang.
Erbittert durch ihren dreijährigen Widerstand ließ der
Lagide nach der Einnahme die Stadt mit Feuer und
Schwert dermaßen verheeren, daß nur noch ein riesiges
Ruinenfeld übrig blieb. Aber selbst diese Trümmer er-
regen unsere staunende Bewunderung und sind so um-
fangreich, daß der Reisende zu einer nur oberflächlichen
Besichtigung mindestens drei Tage braucht.

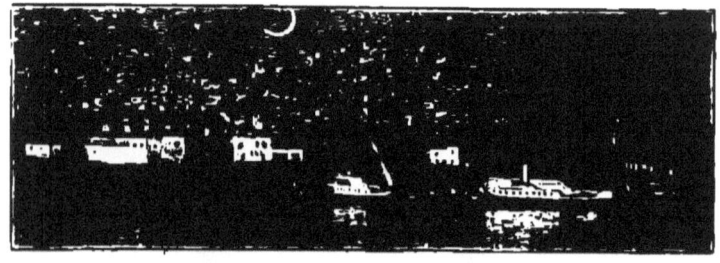

Das heutige Dorf Luksor (Ostseite der altägyptischen Königsstadt Theben).

Das Gebiet von Theben nehmen heute vier Dörfer:
Luksor, Medinet Habu, Karnak und Kurna, mit den noch
erhaltenen großartigen Ruinen der alten Stadt ein. Wenn
man nur drei Tage zur Verfügung hat, so besichtigt man
am zweckmäßigsten am ersten Luksor und Karnak auf dem
Ostufer des Nils, am zweiten das Ramesseum, die Memnonskolosse, Medinet Habu, Kurnet Murraï und Dêr el-
Medine auf dem Westufer, und am dritten ebendort Kurna
und die Königsgräber, um zum Schluß über den Berg-
rücken noch abwärts nach Dêr el-Bahri zu gehen.

Luksor, dessen Name arabisch el-Kusur, die Schlösser,
lautet, hat gegen 3000 Einwohner. Seine Hauptsehens-
würdigkeit ist der unter Amenhotep oder Amenophis III.
begonnene und durch Ramses II. (den Sesostris den Großen

ber klassischen Schriftsteller) vollendete gewaltige Tempel,
dessen Länge 260 Meter beträgt.   Zu beiden Seiten des
Eingangsthores ragen zwei verstümmelte Kolossalfiguren

Ruinen von Karnak mit dem heiligen See im Vordergrunde.

Ramses' II. empor, vor benen ein 23 Meter hoher und
trefflich erhaltener Obelisk aus Rosengranit steht.   Er
scheint um den verschwundenen, etwas kleineren Bruder
zu trauern, ben der Vizekönig Mehemed Ali der französ=

fifchen Regierung zum Gefchenk machte, und der feit 1836
die Parifer Place de la Concorde ziert. Die ganze Tempel=
anlage ift in neuefter Zeit einer gründlichen Reinigung
unterzogen worden. Man hat die Hütten der Eingebore=
nen, die fich überall eingeniftet hatten, wenigftens zum
größten Teil befeitigt und die Schuttberge über dem Tempel=
pflafter und zwifchen den Säulengängen entfernt.

Der Bau einer altägyptifchen Tempelanlage großen
Stils erforderte ftets eine Zeit von Jahrhunderten, und
die Errichtung der Tempel von Theben hat nach den In=
fchriften fogar 2000 Jahre in Anfpruch genommen. Nach=
dem zuerft die Förmlichkeit der Grundfteinlegung durch
den Pharao oder feinen Stellvertreter vollzogen worden
war, begann der eigentliche Tempelbau nach H. Brugfch=
Pafcha mit dem hinterften und entlegenften Teile, der das
Allerheiligfte umfchloß. „Daran reihte fich in der Achfen=
linie Saal an Saal mit Nebenbaulichkeiten in Geftalt von
Zimmern, Kammern und Treppenaufgängen nach dem
Dache zu, deffen Decke (gewaltige Steinlagen) von hinten
nach vorn zu terraffenartig anftieg. Vor dem „Vorder=
faale" befand fich meiftens ein offener Hof, mit Doppel=
türmen davor, deren Höhe bis zu 60 und 70 Meter hin=
aufreicht. In der Mitte des einer Feftung gleichenden
Vorbaues lag der Haupteingang des Tempels, zunächft
nach dem Hofe, und rechts und links von demfelben
wurde je ein Obelisk und Statuen des königlichen Grün=
ders aufgerichtet. Ein gepflafterter Weg (von den Griechen
„Dromos" genannt), häufig von liegenden Sphinxgeftalten
mit Widderköpfen aus Stein eingefaßt, lag wie eine
Straße vor dem Tempel. Mauern aus dicken unge=
brannten Nilziegeln oder aus behauenen, von außen
und innen mit Darftellungen und Infchriften bedeckten
Werkftücken aus Sand= und Kalkfteinen fchloffen das Ganze
ein, fo daß die Gefamtanlage eher einer wohlverwahrten

Widder-Sphinx-Strasse vor dem Chunsutempel in Karnak.

Festung als einem Heiligtume glich. In der Nähe, auf dem Tempelgebiet, wurde ein künstlicher See angelegt, der sogenannte heilige See, der bei gewissen religiösen Zere= monien zur Aufnahme der heiligen Barke des Tempel= gottes diente."

Ein solcher See, der aber halb verschüttet ist, befindet sich südöstlich vor den Riesentrümmern des thebanischen Reichstempels in dem Dorfe Karnak, das etwa zwei Kilo= meter nordwärts von Luksor liegt. Dorthin führen jetzt die anwohnenden Fellachen ihre Büffel zur Tränke. Eine ganze Reihe von Tempelresten, darunter die Trümmer der Horuspylonen, umgiebt die Nordseite des Sees, der namentlich in abendlicher Beleuchtung, wenn der Mond seine Streiflichter auf das stille Gewässer wirft, einen unvergeßlichen Eindruck macht.

Eine 23 Meter breite und gegen 2000 Meter lange Sphinxallee verband nach Mariette einst die Tempel von Luksor mit denen von Karnak. Die Ueberreste davon sieht man zu beiden Seiten der nach dem Tempel des Mond= gottes Chunsu führenden Straße in Karnak. Fast kein einziger von den knieenden Widdern, dieser dem thebani= schen Hauptgotte Ammon (der Frühlingssonne) geheiligten Tiere, hat seinen Kopf behalten, so daß die verstümmelten Steinfiguren kaum noch erkennbar sind. Das ganze Tempelfeld von Karnak ist etwa 580 Meter breit und 1130 Meter lang und zerfällt in drei Bezirke, in deren mittelstem sich der Reichstempel mit seiner weltberühmten Säulenhalle befindet. Hinter dem ersten Tempelsaal wer= den zwei Obelisken sichtbar, von denen der eine ganz zer= brochen ist, während der andere, 20 Meter hoch, noch auf= recht steht; Thotmes I. ließ sie errichten.

Auf dem westlichen Nilufer und auf der Westseite der dortigen Stadtruinen von Theben ragen mitten aus der Ebene die beiden sogenannten Memnonskolosse empor.

Obelisk hinter dem ersten Tempelsaal von Karnak.

Sie haben nicht das mindeste mit dem griechischen Sagen-
helden Memnon zu thun, wie die Griechen, das ägyptische
Wort mennu (Denkmal oder Bildsäule) mißverstehend,
einst annahmen. Aus den Inschriften ergiebt sich vielmehr,
daß es Standbilder des Königs Amenhotep III. (um 1500
v. Chr.) sind, die vor seinem spurlos verschwundenen
Tempel aufgestellt waren. Er ist sitzend, das Antlitz nach
Osten gewendet, dargestellt; neben dem Pharao stehen
kleine, ihm bis an die Kniee reichende Figuren, rechts die
seiner Gemahlin, links die seiner Mutter, und zu beiden
Seiten des Thrones erscheint je ein Nilgott. Die Figuren
sind 22 Schritte voneinander entfernt, aus einem gelb-
braunen Sandstein gefertigt und schwer beschädigt. Die
südliche Figur, welche die ursprüngliche Gestalt noch am
besten bewahrt hat, ist mit Einschluß des Sockels
19,60 Meter hoch. Die nördliche Figur soll früher, seit
sie bei einem Erdbeben im Jahre 27 n. Chr. in der Mitte
zerbrochen war, bei Sonnenaufgang einen klingenden Ton
von sich gegeben haben, vielleicht dadurch, daß der während der Nacht stark abgekühlte und vom Tau befeuchtete
Stein sich unter der Einwirkung der Sonnenstrahlen rasch
ausdehnte. Als man die Figur wieder ausbesserte, fiel
aber jene Erscheinung fort.

Westlich von diesen Kolossen liegt die in zwanzig Minuten zu erreichende Tempelgruppe von Medinet Habu.
Die Ortschaft christlicher Kopten dieses Namens, die schon
im 3. Jahrhundert n. Chr. um die Tempel herum- und zum
Teil sogar in sie hineingebaut wurde, war lange Zeit hindurch die größte Christengemeinde Oberägyptens und die
erste Diözese der koptischen Kirche. Durch feindliche Ueber-
fälle zerstört, ward das Dorf nachher von Arabern not-
dürftig wieder aufgebaut, liegt aber jetzt wieder veröbet
und verlassen da. Die Tempelruinen von Medinet Habu
zerfallen in zwei Teile: ein umfangreiches Heiligtum aus

Die sogenannten Memnonskolosse auf der westlichen Seite der Stadtruinen
von Theben.

der Zeit der achtzehnten Dynastie, das eine ganze Reihe
späterer Herrscher ausgebaut und erweitert hat, und das
Memnonium (dem Andenken des Königs geweihter Tempel)

Stätte der ältesten christlichen Kirche im Tempel von Medinet Habu auf der
Westseite Thebens.

Ramses' III. Es ist das der von den Griechen „Rham=
psinit" genannte Pharao, den wir durch die von Herobot
überlieferte hübsche Geschichte vom Schatzdiebstahl kennen.

In einem der Tempelhöfe von Medinet Habu iſt Raum
genug geweſen für die älteſte chriſtliche Kirche des Landes,
deren Dach von Granitſäulen römiſchen Urſprungs ge=
tragen wurde, die man dorthin verſchleppt hatte. Jetzt
liegen die Trümmer des Gotteshauſes zerſtreut auf dem
Boden umher.

Der beſterhaltene von allen ägyptiſchen Tempeln iſt

Die Umfaſſungsmauer des Tempels von Edfu.   Blick von Norden aus.

der Horustempel von Edfu mit ſeinen gewaltigen Pylonen,
wo die Nildampfer gleichfalls Station machen. Wie in
Denderah enthalten auch hier die Inſchriften, mit denen
alle Außenwände des Tempels und der Umfaſſungsmauer
bedeckt ſind, eine bis auf die Längenmaße ſich erſtreckende
genaue Beſchreibung der einzelnen Teile des Heiligtums.
Die altägyptiſche Bauelle betrug 0,52 Meter. Für den
Vorſaal des Tempels finden wir nun die Breite mit 81²⁄₃,
die Länge mit 48¹⁄₂ und die Höhe mit 32¹⁄₂₄ Ellen ver=

zeichnet. Von der Ecke des einen Turmes bis zu der des
anderen waren es 120 Ellen, und die Höhe eines jeden
Turmes betrug 60 Ellen. Das Eingangsthor zwischen beiden hatte eine Tiefe von 26²/₃ Ellen, während es 40 Ellen
hoch war. Die steinerne Umfassungsmauer war 5 Ellen
stark, 240 Ellen lang, und die Breite des ganzen Mauer-
walles belief sich auf 90 Ellen. Bemerkenswert sind die
steinernen Ausgußröhren für angesammeltes Regenwasser,
welche die Gestalt von Löwenleibern haben.

Alle diese großartigen Tempelanlagen machen einen
mehr oder weniger düsteren Eindruck. Nur eine einzige
ist darunter, die dem Reisenden wie ein liebliches und
anmutiges Idyll entgegentritt, das sind die Bauten auf
dem reizenden Eiland der „heiligen Insel" von Philä an
der ägyptisch-nubischen Grenze, jenseits des ersten Wasser-
falles bei der Stadt Assuan. Das Wahrzeichen dieses
wunderbaren Eilandes ist der kleine zierliche Tempel-
pavillon mit vorliegender Terrasse, der gewöhnlich der
Kiosk genannt wird. Auf seinen vier Seiten umschließen
14 Säulen, die das massive Gesims tragen, einen Saal,
in den von Osten und Westen je ein Eingang führt. Wie
die ganze Insel, war auch dieser Bau der Isis geweiht;
an dem Bildwerk und den Inschriften wurde noch unter
den ersten römischen Kaisern gearbeitet, doch ist der Bau
nie ganz vollendet worden.

Das Hauptheiligtum von Philä ist der mit seiner Front
nach Süden liegende Isistempel, von Ptolemäus II. Pila-
delphos erbaut und von seinen Nachfolgern noch mit Skulpturen geschmückt. Bemerkenswert ist der westliche Säulengang vor dem Tempel mit kunstvoll ausgearbeiteten Kapi-
tälen. Den Kultus der Göttin Isis beging man in diesem
Tempel bis ins 6. Jahrhundert, nachdem Aegypten längst
christlich geworden war. Dann wurde auch dies Heiligtum der alten Götter zum Teil in eine christliche Kirche

umgewandelt.   Dieſes mit Ruinen geſchmückte und von
Palmen gefächelte Eiland der Iſis in dem blanken Spiegel

des dort über tauſend Meter breiten Nilſtromes bildet zugleich den Schlußpunkt der echt ägyptiſchen Tempelbauten in

südlicher Richtung. Die Heiligtümer in der hier beginnen=
den nubischen Landschaft weisen zwar auch auf ägyptischen
Ursprung hin, vermögen aber doch die Größe und die

Westlicher Säulengang vor dem Isistempel von Philä.

Schönheit der Götterwohnungen im unteren Niltal nicht
mehr zu erreichen.

Eine Ausnahme macht nur der berühmte Felsentempel
von Abu Simbel in Nubien, südlich von Assuan, am
linken Nilufer, der an Größe und Kunst den schönsten

Erster Saal im Tempel von Abu Simbel.

Denkmälern Thebens wenigstens nahe kommt. Zugleich
zeigt er, wie die Aegypter des 14. Jahrhunderts v. Chr.
es verstanden, einen Berg zu einem Tempel umzugestalten.
Hart am Rande des Nils, nördlich vom zweiten Katarakt
bei Wadi Halfa, ragt dort eine steilabfallende Felswand
von graubraunem Sandstein empor. Diese ließ König
Ramses II. (1388—1322 v. Chr.) zunächst zu einer
40 Meter hohen und 30 Meter breiten Tempelfassade ab-
glätten, aus der vier kolossale sitzende Figuren von der
Größe der Memnonskolosse hervortreten. Die Gesichts-
breite dieser Steinriesen beträgt 4 Meter von einem Ohr
zum anderen, die Handlänge 2½ Meter; diese Angaben
mögen als Maßstab für die übrigen Körperteile dienen.

Der Tempel ist gleich einem kleinen, ihm gegenüber-
liegenden Höhentempel dem Könige selbst und seiner Gattin
Nofrateri geweiht; ihn stellen auch die 22 Meter hohen,
aber zum Teil vom feinen Wüstensande verschütteten
Kolosse dar. Das Innere besteht aus vier hintereinander
liegenden Sälen, von denen sich nach rechts und links noch
acht Nebenräume abzweigen. Der erste Saal ist 18 Meter
lang und 16,7 Meter breit; seine Decke stützen acht Pfeiler
in Osirisgestalt mit dem Namen des Königs. In dem
Allerheiligsten, das 63 Meter tief im Felsen liegt, befindet sich eine nischenartige Vertiefung mit den bemalten
Sitzbildern der vier Hauptlandesgottheiten zur Zeit der
Herrschaft Ramses' II. Die Skulpturen und Malereien
gehören nach denen von Karnak und Medinet Habu zu
den wichtigsten, die auf uns gekommen sind, wie der
Felsentempel von Abu Simbel überhaupt zu den groß-
artigsten Werken, die Menschenhände jemals ausgeführt
haben.

Alle diese Denkmäler des Pharaonenlandes, von denen
wir nur einige der merkwürdigsten vorstehend schilderten,
und seit deren Gründung bereits Jahrtausende verflossen

ſind, ſcheinen „für die Ewigkeit" gebaut. Dennoch haben
der Zahn der Zeit, der unterminierende Strom und vielfach auch die zerſtörende Menſchenhand ſchon manche Teile
dem Untergange nahe gebracht. Um ſo notwendiger iſt
es, daß ſeitens der engliſch-ägyptiſchen Regierung recht
bald genügende Geldmittel in das Jahresbudget eingeſtellt
werden, um die bedrohten Denkmäler, dieſe bewunderungs-
werten älteſten Zeugen der Vorzeit, vor dem drohenden
Ruin zu bewahren.

Der Fall Francke.

Kriminalnovelle von Otto Höcker.

✿

(Nachdruck verboten.)

1.

Jn der Straffache wider den Fabrikanten Gisbert
Francke, welcher hinreichend verdächtig erscheint, in der
Nacht vom 26. zum 27. Juli d. J. den Privatmann Lewis
Francke, seinen Vater, dadurch vorsätzlich und mit Ueberlegung getötet zu haben, daß er ihn gewaltsam und in
der Absicht, seinen sofortigen Tod herbeizuführen, über
das rechtsseitige Geländer der sogenannten Moabiter Fußgängerbrücke in die Spree hinabstürzte — Verbrechen
wider Paragraph 211 des Strafgesetzbuches — wird
durch Beschluß der III. Strafkammer hiesigen Königlichen
Landgerichts das Hauptverfahren eröffnet und Termin
zur öffentlichen Hauptverhandlung vor dem Königlichen
Schwurgericht auf den 3. Oktober vormittags 9 Uhr an-
beraumt."

Eintönig hatte der Gerichtschreiber auf Befehl des
Präsidenten den Eröffnungsbeschluß verlesen. Nun richtete
sich die allgemeine Aufmerksamkeit des den weiten Raum
des großen Schwurgerichtssaales füllenden Publikums auf
den Angeklagten. Dieser war ein junger, schlanker
Mann, dessen bartloses, sympathisch anmutendes Gesicht

von tiefer Bläffe bedeckt war, aber den Ausdruck großer
Willenskraft trug.

Vor der Anklagebank hatte der Verteidiger, welcher
im gleichen Lebensalter mit dem fo schwerer Schuld Ge=
ziehenen stehen mochte, Platz genommen.

„Angeklagter, Sie heißen Gisbert Francke, find Teil=
haber der im Besitz Ihrer Mutter Amalie, geborenen
Hillengaß, befindlichen Möbelfabrik, am 27. Februar 1874
hier geboren, evangelisch, nicht vorbestraft?"

Der Angeklagte verneigte sich nur.

„Sie haben gehört, was im Eröffnungsbeschluffe Ihnen
zur Laft gelegt wird," fuhr der schon bejahrte Vorsitzende
in der Vernehmung fort. „Bekennen Sie sich der Straf=
that schuldig?"

„Nein. Ich bin unschuldig," fagte Gisbert mit klarer
Stimme.

„Sie find am Vormittag des 27. Juli, also nur
wenige Stunden nach geschehenem Verbrechen, in Ihrer
Privatwohnung verhaftet worden, nachdem Sie dem Polizei=
kommiffar Varnhagen ein unumwundenes Schuldbekenntnis
abgelegt hatten," wendete der Präsident ein.

„Die Gründe, welche mich damals zu einem unwahren
Geständnis bewogen haben, gab ich schon vor Wochen zu
Protokoll. Ich habe mich des Verbrechens nur bezichtigt,
weil ich meiner verehrten Mutter Beschimpfungen erfparen,
sie vor einem Schicksalsschlage bewahren wollte, welchem
ich ihre zarte Konstitution nicht gewachsen glaubte; zudem
hielt ich die wider mich aufgetauchten Verdachtsgründe
im erften Augenblicke faffungsloser Bestürzung für derartig
schwerwiegend, ja überwältigend, daß ich, an Gott und
der Welt verzweifelnd, das Schuldeingeständnis einer That
gab, von welcher mein Herz niemals etwas gewußt hat."

„Nun, wir werden fehen, inwieweit Ihr heutiges
Leugnen Ihrer Sache nützt," meinte der in den Akten

blätternde Präsident trocken. „Ich sehe mich also genötigt, mit Ihnen die ganze Sache nochmals durchzugehen. Wir müssen zunächst auf die Vergangenheit zurückgreifen. Ihr Vater war ein Deutschamerikaner; er kam, auf einer Reise durch Europa begriffen, im Jahre 1872 auch nach Berlin. Hier lernte er Ihre Mutter, damals ein Mädchen von achtzehn Jahren, einzige Tochter des Möbelfabrikanten Hillengaß, kennen und lieben. Er blieb deshalb während des Winterhalbjahres 1872 bis 1873 hier und verehelichte sich im Frühjahre 1873 mit Ihrer Mutter. Dieser Ehe entsprossen zwei Kinder. Sie, Angeklagter, wurden im Februar des darauffolgenden Jahres geboren. Am 7. Juli 1880 beschenkte Ihre Mutter ihren Gatten noch mit einem Töchterchen Namens Gretchen. Unmittelbar nach der Geburt Ihrer Schwester verschwand Ihr Vater. Nach seiner Flucht stellte es sich heraus, daß er derart darauf los gewirtschaftet hatte, daß schon bald nach seiner Flucht der Zusammenbruch der Firma und damit der gänzliche Vermögensverfall Ihrer Mutter zu befürchten stand. Es gelang dieser indessen, Stundung seitens der Hauptgläubiger bewilligt zu erhalten. Durch Thätigkeit und Geschick vermochte Ihre Mutter nicht nur die schwebenden Schulden zu tilgen, sondern auch im Laufe der Jahre den alten Wohlstand wiederherzustellen."

„Genau so verhält es sich," versicherte Gisbert. „Meine teure Mutter hat mir von jeher ein leuchtendes Vorbild edelster Pflichttreue gegeben. Nur mangelhaft vermochte ihr meine Liebe solche Aufopferung zu lohnen."

Geflüster erhob sich bei diesen im Tone innerlicher Ergriffenheit gesprochenen Worten des Angeklagten im Zuhörerraum.

Der Vorsitzende fuhr fort: „Von Ihrem Vater hörte man nichts mehr, übereinstimmend mit der öffentlichen Meinung nahm Ihre Mutter vielmehr an, daß er,

Zeitungsnachrichten zufolge, bei der Ueberfahrt nach Ame=
rika mit dem Dampfer untergegangen sei. Aus diesem
Grunde unterließ es Ihre Mutter auch, von ihrem Gatten
sich förmlich scheiden zu lassen; sie that dies um so weniger,
als sie an keinerlei Wiederverheiratung dachte. Sie selbst
besuchten zuerst das Gymnasium, später das Polytechnikum
und traten dann als Teilhaber in das mütterliche Geschäft
ein, das noch heute unter der Firma Ihres längst ver=
storbenen Großvaters geführt wird. Im Spätherbst vorigen
Jahres verlobten Sie sich mit Fräulein Klara Gutjahr,
einzigen Tochter des Konsuls Gutjahr. Die Hochzeit war
auf den 15. August dieses Jahres festgesetzt. Sie standen
im Begriffe, eine sogenannte gute Partie zu machen, da
die Vermögensverhältnisse der Erkorenen den Ihrigen
nicht nachstehen."

Gisberts Antlitz wurde plötzlich von dunklem Rot über=
flutet, das gleich darauf wieder fahler Blässe wich. Wie
zur Abwehr hob er die Rechte.

„Ich protestiere gegen diese unmotivierte Hereinzerrung
belangloser Privatverhältnisse!" sagte der Verteidiger, von
den Akten flüchtig dabei aufschauend.

„Ich bringe diese Angelegenheit mit gutem Fug zur
Sprache," entgegnete der Vorsitzende. „Nach Annahme
der Anklage hat der Beschuldigte die That in erster Linie
begangen, um peinlichen Erörterungen vorzubeugen, welche
unter Umständen wohl geeignet waren, seine gesellschaft=
liche Stellung zu erschüttern und die Auflösung seines
Verlöbnisses herbeizuführen. In seinem unmittelbar nach
geschehener Verhaftung zu Protokoll gegebenen Geständnis
hat der Angeklagte übrigens gerade diese Befürchtung als
Hauptmotiv für seine That bezeichnet."

„Wir werden nachher Gelegenheit haben, den Zeugen
Gutjahr gerade über diesen Punkt zu hören," bemerkte
der Staatsanwalt, ein schneidig aussehender, gleichfalls

noch jüngerer Herr, der mit über der Brust verschränkten Armen bewegungslos dasaß.

„Am Nachmittag des 26. Juli erschien nun in Ihrem Privatcomptoir ein Fremder, welcher Sie zu sprechen verlangte," fuhr der Präsident im Verhör fort. „Es war, wie die nachherige Leichenschau erwiesen hat, Ihr plötzlich wieder aufgetauchter Vater. Einzelne Ihrer Geschäftsangestellten haben in der aus der Spree gelandeten Leiche mit Bestimmtheit den damaligen Besucher wiedererkannt."

„Gewiß, ich räume es ein, es war mein Vater, der an jenem Julinachmittage eine Unterredung mit mir hatte," versetzte Gisbert.

„Teilen Sie uns den Inhalt dieser Unterredung mit."

„Gleich meiner Mutter hatte ich meinen Vater für tot gehalten. Hinter dem damaligen Besucher vermutete ich zuerst einen Betrüger oder einen Wahnsinnigen. Aber schon nach dem Austausch der ersten Worte erschien seine äußere Gestalt mir immer bekannter und meinem verschollenen Vater ähnlicher. Er war zwar gealtert und sah verkommen aus, aber im ganzen glich er dem Bild, welches ich mir von ihm immer gemacht hatte. Zum Ueberfluß legte mir mein Vater eine Menge Legitimationspapiere vor, aus welchen seine Identität deutlich hervorging."

„Sie erkannten also den Besucher als Ihren Vater ohne weiteres an?" forschte der Präsident.

„Doch nicht. Das so plötzliche Wiederauftauchen des Totgeglaubten machte auf mich zuerst einen lähmenden Eindruck. Ich hörte ihn zuerst wortlos an. Mit heiserer Stimme berichtete er mir, daß er damals zwar auf dem untergegangenen Schiffe einen Platz belegt, diesen aber durch ein Zusammentreffen verschiedener Zufälligkeiten nicht benützt, sondern Amerika mit einem späteren Schiffe wohlbehalten erreicht habe. Dort sei es ihm in all den

langen Jahren schlecht ergangen. Von allen Mitteln ent=
blößt, sei er nun zurückgekehrt. Er habe über unsere Ver=
hältnisse genaue Erkundigungen eingezogen. Entweder
sollte ich ihm bare zwanzigtausend Mark auszahlen und
mich durch Handschlag verpflichten, ihm jährlich zum Lebens=
unterhalt fünftausend Mark auszusetzen, oder er werde
seine Vater= und Gattenrechte geltend machen. Geschah
dies aber, dann war nicht nur mein, sondern auch meiner
Mutter Lebensglück vernichtet. Meine Rechtskenntnis sagte
mir, daß meinem Vater auf Grund des Gesetzes die Be=
fugnis zustand, nicht nur die eheliche Gemeinschaft mit
meiner Mutter fortzusetzen, sondern auch die Verwaltung
des ungeteilt meiner Mutter noch gehörenden Vermögens
zu beanspruchen."

„Ganz recht!" fiel der Präsident ein. „Sie mußten
das Zutreffende in den Darlegungen Ihres Vaters an=
erkennen. Natürlich erbaten Sie sich Zeit zur Ueberlegung.
Es wurde deshalb eine Zusammenkunft noch auf den=
selben Abend im Café Gärtner am Stadtbahnhof Belle=
vue, welches in unmittelbarer Nachbarschaft der Moabiter
Fußgängerbrücke gelegen ist, verabredet."

„Das bestreite ich entschieden!" warf der Angeklagte
mit erhobener Stimme ein. „Ich habe an dem fraglichen
Abend in das genannte Restaurant keinen Fuß gesetzt."

„Es wird Ihnen das Gegenteil durch eine Reihe ein=
wandsfreier Zeugen nachgewiesen werden. Sie haben
übrigens im ersten Verhör Ihre damalige Anwesenheit zu=
gegeben."

„Ich wiederhole, daß mein sogenanntes Geständnis
unwahr ist!" beteuerte der Angeklagte. „Die Zeugen aber
müssen sich irren. Ich berufe mich auf verschiedene Per=
sonen, welche beweisen können, daß in Berlin ein Herr
existiert, mit welchem ich schon wiederholt verwechselt
worden bin."

Der Staatsanwalt erhob sich. „Ich möchte feststellen,
daß der Angeklagte erst nach Abschluß der Vorunter=
suchung mit dieser Behauptung hervorgetreten ist, vorher
aber niemals etwas über einen sogenannten Doppelgänger
hat verlauten lassen. Ich beantrage die Verlesung des
Protokolls vom 27. Juli, soweit in demselben von dem
Eingeständnis des Angeklagten, eine Zusammenkunft mit
seinem Vater im Café Gärtner gehabt zu haben, die Rede
ist, auf Grund des Paragraphen 253 der Strafprozeß=
ordnung.“

Trotz des Einspruchs des Verteidigers beschloß der
Gerichtshof, diesem Antrage des Staatsanwalts Folge zu
geben.

Der Gerichtsschreiber verlas:

„Um Zeit zur Ueberlegung zu gewinnen, beschied ich
meinen Vater auf zehn Uhr abends ins Café Gärtner.
In der Zwischenzeit nahm ich mit niemand Rücksprache.
Als ich kurz nach zehn Uhr in den Garten des Re=
staurants trat, erblickte ich meinen Vater schon. Da die
Witterung unfreundlich war, befanden sich nur wenige
Gäste im Garten, wir konnten uns deshalb ungestört
unterhalten. Mein Vater wiederholte seine Forderung,
er fügte eine wider meine Mutter gerichtete Drohung
schrecklicher Art hinzu. Ich verweigere jede Auskunft
über die Art dieser Drohung. Dieselbe bewog mich, auf
die Forderung einzugehen. Ich händigte ihm zwanzig
Tausendmarkscheine aus. Ueber unserem Verhandeln war
es nahezu Mitternacht geworden. Wir brachen auf, ver=
ließen das Café und erstiegen die zur Fußgängerbrücke
führende Treppe. Ringsum war alles menschenleer und
verödet. Plötzlich erwachte in mir eine ungeheure Wut.
Ich begriff, daß in dem Leben meines Vaters fortdauernd
eine große Gefahr für mein und meiner Mutter Glück
lag. In meiner Verbitterung erschien mir das Verbrechen

der Beseitigung meines Vaters als ein Akt der Notwehr. Plötzlich faßte ich meinen Vater und stürzte ihn, ehe er sich wehren konnte, über das Seitengeländer der Brücke. Nach geschehener That begab ich mich nach Hause. Die ungeheure Aufregung ließ mich erst gegen Morgen einschlafen. Als Polizeikommissar Barnhagen in meiner Wohnung erschien, mußte ich erst geweckt werden. Ihm legte ich nach kurzem Leugnen zuerst ein Schuldbekenntnis ab und —"

„Genug!" entschied der Präsident. „Halten Sie es nun wirklich für möglich, Angeklagter, daß wir angesichts Ihres eigenen völlig überzeugenden Geständnisses, sowie verschiedener Zeugenaussagen nun plötzlich Ihrer gegenteiligen Behauptung Glauben schenken und Ihnen auf die Spur des großen Unbekannten, der diesmal sogar ein Doppelgänger sein soll, folgen werden?"

„Der mich verhaftende Polizeikommissar legte mir die Worte in den Mund," entgegnete der Angeklagte. „Auch hatte mich völlige Betäubung erfaßt. Ich war mir über die Tragweite meiner Aussage nicht klar. Ich unterschrieb das Protokoll, ohne recht zu wissen, was eigentlich darin stand."

Der Präsident begnügte sich mit vielsagendem Achselzucken.

„Ich bitte, den Angeklagten zu fragen, warum er sich wenige Stunden vor der That, etwa um acht Uhr abends, den Vollbart abnehmen ließ," sagte der öffentliche Ankläger.

„Er fiel mir in der Hitze lästig. Ich pflege dies übrigens jeden Sommer so zu halten."

„Wir hatten einen sehr regnerischen und darum kühlen Juli," fuhr der Staatsanwalt fort. „Wir werden Zeugen hören, daß der Angeklagte den Bart mit einem gewissen Stolze trug. Warum hat er ferner an jenem Abend ganz

gegen seine sonstige Gewohnheit Waffen zu sich gesteckt?
Ein scharfgeladener Revolver ist noch nach seiner Ver=
haftung in der Tasche des am kritischen Abend von ihm
getragenen Beinkleides gefunden worden."

„Das geschah in der Aufregung," gab der Angeklagte
zu. „Jedenfalls habe ich von dieser Waffe keinen Ge=
brauch gemacht."

„Vermutlich weil Sie eine bessere Gelegenheit zur
Ausübung des von Ihnen geplanten Verbrechens gefunden
haben," versetzte der Vorsitzende scharf.

Zornig flammte es in des Angeklagten Augen auf,
und erbittert rief er: „Wenn der Herr Präsident von
meiner Schuld bereits überzeugt ist, so bedarf es ja nur
noch meiner Verurteilung!"

„Sie behaupten also jetzt, nur eine einzige Unterredung
im Privatcomptoir Ihrer Fabrik mit Ihrem Vater gehabt
zu haben?" fragte der Präsident ruhig weiter.

„Jawohl."

„Sie werden zugeben, daß bei aller Eigentümlichkeit
Ihres Falles die Bereitwilligkeit, mit welcher Sie die
hochgeschraubten Forderungen Ihres Vaters ohne weiteres
bewilligten, seltsam erscheinen muß. Als gebildeter Mann
mußten Sie mit dem Umstand rechnen, daß dennoch ein
Betrug vorliegen konnte. Papiere können gefälscht oder
gestohlen werden. Sie selbst konnten auch dem eigenen
Augenschein nicht trauen, da Sie ja erst sechs Jahre
zählten, als Ihr Vater flüchtete. Was lag näher, als mit
einem Vertrauten Rücksprache zu nehmen. Ihr heutiger
Herr Verteidiger ist mit Ihrer Schwester verlobt, er
würde Ihnen sicherlich mit Rat und That beigestanden
und als Jurist eine Formel gefunden haben, kraft deren
allen weiteren Erpressungen Ihres Vaters vorgebeugt
worden wäre. Ihre Behauptung, ohne weiteres zwanzig=
tausend Mark ausgezahlt zu haben, ist kaum glaublich. Sie

hatten ja keinerlei Garantie in Händen, daß ungeachtet aller
Versprechungen Ihr Vater nicht bereits am nächsten Tage
neue Forderungen stellte. Nun sind im Besitz des Verlebten kaum nennenswerte Barmittel gefunden worden.
Wahrscheinlich haben Sie schon im Laufe der ersten Unterredung den Tod des Ihnen lästigen Mannes beschlossen
gehabt. Nur unter dieser Voraussetzung läßt sich Ihr
Verhalten begreifen."

„Ich kann nur sagen, daß die Schlüsse des Herrn
Präsidenten unzutreffend sind," versicherte der Angeklagte.
„Ich habe meinem Vater zwanzigtausend Mark wirklich gegeben und ihn nur im Fabrikcomptoir, später nicht wieder-
gesehen."

„Geben Sie doch der Wahrheit die Ehre," drängte
der Präsident. „Ihr Verbrechen ist, wenn auch nicht ent-
schuldbar, so doch menschlich verständlich. Es ist möglich,
daß der Gerichtshof Ihnen wenigstens teilweise den Schutz
des Paragraphen 51 des Strafgesetzbuches zubilligen wird,
denn es läßt sich unter Umständen annehmen, daß das
plötzliche Wiederauftauchen des Totgeglaubten, verbunden
mit den von diesem an Sie gerichteten Drohungen, Sie
in einen Zustand von krankhafter Störung der Geistes-
thätigkeit versetzt hat. Ihr Verteidiger hat ja in dieser
Beziehung den gerichtlichen Sachverständigen zur Abgabe
seines Gutachtens vorladen lassen. Aber Sie machen es
uns unmöglich, mit Ihnen Teilnahme zu empfinden, wenn
Sie bei Ihrem ganz unklugen Leugnen verharren."

„Ich kann nur wiederholen, daß ich die lautere Wahrheit gesprochen habe," verharrte der Angeklagte. „Ich
gebe zu, daß das gewissenlose Auftreten meines Vaters
mir die Versuchung nahe legte, eine ähnliche That zu be-
gehen, besonders als er es wagte, mir anzudrohen, er
werde ein vor langen Jahren an meiner guten Mutter
begangenes Verbrechen dem lieblosen Urteil der Welt

unterbreiten. Das ist aber auch alles. Als ich erfuhr,
daß ein anderer den Lästermund für ewig hatte ver-
stummen lassen, war ich derart betroffen und willenlos
geworden, daß ich alles einräumte, was man von mir
wissen wollte."

„So brechen Sie jetzt wenigstens Ihr Schweigen,"
ermahnte der Vorsitzende. „Welcher Art war die Drohung,
die der Heimgekehrte wider Ihre Mutter ausstieß?"

„Eher würde ich mich verurteilen lassen, als daß ich
eine diesbezügliche Andeutung machte."

„Alsdann können Sie auch nicht verlangen, daß wir
Ihren Worten irgend welche Glaubwürdigkeit beimessen."

Nur ein dumpfer Seufzer kam über die Lippen des
Angeklagten. Er ließ das Haupt tiefer auf die Brust
herabsinken.

Der Staatsanwalt aber erhob sich und überreichte dem
Präsidenten ein Schriftstück. „Ich beantrage die Verlesung dieses mir von der deutschen Botschaft in Washing-
ton heute früh zugegangenen Schreibens," versetzte er mit
eigentümlichem Aufleuchten in seinen klugen Augen.

Der Präsident warf einen Blick in das Schriftstück.
Dann schaute er betroffen den Angeklagten an. Auch die
beiden Beisitzer nahmen lebhaft interessiert Einsicht von
dem Schreiben.

Der Angeklagte war plötzlich erbfahl geworden. Ohne
daß er wissen konnte, um was es sich in dem Schreiben
eigentlich handelte, erzitterte er in banger Vorausahnung.

Rechtsanwalt Hellborn hatte sich rasch erhoben. „Ich
muß gegen die Verlesung eines mir nicht bekannten Schriftstückes protestieren," sagte er lebhaft. „Jedenfalls verlange
ich, zuvor Einsicht nehmen zu dürfen."

Ihn unterbrach der Präsident, welcher inzwischen sich
flüsternd mit den beiden Richtern besprochen hatte.

„Der Gerichtshof hat die Verlesung beschlossen. Die-

selbe rechtfertigt sich aus Paragraph 255 der Strafprozeß=
ordnung.   Der Inhalt dieses Schriftstückes ist geeignet,
einen wesentlichen Einfluß auf den Fortgang des Prozesses
auszuüben."

Auf einen Wink begann der Gerichtsschreiber:

„In Beantwortung der Anfrage des ersten Herrn Staats=
anwalts nach dem Vorleben eines gewissen Lewis Francke
beehrt sich der Unterfertigte ergebenst mitzuteilen: Der Be=
treffende ist im Jahre 1845 zu Detroit im Staate Michi=
gan als Sohn eines Kaufmannes geboren worden. Ende
der sechziger Jahre fungierte er als Agent der Manitowoc
Scating Co. in Manitowoc, Wisconsin. November 1871
verheiratete er sich mit Mary Davis, Tochter des Milo
H. Davis, Schulinspektors in Detroit. Der Ehe entstammt
ein Sohn William, geboren 1872. Lewis Francke wurde
in diesem Jahre wegen Veruntreuungen flüchtig. Er soll
sich bis 1881 in Deutschland aufgehalten haben. In diesem
Jahre reiste wenigstens seine eheverlassene Gattin nach
Deutschland. Sie kehrte mit Lewis zurück. Dank der Eigen=
tümlichkeit amerikanischer Verhältnisse gelang es diesem,
zumal er größere Barmittel mitbrachte, von neuem eine
gewisse Rolle in seiner Vaterstadt zu spielen. Vor zwei
Jahren wurde er in einen Bestechungsprozeß als Haupt=
schuldiger verwickelt. Er entfloh indessen rechtzeitig. Seit=
dem ist er verschollen. Da sein Sohn, der allgemeine
Achtung genoß und als tüchtiger Ingenieur galt, in Be=
gleitung der Mutter Detroit ebenfalls bald darauf verließ,
wird dortselbst angenommen, daß Lewis Francke sich ein
anderes Operationsfeld gesucht und vermutlich wieder nach
Deutschland sich gewendet hat."

Mit nach vorn gebeugtem Oberkörper hatte der An=
geklagte die Verlesung des Schriftstücks angehört. Nur ab
und zu war ein Erzittern durch seine Glieder gegangen.
Als nun der Gerichtsschreiber geendigt hatte, sank er auf

der Anklagebank nieder und schlug beide Hände vor das Gesicht.

„O meine arme Mutter!" kam es stöhnend über seine Lippen. „So habe ich durch alle Opfer dir nicht diese Schmach ersparen können!"

Lebhaftes Gemurmel ging durch die dichtgedrängten Zuhörerreihen. Es war wohl niemand im Saal, der nicht tiefes Mitgefühl für den Angeklagten gehabt hätte. Selbst die ehernen Gesichtszüge des Präsidenten wurden milder.

„Angeklagter," begann er abermals, „wir begreifen und würdigen Ihren Schmerz. Nun aber geben Sie auch der Wahrheit die Ehre. Der Verlebte drohte Ihnen wahrscheinlich damit, das von ihm an Ihrer Mutter verübte Verbrechen an die große Glocke hängen zu wollen. Die plötzliche Erkenntnis, daß die von Ihnen verehrte Frau das Opfer eines Schurken geworden war, im Sinne des Gesetzes also gar keine Ehe zwischen jenem Manne und Ihrer Mutter bestanden hat, riß Sie zu einem folgenschweren Entschlusse hin. Sie erkannten Ihre Ohnmacht gegenüber dem rücksichtslos Auftretenden, der Trieb, die Mutter und sich selbst vor einer verhängnisvollen Katastrophe zu bewahren, war stärker als das Bewußtsein des mit Ihrer That verbundenen Unrechts. In einer Minute beklagenswerter Verirrung vergriffen Sie sich an dem Bedroher Ihres Lebensglückes. — Nicht wahr, Angeklagter, so ähnlich spielte sich das Drama ab?"

Aber der Präsident hoffte vergeblich auf eine Antwort. Wie geistesabwesend stand Gisbert Francke da. Endlich wandte er sich nach seinen Richtern.

„Gott ist mein Zeuge, ich habe alles versucht, um von dem unschuldigen Haupte meiner reinen Mutter unverdiente Schmach abzuhalten. Es ist mir nicht gelungen. Als Kriminalkommissar Varnhagen mich zu verhaften kam, da erkannte ich die Gefahr, welche meine Mutter bedrängte.

Durch eine Verkettung unseliger Zufälligkeiten war nun einmal schwerwiegender Verdacht wider mich entstanden. Leugnete ich die mir zur Last gelegte That — so dachte ich damals im Irrwahn fürchterlicher Erregung — so würde man behördlicherseits der mir selbst geheimnisvollen Ermordung auf den Grund zu kommen suchen. Der Gedanke, daß die Vergangenheit meines Vaters alsdann ans Tageslicht gezogen, und der meiner Mutter gespielte Betrug offenbar werden mußte, ließ mich zu einem falschen Schuldgeständnis kommen. Ich glaubte dadurch jegliche behördliche Nachforschung hintanzuhalten und das düstere Geheimnis des von meinem Vater verübten Schurkenstreiches für immer zu begraben. Erst in der Einsamkeit der Zelle erkannte ich, daß ich zwar das Gute gewollt, aber nur den Gang der Verhältnisse beschleunigt hatte. Unterredungen mit meinem Freund und Verteidiger bestärkten mich in dieser Auffassung. Ich zog mein Geständnis zurück. Aber so leicht man mir die Verübung der That zugetraut hatte, so ungläubig nimmt man nun meinen Widerruf auf — und doch kann ich nur meine völlige Unschuld beteuern!"

Große Unruhe im Zuhörerraum folgte dieser Erklärung. Auch die Geschworenen steckten die Köpfe zusammen und nickten bedeutsam. Der Präsident gebot Ruhe.

Der Staatsanwalt aber erhob sich hastig. „Der Angeklagte scheint mir von einer krankhaften Vorstellung beherrscht zu werden," hub er an. „Er glaubt anscheinend, es sei uns darum zu thun, jemand zu verurteilen. Mit nichten! Wir stehen hier, um im Namen des Gesetzes Recht zu finden. Ja, ich gestehe ganz freimütig, daß gerade mir es lebhafte Genugthuung bereiten würde, stellte sich durch den Gang der heutigen Hauptverhandlung die Unschuld des Angeklagten heraus, zumal die Sympathien aller rechtlich Denkenden fraglos auf seiner und nicht auf Seite des Getöteten sind. Aber der Angeklagte sieht sich

meines Erachtens selbst im Licht. Warum macht er nicht
wenigstens den Versuch, sein Alibi während der kritischen
Stunden nachzuweisen. Ich habe ihm eine derartige Be-
weisführung schon vor Wochen nahegelegt, ich bin auch
überzeugt, daß die Verteidigung nach dem geheimnisvollen
Doppelgänger hat Nachforschungen anstellen lassen. Dieselben konnten indessen aus dem Grunde nicht zum Ziele
führen, weil ein solcher Doppelgänger gar nicht existiert.
Ich ermahne deshalb den Angeklagten ernstlich, sich durch
ferneres Leugnen nicht die Sympathien zu verscherzen,
welche ihm augenblicklich noch gezollt werden."

Da stand aber auch schon Rechtsanwalt Hellborn, der
Verteidiger, auf.

„Der Herr öffentliche Ankläger hat die Unterlassung
des Versuchs einer Alibibeweisführung gerügt," meinte er.
„Nun ist es mit solch einem Nachweis überhaupt eine
mißliche Sache. Ich bin überzeugt, auch der Herr Staatsanwalt würde nicht Minute für Minute nachweisen können,
was er gerade in der Nacht vom 26. zum 27. Juli gethan
hat. Er wird vermutlich geschlafen haben; da er aber
Junggeselle ist, so erscheint es fraglich, ob er diesen Schlaf
zu einem gerichtskundigen machen könnte. Mein Klient
hat nun nicht geschlafen. Die von ihm am vorhergehenden
Nachmittag mit seinem Vater geführte Unterredung hatte
ihn begreiflicherweise erregt. Er ging abends gegen seine
sonstige Gewohnheit noch in später Stunde aus, kreuzte
den Königsplatz und erging sich seiner Versicherung nach
stundenlang im Tiergarten. Ab und zu hat er sich nieder-
gesetzt; ja, er behauptet, sogar einmal vom Schlafe überwältigt worden zu sein. Als er nach Hause kam, war es
bereits zwei Uhr morgens. Erschöpft legte er sich zur
Ruhe nieder. Als man ihn weckte, geschah es auf Weisung
des inzwischen erschienenen Kommissars. Es liegt auf der
Hand, daß vielleicht weitere hundert einwandsfreie Per-

fonen die kritische Nacht in ähnlicher, nicht durch Gerichts=
beweis genau zu erhärtender Weise verbracht haben. Der
Unterschied ist nur der, daß mein Klient einer That be=
schuldigt wird, an welcher er meiner innersten Ueberzeugung
nach gerade so viel Verschulden trägt, wie der Herr Staats=
anwalt oder ich oder sonst jemand hier im Saale."

„Sie beharren also bei Ihrer Behauptung, unschuldig
zu sein?" wendete sich der Präsident an den Angeklagten.

Dieser verneigte sich nur stumm.

„So treten wir in die Beweisaufnahme ein," entschied
der Vorsitzende und befahl dem Nuntius, den ersten Zeugen
in den Saal zu führen.

2.

In der kritischen Nacht hatte wenige Schritte fluß=
abwärts von der Fußgängerbrücke am Holsteinerufer ein
Ziegelkahn verankert gelegen. In grauender Morgenfrühe
hatte der Schiffseigner, der die Nacht auf seinem Fahr=
zeuge verbracht, zu seinem Entsetzen eine gutgekleidete
männliche Leiche wahrgenommen, deren Oberkörper im
Wasser lag, während die Füße sich in der Ankerkette ver=
fangen hatten.

Der Schiffer hatte sofort einen Knecht nach dem zu=
ständigen Polizeirevier geschickt. Die behördliche Aufhebung
der Leiche hatte unverzüglich stattgefunden.

Vom telephonisch benachrichtigten Polizeipräsidium war
der Kriminalkommissar Varnhagen, einer der fähigsten
Kriminalbeamten, entsendet worden. Gleichzeitig war der
Kreisphysikus auf der Thatstelle erschienen. Ueberein=
stimmend hatten beide Beamte festgestellt, daß nach Lage
der Sache ein Unglücksfall oder Selbstmord ausgeschlossen
war. Der im übrigen tadellose Tuchrock des Toten war
vorn an der Brust zerrissen, ein sicheres Zeichen, daß der
Unglückliche mit großer Gewalt gepackt und in die Höhe

gezerrt worden war. Während des kurzen Kampfes war
der Hut des Opfers auf die Brücke niedergefallen und
fast ganz zerstampft worden. Passanten hatten ihn auf
dieser am nächsten Morgen gefunden.

Während des Absturzes war der Unglückliche mit dem
Hinterkopf auf einen hervorspringenden Eisenpfeiler ge=
schlagen. Durch die Wucht des Anpralles war dann der
Körper kopfüber vollends ins Wasser gestürzt. Nach der
Begutachtung des Arztes war die Kopfwunde absolut töd=
lich. Der Tod mochte schon in dem Augenblicke eingetreten
sein, in welchem der fallende Körper den Wasserspiegel
erreicht hatte. Aus alledem ergab sich mit zwingender
Notwendigkeit die Gewißheit, daß der Unglückliche über das
Brückengeländer geschleudert worden war. Zum Ueber=
fluß hatten der Schiffer und seine Ehefrau etwa um Mitter=
nacht einen gellenden Schrei vernommen. Da aber alsdann
alles wieder still geworden war, so hatten sie dem Vorfall
keine Beachtung geschenkt, sondern waren liegen geblieben.

Bei der Leiche waren außer Uhr und Börse mit mäßigem
Inhalt nennenswerte Wertsachen nicht gefunden worden.
Außerdem hatte der Tote nur noch ein Notizbuch bei sich
getragen, das nur unwesentliche Bemerkungen enthielt.
Darin aber lag eine Aufforderung des Königlichen Polizei=
präsidiums an Herrn Lewis Francke, wonach der Empfänger
aufgefordert wurde, binnen drei Tagen die noch aus=
stehende Personallegitimation bei Vermeidung einer gleich=
zeitig festgesetzten Ordnungsstrafe beizubringen.

Zufällig war die Leiche auch von einem Kellner, der im
Café Gärtner bedienstet war, in Augenschein genommen
worden. Derselbe hatte sofort in ihr einen Gast wieder=
erkannt, welchen er abends zuvor selbst bedient hatte. Der
Kellner hatte seine Wahrnehmung dem Kommissar mit=
geteilt und hinzugefügt, daß in Gesellschaft des Toten sich
der Fabrikant Francke befunden habe.

Auch in der heutigen Verhandlung blieb der als Zeuge vernommene Kellner trotz des entschiedenen Leugnens des Angeklagten bei dieser Beurkundung.

„Zeuge, ich mache Sie darauf aufmerksam, daß unendlich viel von Ihrer Aussage abhängt," ermahnte der Vorsitzende. „Sie hören, daß der Angeklagte behauptet, Sie müßten ihn mit irgend jemand verwechseln, der ihm vielleicht sehr ähnlich sieht. Besinnen Sie sich! Kann eine solche Möglichkeit nicht etwa doch vorliegen?"

„Durchaus nicht," bestritt der Kellner. „Ich servierte früher im Restaurant Mühling Unter den Linden. Dort verkehrte Herr Francke regelmäßig zweimal in der Woche. In seiner Begleitung befanden sich fast immer seine Mutter, sowie Herr Konsul Gutjahr mit Tochter. Die Herrschaften speisten bei uns gewöhnlich nach beendigter Vorstellung im Opernhause. Ich erkannte ihn am 2. Juli sofort, als er in den Garten trat, obwohl er sich seinen blonden Vollbart hatte abnehmen lassen. „Schönen guten Abend, Herr Francke!" begrüßte ich ihn, als er an mir vorüberschritt. — „Ei, woher kennen Sie mich denn?" fragte er darauf, ging aber gleich weiter. Er setzte sich zu dem Herrn, der am anderen Morgen tot aus der Spree gezogen wurde. Ich bediente und hörte zu meinem Erstaunen, daß Herr Francke den anderen immer mit „Papa" anredete. Sie sprachen englisch miteinander; obwohl sie annehmen mochten, ich verstünde die Sprache nicht, hielten sie doch immer im Gespräche inne, wenn ich in die Nähe kam."

„Welchen Eindruck machte das Gespräch auf Sie?" fragte der Präsident.

„Sie stritten offenbar miteinander. Ich hörte so etwas von zwanzigtausend Mark. Bald darauf — sie waren inzwischen die letzten Gäste im Lokal geworden, und es war nahe an Mitternacht — brachen sie auf und entfernten sich in der Richtung nach der Fußgängerbrücke."

„Nun, was sagen Sie zu der Bekundung dieses Zeugen?"
wendete sich der Vorsitzende an den Angeklagten.

„Es mag sein, daß der Zeuge mich vom Restaurant
Mühling her kennt. Wir verkehrten allerdings dort häufig.
Aber ich wiederhole, ich war in jener Nacht nicht im Café
Gärtner."

„Es thut mir leid, aber ich muß bei meiner Aussage
bleiben," entgegnete der Kellner. „Ich habe Herrn Francke
mit aller Bestimmtheit wiedererkannt. Wenn ich nicht
irre, so sah ich ihn sogar einige Tage darauf nochmals
auf der Straße."

„Das kennzeichnet die Glaubwürdigkeit des Zeugen,"
fiel da Rechtsanwalt Hellborn schnell ein. „Mein Klient
ist wenige Stunden nach seinem angeblichen Verweilen im
Café Gärtner verhaftet worden."

„Sie hören, was der Herr Verteidiger sagt, Zeuge,"
meinte der Präsident. „Sie können unmöglich den Angeklagten später nochmals gesehen haben."

Der Zeuge stand unschlüssig. „Hm, es mag sein, daß
ich mich täusche," meinte er endlich. „Es kann auch schon
vorher gewesen sein."

„War da mein Klient noch im Besitze seines Vollbartes?" fragte der Verteidiger.

„Nein, er war glattrasiert. Ich meine darum, daß
es doch später gewesen sein muß, denn mir fiel's im Café
Gärtner auf, daß er keinen Vollbart mehr trug."

„Nun, da haben wir einen untrüglichen Beweis für
die Wahrhaftigkeit der Behauptung des Angeklagten, er
müsse einen Doppelgänger haben," sagte Rechtsanwalt
Hellborn mit erhobener Stimme. Im Zuhörerraum gab
sich große Erregung kund. Der Präsident gebot Ruhe. Er
ermahnte darauf den Zeugen nochmals, sich genau zu besinnen, ob er sich in der Person des Angeklagten am
kritischen Abend am Ende nicht dennoch getäuscht habe.

„Nein, nein, das ist ganz ausgeschlossen. Ich hab'
ein gutes Personengedächtnis. Ich grüßte ihn doch auch
und nannte seinen Namen dabei. Der Angeklagte fragte
mich dann überrascht, woher ich seinen Namen kenne."

„Das ist nicht wahr!" rief Gisbert Francke in großer
Erregung dazwischen.

Der Präsident wollte ihm seine Heftigkeit verweisen.
Aber in diesem Augenblicke erhob sich der Verteidiger.

„Ich beantrage die Vertagung," begann er. „Durch
die Aussage des Zeugen hat die Behauptung meines Klienten,
er habe einen Doppelgänger, an Glaubwürdigkeit gewonnen.
Wir haben aus dem Schriftstück unseres Botschafters in
Amerika gehört, daß der Getötete einen Sohn William
besitzt. Dieser ist mit seiner Mutter seit geraumer Zeit
aus Detroit verschwunden. Es kommt häufig vor, daß
Söhne eines Vaters, auch wenn sie von verschiedenen Müt=
tern stammen, sich täuschend ähnlich sehen. Die Möglich=
keit liegt vor, daß sich der ältere Sohn des Lewis Francke
ebenfalls in Berlin befindet. Ich beantrage, Erhebungen
darüber anzustellen und bis zu deren Beendigung die Sache
zu vertagen. Vielleicht stellt sich dann heraus, daß Lewis
Francke doch mit einer anderen Persönlichkeit als dem An=
geklagten im Café Gärtner zusammengetroffen ist."

„Ich widerspreche dem Antrag und beantrage Ablehnung
desselben!" fiel der Staatsanwalt lebhaft ein. „Zugleich
protestiere ich gegen die Hereinziehung willkürlich gewählter
Dritter. Der Herr Verteidiger kann keine Spur einer
Wahrscheinlichkeit für die in seinem Antrag versteckt lie=
gende Verdächtigung zur Stelle bringen. Die Ermordung
des Lewis Francke fällt keiner dritten Person zur Last.
Ich ging übrigens heute morgen unmittelbar nach dem
Empfang der Auskunft unseres Botschafters das Einwohner=
meldeamt um schleunige Auskunft darüber an, ob ein
William Francke hierorts gemeldet ist. Ich sah einen

ähnlichen Antrag der Verteidigung voraus. Der Bescheid kann jede Minute eintreffen."

„Dann beantrage ich die sofortige Vernehmung der Fräulein Klara Gutjahr, welche sich auf meinen Wunsch im Zeugenzimmer aufhält!" fiel der Verteidiger rasch wieder ein, da die Mitglieder des Gerichtshofes sich bereits er- hoben hatten, um sich zur Beratung über seinen Antrag zurückzuziehen. „Ich ersuche noch vor Beschlußfassung über den von mir gestellten Antrag um Vernehmung der Zeugin. Diese wird ebenfalls bekunden, daß auch sie eine Persön- lichkeit in den Straßen Berlins wahrgenommen hat, in welcher sie zuerst den eigenen Verlobten zu erkennen glaubte."

Der Präsident beauftragte den Nuntius, die junge Dame in den Saal zu führen.

In diesem war es lautlos still geworden. Aller Blicke hingen an der Flügelthür, durch welche die Zeugin ein- treten mußte. Jetzt erschien eine schlanke, liebliche Blon- dine. Ihr Antlitz war blaß; ein Zug schwerer Bekümmer- nis lag um die fest aufeinander gepreßten Lippen, und die umflorten Augen verrieten, daß sie geweint hatte.

Mit raschen Schritten näherte sie sich dem Richtertisch. Dann, als ihr Blick den unbeweglich verharrenden An- geklagten streifte, streifte der Widerschein eines Lächelns ihre Züge, obwohl die hellen Thränen ihr von den langen Wimpern herabbrannten.

„Mut, Gisbert, Mut!" kam es leise über ihre Lippen.

Der Präsident machte sie auf ihr Recht zur Zeugnis- verweigerung aufmerksam.

„Ich will aussagen!" rief sie mit heller Stimme. „Es ist mir ein Herzensbedürfnis, vor aller Oeffentlichkeit zu erklären, daß mein Verlobter nicht der geringsten schlim- men That, geschweige eines wirklichen Verbrechens fähig ist!"

„Klara, meine geliebte Klara!" kam es über des An-

geklagten Lippen. Zum erstenmal drohte diesen die Fassung
völlig zu verlassen.

„Zeugin, ich muß Ihnen jeden Versuch einer Ver-
ständigung mit dem Angeklagten untersagen," mahnte der
Vorsitzende, als das Mädchen Miene machte, auf die Anklagebank zuzueilen und die ihr entgegengestreckte Hand ihres
Verlobten zu ergreifen. „Ihre Gefühlsregung macht Ihnen
ja alle Ehre, aber hier ist zu einer solchen Bethätigung nicht
der Ort. Ich frage Sie nochmals, wollen Sie aussagen?"

„Jawohl."

„Sie wissen vermutlich, welche Frage Ihnen vorgelegt
werden soll. Es wird behauptet, daß der Angeklagte einen
ihm täuschend ähnlich sehenden Doppelgänger besitzen soll.
Was wissen Sie hierüber anzugeben?"

Unter der atemlosen Stille der Versammlung begann
Klara Mitteilung von einer Begegnung zu machen, welche
sie etwa vierzehn Tage zuvor gehabt haben wollte.

„Es war in Treptow," berichtete sie. „Auf Wunsch
meines Vaters hatte ich an diesem Nachmittage die Zurück-
gezogenheit der letzten Monate unterbrechen müssen. Wir
begaben uns nach dem Restaurant Zenner und nahmen
auf der unteren Terrasse dicht am Wasser Platz. Nahezu
gedankenlos schaute ich auf die auf und nieder gleitenden
Boote und die dazwischen vereinzelt auftauchenden Dampfer.
Plötzlich glaubte ich in einem ganz kleinen Ruderboot die
Gestalt meines Verlobten wahrzunehmen. Er ruderte lässig
und ließ seinen Nachen halb von der Strömung treiben.
Mein Vater war der Richtung meiner Blicke gefolgt. Auch
er hatte den Rudernden wahrgenommen. Wie ich nun
in meiner Erregung aufspringen wollte, faßte er mich bei
der Hand und hielt mich nieder. „Du täuschest dich,"
sagte er. „Es ist eine allerdings große Aehnlichkeit, die
dich irreführt. Errege hier kein Aufsehen." Dann aber
rief er doch selbst zweimal: „Francke, Francke!"

„Wie verhielt sich der Angerufene?" forschte der ersichtlich interessierte Präsident.

„Er wendete den Kopf und blickte zu uns herüber. Ich vermochte voll in sein Gesicht zu sehen. In diesem Moment wußte ich aber schon, daß mich nur eine große Aehnlichkeit verführt hatte. Der Fremde blickte hart und finster, ganz anders wie mein Verlobter. Es war ihm ersichtlich unangenehm, dem Anruf Folge gegeben zu haben. Plötzlich legte er die Ruder fest ein, und in raschen Stößen brachte er das Boot um die uns gerade gegenüberliegende Spreeinsel. Er verschwand gleich darauf unseren Blicken."

Ihre Aussage brachte einen augenscheinlich tiefen Eindruck auf die Geschworenen hervor. Einer derselben erkundigte sich, ob Vater und Tochter keinen Versuch gemacht hätten, dem auffälligen Doppelgänger nachzuforschen. Dies war von seiten des Konsuls geschehen. Auf sein Betreiben waren sie wenige Minuten später ebenfalls in ein Boot gestiegen, hatten den Verfolgten aber nicht aufspüren können.

Konsul Gutjahr war gleichfalls zur Stelle und wurde auf Antrag des Verteidigers auch vernommen. Beim Eintritt tauschte er mit dem Angeklagten einen kurzen Gruß aus, erklärte aber gleich darauf vor den Richtern, daß mit seiner Einwilligung von einer Fortdauer des Verlöbnisses keine Rede sein könnte. Dem sich ziemlich reserviert gebenden Manne war anzumerken, daß er im Innern von der Schuld des Angeklagten überzeugt war.

Der Gerichtshof behielt sich seinen Beschluß über den Vertagungsantrag der Verteidigung vor und entschied, daß einstweilen in der Vernehmung der Zeugen fortzufahren sei.

„Kommissar Varnhagen soll eintreten!"

Derselbe schilderte nochmals ausführlich die Auffindung der Leiche.

„Was veranlaßte Sie, sich ohne weiteres in die Wohnung des Angeklagten zu begeben?" fragte der Präsident.

„Das ergab sich ganz von selbst aus der mir am That= ort gemachten Anzeige des Kellners Schmidt."

„Wie benahm sich der Angeklagte, als Sie ihn mit dem Zwecke Ihres Erscheinens bekannt machten?"

„Er legte eine gezwungene Fassung an den Tag, welche mich indessen nicht irreführte. Die dahinter unverkennbar lauernde Erregung flößte mir gleich Mißtrauen ein. Ich begann mit der Frage, wo er die vergangene Nacht zu= gebracht habe. Er erklärte zuerst, in Gesellschaft gewesen zu sein, verweigerte dann aber, als ich nach dem Orte dieses gesellschaftlichen Beisammenseins forschte, jede weitere Auskunft. Als ich ihn dann aber fragte, ob sich in dieser Gesellschaft auch sein Vater Lewis Francke befunden habe, wurde er blaß, begann zu zittern und starrte mich verstört an. Ich weiß selbst kaum, wie ich dazu kam, aber ich sagte ihm den Mord ohne weiteres auf den Kopf zu. Da wurde er geradezu rasend. Er schrie mich an, ich sei wohl wahnsinnig; er sei in der vergangenen Nacht gar nicht in die Nähe der Station Bellevue gekommen. Da= mit wußte ich aber auch schon, daß ich den Thäter vor mir hatte, denn ich hatte mich natürlich gehütet, auch nur die geringste Andeutung über den Thatort zu machen. Von dritter Seite konnte er über das geschehene Ver= brechen noch nichts gehört haben, da ich ja selbst kaum erst Kenntnis davon erhalten hatte, und er überdies erst auf mein Betreiben aus den Federn geholt worden war."

Die Aussage des Zeugen rief wahre Sensation im Saale hervor. Man stieß sich gegenseitig an und nickte sich bedeutungsvoll zu. Auch auf der Geschworenenbank zeigte sich lebhafte Erregung.

„Sie behaupten also, daß der Angeklagte durch eine unvorsichtige Bemerkung sich verraten habe, bevor Sie ihm über Ausführung des Verbrechens oder den Thatort des

letzteren das geringste angegeben hatten?" fragte der Vorsitzende mit erhobener Stimme.

„Ganz gewiß, das behaupte ich!" bestätigte Varnhagen.
„Der Angeklagte wird den Sachverhalt nicht ableugnen
können."

Aller Blicke richteten sich auf Gisbert Francke. Dieser
stand mit schwer arbeitender Brust; aber er gab auf eine
Frage des Präsidenten keine Antwort.

„Sie können es auf Ihren Eid nehmen, daß sich die
Unterredung genau so abgespielt hat?" fragte an seiner
Statt der Verteidiger.

„Auf meinen Eid!" gab der Kommissar mit großer Bestimmtheit zurück. „Ich nahm daraus Veranlassung, den
Angeklagten ohne weiteres zu verhaften."

„Wie benahm sich der Angeklagte weiter?"

„Er schien nun ganz gefaßt. Er fragte nur noch, ob
mit seinem etwaigen Geständnisse die Angelegenheit vorläufig erledigt sei, oder von Amts wegen die Nachforschungen
fortgesetzt werden würden. Auf meine Entgegnung, daß
dies angesichts eines glaubwürdigen Geständnisses natürlich nicht geschehen würde, da ja kein Grund dazu vor-
liege, gab mir der Angeklagte unaufgefordert ein volles,
unumwundenes Schuldbeingeständnis."

Es war förmlich den Gesichtern der Geschworenen abzulesen, wie bei diesen die bisher für den Angeklagten
günstig gewesene Stimmung umschlug. Auch in den Reihen
der Zuhörer wurden geteilte Meinungen laut. Es bedurfte
der energischen Drohung des Vorsitzenden, ohne weiteres
den Saal räumen zu lassen, um die vorige Ruhe und Aufmerksamkeit wiederherzustellen.

„Angeklagter, wollen Sie jetzt Ihr Leugnen noch immer
nicht aufgeben?" fragte der Vorsitzende in vorwurfsvollem
Tone. „Die Unbeholfenheit, mit welcher Sie dem er-
fahrenen Kriminalbeamten in die Falle gingen, macht

Ihnen vom menschlichen Standpunkte aus alle Ehre; ein kaltblütiger Verbrecher würde sicherlich hartnäckig zu leugnen versucht haben. Aber nun ersparen Sie Ihnen und uns die Qual einer weiteren ganz nutzlosen Zeugenvernehmung und gestehen Sie!"

Der Verteidiger hatte sich ganz nach seinem Klienten umgewendet; des letzteren Blick streifte ihn mit völlig ratlos gewordenem, wie hilfeheischendem Ausdrucke.

Doktor Hellborn nickte seinem Klienten ermutigend zu, als wollte er sagen: Nur heraus mit der Sprache!

„Ich möchte eine Erklärung abgeben," sagte der Angeklagte plötzlich hastig.

„Reden Sie!"

„Ich will einräumen, daß ich etwas Aehnliches wie die mir zur Last gelegte That wirklich beabsichtigt hatte. Aber es war nur die Ausgeburt einer gequälten Phantasie. Mein Vater hatte die sofortige Zahlung der zwanzigtausend Mark zur unerläßlichen Bedingung gemacht. Er erklärte, daß hierüber nicht die Sonne untergehen dürfe; bereits am nächsten Morgen sei es zu einer Vertuschung des Skandals zu spät geworden. Wie ich nun immer noch zauderte, schlug er mir das Café Gärtner als Treffpunkt für den Abend vor. Da war es mir plötzlich, als ob ich eine Vision hätte. Ich sah mich auf der Fußgängerbrücke und faßte den alten Mann. Eine Stimme im Innern rief mir zu: Das ist die einzig mögliche Lösung! Ich gestehe freimütig ein, daß ich einen Augenblick irre an mir selbst wurde und vielleicht fähig gewesen wäre, dem Versucher zu unterliegen. Wirklich ging ich auch auf den Vorschlag des Vaters ein, mich mit ihm in jenem Garten zu treffen. Erst als er sich entfernen wollte, siegte die bessere Erkenntnis, ich rief ihn zurück und händigte ihm das Geld ein. Während ich in der darauffolgenden Nacht im Freien umherirrte, mußte sich meine gequälte Phantasie unaufhörlich mit der drohenben Zukunft beschäftigen, und als ich zu kurzer Rast baheim mich hingelegt hatte, sah ich mich in furchtbaren Träumen auf der Fußgängerbrücke im töblichen Ringen mit meinem Vater. Schweißgebadet erwachte ich unter der weckenden Hand meines Dieners. Aber die quälenden Vorstellungen setzten sich auch noch im Wachen fort, ich wurde sie auch unter dem Eindrucke der inquirierenden, verfänglichen Worte des Kommissars nicht los. Und so geschah es wider meinen Willen, daß ich von jenem Orte sprach, an welchem das von mir geplante Verbrechen mittlerweile wirklich verübt worden war."

Erschöpft, mit einem tiefen, befreienden Atemzuge endigte der Angeklagte. Scheu streifte dabei sein Blick die in der vordersten Zeugenreihe sitzende Braut. Aber deren Lächeln, verbunden mit einem aufmunternden Kopfnicken, ließ ihn erleichtert aufatmen.

„Ist das alles, was Sie zu gestehen haben?" fragte der Präsident in nicht eben freundlichem Tone. Er hatte den Darlegungen des Angeklagten anfänglich mit gespannter Aufmerksamkeit gelauscht, die aber immer mehr sich herabgemindert und schließlich einem leicht spöttischen Lächeln Raum gegeben hatte.

Gisbert Francke begnügte sich mit kurzem Kopfneigen.

„So fahren wir in der Verhandlung fort. Hat noch jemand eine Frage an den Zeugen Varnhagen?"

Der Verteidiger erhob sich.

„Ist die Leiche von dem Schiffer geborgen worden, oder blieb sie bis zu Ihrer Ankunft unberührt an der Fundstelle?"

„Sie war noch unberührt."

„Den Kahn untersuchten Sie nicht?"

„Ich hatte dazu keine Veranlassung, da auf den Inhaber desselben kein Verdacht fallen konnte. Er ist mir zudem als ein braver und auch wohlhabender Mann, der in Lübben beheimatet ist, schon seit Jahren bekannt."

„Und seine Knechte?"

„Aber Herr Rechtsanwalt," unterbrach der Vorsitzende den Fragenden ungeduldig, „Sie können doch unmöglich annehmen, daß die That von Schifferknechten ausgeführt worden ist, die zudem weder wissen konnten, daß das Opfer im Besitz von erheblichen Geldmitteln gewesen ist, oder auch nur willens war, über die Fußgängerbrücke nach Hause zu gehen."

„Ich kann mich über einen jetzt zur Sprache zu bringenden dunklen Punkt nicht so wegsetzen wie der Herr Präsident," sagte Hellborn. „Mein Klient behauptet, seinem Vater zwanzigtausend Mark ausgehändigt zu haben. Diese Summe ist in dem Besitze des Verlebten nicht gefunden worden."

„Das beweist doch höchstens, daß die Angabe des Angeklagten unwahr ist," fiel der Staatsanwalt ein. „Aber ich gehe nicht einmal so weit. Der Angeklagte behauptet ja, seinen Vater schon nachmittags im Fabrikcomptoir ausgezahlt zu haben. Ist dies richtig, so wird Lewis Francke das viele Geld nicht noch am Abend mit sich herumgetragen haben."

„Welchen Grund hätte mein Klient dann gehabt, abends mit seinem Vater nochmals zusammenzutreffen?" erwiderte Hellborn rasch. „Er wollte doch sicherlich keinen intimen Gedankenaustausch mit dem von ihm verachteten Erpresser herbeiführen. Es lag ihm nur daran, das Geschäftliche, um mich dieses Ausdruckes zu bedienen, zu erledigen, und zwar so rasch als möglich. War dies bereits nachmittags geschehen, wozu die abendliche Zusammenkunft?"

„Aber ich begreife wirklich nicht, wohin diese Ausführungen eigentlich zielen sollen!" äußerte der Vorsitzende ungehalten. „Ich räume der Verteidigung gern den weitesten Spielraum ein, aber dies darf nicht zu einer Verzettelung der bereits gewonnenen Ergebnisse führen."

„Das mich leitende Ziel wird ohne weiteres klar erkennbar werden," fuhr Hellborn fort, ohne sich aus seiner
sachlichen Ruhe bringen zu lassen, „wenn ich erkläre, daß
die ja ebenfalls als Zeugin geladene Zimmervermieterin
Tinschmann, bei der Lewis Francke wohnte, aussagen wird,
daß der Ermordete vor seinem letzten Weggang noch nicht
so viel Geld besessen hat, um trotz ihrer Mahnung die
seit zwei Monaten rückständige Miete zu bezahlen. Er erklärte aber, noch an demselben Abend eine größere Summe
einzunehmen. Er borgte sich zu diesem Zwecke eine braunlederne Banknotentasche von seiner Wirtin. Diese Tasche
ist weder bei der Leiche noch auch gelegentlich der wiederholt und gewiß sehr eingehend geführten Haussuchungen
in der Wohnung meines Klienten aufgefunden worden.
Ich erwähne das letztere, um dem Herrn öffentlichen Ankläger das Argument vorwegzunehmen, als könnte mein
Klient die Brieftasche wieder seinem Opfer abgenommen
haben."

„Das halte ich selbst für unwahrscheinlich," meinte der
Staatsanwalt mit überlegenem Lächeln. „Der Angeklagte
wird einfach auch abends die Summe nicht ausgezahlt
haben. Das spricht ja gerade dafür, daß er die That mit
Vorbedacht und Ueberlegung ausgeführt hat."

„Wo blieb denn aber die braunlederne Brieftasche?"
entgegnete Hellborn mit unerschütterlicher Ruhe. „Man
borgt sich doch nicht eine Brieftasche, nur um sie nachher
wegzuwerfen. Trifft die Annahme des Herrn Staatsanwalts zu, daß Lewis von seinem Sohne kein Geld erhalten
hat, so konnte er dies vor seinem Eintritt in das Café
Gärtner doch nicht wissen. Gleich nach seinem Fortgange
ist er aber das Opfer eines Verbrechens geworden. Ich
wiederhole darum: wo blieb die Brieftasche?"

Die Ausführungen des Rechtsanwalts machten augen-
scheinlichen Eindruck auf die Geschworenen. Einer von

ihnen wollte wissen, ob man denn nicht Nachforschungen im Spreebett nach dem Verbleib der Tasche angestellt habe.

Kommissar Varnhagen bejahte dies, es sei aber nichts zu entdecken gewesen.

Ein zweiter Geschworener wollte den Kellner Schmidt befragt wissen, ob dieser im Besitze des alten Francke größere Barmittel wahrgenommen habe. Der Zeuge glaubte sich entsinnen zu können, eine braunlederne Brieftasche in Lewis' Händen erblickt zu haben, er setzte aber vorsichtig hinzu, daß er diese Angabe, da er sich doch irren könnte, nicht auf seinen Zeugeneid nehmen wollte.

Nunmehr wurde die von der Verteidigung geladene Zeugin Tinschmann vorgerufen. Sie bestätigte lediglich die Ausführungen des Verteidigers. Dann, als ihr Blick zufällig den Angeklagten streifte, zuckte sie betroffen zusammen.

Dem Präsidenten war ihre Bewegung nicht entgangen.

„Kennen Sie den Angeklagten?" forschte er.

Die Frau erschien verwirrt. „Allerdings," brachte sie zögernd hervor. „Der Herr dort war einigemal bei meinem Zimmerherrn. Er ist nicht mehr ganz so stark wie früher, und er scheint mir noch ein bißchen gewachsen."

Unter den Zuhörern machte sich kaum verhaltene Heiterkeit geltend. Aber die Zeugin, welche den Angeklagten mit immer regerem Interesse betrachtete, ließ sich nicht irre machen.

„Ich kenne die Frau nicht. Ich sehe sie heute zum erstenmal," beteuerte Gisbert Francke, der inzwischen mit finsterer Miene unbeweglich dagestanden hatte.

„Nein, er scheint es doch nicht zu sein. Aber solche Aehnlichkeit!" rief die Zeugin betreten.

„Wer scheint es nicht zu sein? Und warum scheint er es nicht zu sein?" forschte der Vorsitzende.

Die Zimmervermieterin gab nicht sogleich Antwort, sie trat näher an die Anklagebank heran und schaute Gisbert Francke unverwandt in das Gesicht.

„Und er ist es doch!" rief sie laut. „Lieber Herr, nicht wahr, Sie sind bei mir gewesen? Es war am ersten August. Sie kamen und zahlten mir die Miete für Herrn Francke."

„Unmöglich, der Herr hier ist einige Tage vorher verhaftet worden!" fiel Hellborn ein.

„Bitte, lassen Sie die Frau ausreden!" unterbrach ihn der Präsident. „Sagen Sie ohne Scheu, was Sie wissen. War es vielleicht einige Tage früher, Frauchen?"

„Nein, es war am ersten August. Ich weiß es genau. Das Geld kam mir gerade recht zur Miete. Der Herr hier fragte doch auch noch, ob die Polizei die Sachen des Herrn Francke beschlagnahmt habe. Das war freilich geschehen, aber es war fast nichts, er hatte nicht viel anzuziehen. Auch nach Geschriebenem fragte der Herr. Aber da hatte auch schon die Polizei nichts gefunden, denn Herr Francke verbrannte jede Zeile, wenn er sie kaum gelesen hatte. — Nicht wahr, lieber Herr, Sie waren bei mir?"

„Sie irren sich," entgegnete der Angeklagte.

Der Staatsanwalt hatte sich schon vor einer Weile erhoben; er wollte gerade das Wort ergreifen, als er durch einen an ihn herantretenden Schutzmann daran verhindert wurde. Der Schutzmann überreichte ihm ein amtliches Schreiben und machte Kehrt.

Kaum hatte der Staatsanwalt es geöffnet und einen Blick auf seinen Inhalt geworfen, als er auch schon lebhafte Spannung bekundete. Gleich darauf trat er hinter den Stuhl des Präsidenten und händigte diesem das Schreiben ein.

„Eine amtliche Auskunft des Einwohnermeldeamts, welche ich den Herrn Präsidenten zu verlesen ersuche."

Der Vorsitzende verlas unter der atemlosen Aufmerk=
samkeit der Versammlung:

„Gemeldet Witwe Mary Francke, geborene Davis, so=
wie als Sohn William Francke, Ingenieur, beide ameri=
kanischer Staatsangehörigkeit, zugezogen nach Ausweis der
Abmeldepapiere am 7. Juni d. J. aus Hamburg."

Eine allgemeine Bewegung gab sich in dem Saale kund.
Der Angeklagte stand mit vergrößerten Augen, als ob er
nie mehr Gehofftes zu hören bekommen habe; seine Braut
war aufgeschnellt und würde auf den Angeklagten zugeeilt
sein, wenn sie der Nuntius nicht halb mit Gewalt daran
gehindert hätte. Hellborn hatte sich nach seinem Klienten
umgewandt und diesem herzlich die Hand gereicht.

„Es sind vermutlich Anträge zu stellen?" fragte der
Präsident, dabei Staatsanwalt und Verteidiger der Reihe
nach anblickend.

Der erstere hatte sich wieder erhoben.

„Es wird sich kaum umgehen lassen, den William
Francke als Zeugen zu verhören," sagte er. „Mit Be=
willigung des Gerichtshofes werde ich ihn durch einen
Boten sofort herbeiholen lassen. Es dürfte sich empfehlen,
bis zu seiner Zurückkunft die Sitzung zu unterbrechen."

„Und Sie, Herr Verteidiger?" fragte der Präsident,
der sich gleich den beiden Beisitzern bereits erhoben hatte.

„Selbst auf die Gefahr hin, einem vielleicht Unschuldigen
wehe zu thun, gebietet mir das wohlverstandene Interesse
meines Klienten, den Antrag auf vorläufige Festnahme
des William Francke und seiner Mutter und Veranstaltung
einer sofortigen Haussuchung zu stellen. Nach dem Gange
der bisherigen Verhandlung erscheint William Francke der
Thäterschaft hinreichend verdächtig, um meinen Antrag zu
rechtfertigen. Möge es dem Gerichtshof gefallen, den hier
anwesenden Kommissar Varnhagen sofort nach Schöneberg
zu entsenden und in der Wohnung besonders nach dem

Verbleibe der bewußten braunledernen Brieftasche forschen
zu lassen."

Der Staatsanwalt glaubte dem Antrage der Verteidi=
gung aus Billigkeitsgründen nicht widersprechen zu sollen,
und unter dem beklommenen Schweigen der Versammlung
zog sich der Gerichtshof zur Beratung zurück.

Nur wenige Minuten verstrichen, dann erschien der
Gerichtshof auch schon wieder im Saale, und der Präsi=
dent verkündete die Annahme der von der Verteidigung ge=
stellten Anträge.

„Bis zur Rückkunft des Kommissars wird Aussetzung
der Sitzung beschlossen, die Herren Geschworenen haben
sich zur Verfügung des Gerichtshofes zu halten. Der An=
geklagte wird abgeführt!"

3.

Von den Zuhörern verließ kaum ein einziger den mühe=
voll erkämpften Platz. Der Widerstreit der Ansichten und
Meinungen wogte erregt hin und her; im allgemeinen zeigte
man sich indessen geneigt, den Unschuldsbeteuerungen des
Angeklagten Glauben zu schenken. Nur vereinzelte hielten
an ihrer gegenteiligen Meinung fest.

Etwas über eine Stunde war in derartigem Zuwarten
verstrichen, als sich das Gerücht im Saale verbreitete,
Kommissar Varnhagen sei bereits wieder zurück. Es sollte
sich alsbald bewahrheiten. Wenige Minuten später trat
der Gerichtshof wieder ein, und die rasch herbeigerufenen
Geschworenen füllten wieder die ihnen zugewiesenen Bänke.
Der Angeklagte wurde wieder vorgeführt, die Sitzung für
wiedereröffnet erklärt.

„Kommissar Varnhagen soll eintreten!"

Dieser durchschritt elastisch den Saal; er trug eine
Aktenmappe unter dem Arme, die er dem Vorsitzenden
einhändigte.

„Melde gehorsamst den Sistierten zur Stelle," berichtete der Kommissar. „Frau Francke ist nicht transportfähig, sie liegt schwerleidend darnieder. Ich habe einen Posten in der Wohnung zurückgelassen. Die bei der Haussuchung von mir beschlagnahmten Sachen habe ich mitgebracht."

Der Präsident öffnete die Mappe; das erste, was er ihr entnahm, war eine braunlederne, ziemlich abgegriffene Brieftasche. Der übrige Inhalt bot nur dürftige Ausbeute; es waren zumeist Korrespondenzen und andere belanglose Sachen. Die Erregung im Saal erreichte ihren Höhepunkt, als der Präsident die Brieftasche öffnete und derselben neunzehn Tausendmarkscheine, sowie vier Hundertmarkscheine entnahm.

Die sofort vorgerufene Frau Tinschmann erkannte mit großer Bestimmtheit in der ihr vorgelegten Tasche ihr Eigentum; auch die Nummern der Tausendmarkscheine stimmten mit dem Verzeichnis überein, welches nach Gilbert Franckes Verhaftung in dem im Fabrikcomptoir aufgestellten Geldschrank aufgefunden worden war.

„Wir schreiten zur Vernehmung des William Francke!" entschied der Präsident.

Unter dem atemlosen Schweigen der Versammlung geleitete der Nuntius den Sistierten in den Saal.

Alles streckte die Hälse, um den Hereintretenden besser sehen und ihn auf die Aehnlichkeit mit dem Angeklagten prüfen zu können.

Die Aehnlichkeit der beiden Männer war allerdings geradezu verblüffend. William Francke war etwas kleiner und beleibter als der Angeklagte; beiden aber war dasselbe energische, charakteristische Gepräge der Gesichtszüge, derselbe offene und doch strenge Blick, die ganze selbstbewußte Haltung gemeinsam.

Selbst der Vorsitzende bedurfte einer kurzen Samm-

lung, ehe er sich so weit wieder beherrscht hatte, um mit
dem Verhör beginnen zu können.

„Man hat mich vom Krankenbett meiner Mutter weg=
geschleppt," redete ihn da aber William Francke schon an.
„Mit welchem Rechte? Ich protestiere gegen diese ent=
würdigende Behandlung. Ich bin amerikanischer Bürger
und stelle mich ausdrücklich unter den Schutz unserer Bot=
schaft."

Selbst seine Stimme hatte, wie man allgemein im
Saale bemerkte, mit der des Angeklagten viel Gemein=
sames.

„Es soll Ihnen keines Ihrer Rechte vorenthalten wer=
den," unterbrach ihn der Präsident kühl. „Vorläufig haben
Sie hier Zeugnis abzugeben. Ist Ihnen der Angeklagte
dort bekannt?"

Mit unverkennbarer Neugierde heftete der Gefragte den
Blick auf Gisbert; gleich darauf wendete er sich aber
kopfschüttelnd wieder ab. „Nicht daß ich wüßte," ver=
setzte er. „Ich sehe diesen Herrn vermutlich zum ersten=
mal in meinem Leben. Er kommt mir allerdings merk=
würdig bekannt vor."

Diese Worte erregten einen flüchtigen Heiterkeitsaus=
bruch im Saale, der indessen durch eine gebietende Hand=
bewegung des Vorsitzenden sofort wieder gebannt wurde.

„Sie sind der ältere Stiefbruder des Angeklagten?"
fragte der Präsident.

„Nein!" lautete die schroffe Entgegnung. „Mein Vater
ist bis zu seinem kürzlich erfolgten Tode mit meiner Mutter
rechtsgültig verheiratet gewesen. Aus dieser Ehe bin nur
ich hervorgegangen. Ich muß es ablehnen, illegitime Ver=
wandtschaftsbande anzuerkennen."

Durch die Gestalt Gisberts ging bei diesen verletzenden
Worten ein Zucken, aber es drang kein Laut über seine
Lippen, obwohl sich diese wiederholt zum Sprechen öffneten.

„Ihre Mutter und Sie lebten zuletzt in keinem guten Einvernehmen mit Ihrem Vater?" fuhr der Präsident fort. „Wenigstens hatten Sie getrennte Wohnungen inne."

„Meine Familienverhältnisse sind durch die Schuld meines Vaters sehr trübe," erklärte William Francke. „Wir, meine Mutter und ich, haben alle Ursache, uns meines Vaters zu schämen. Durch seine Schuld mußte ich eine geachtete und gefestigte Lebensstellung in meiner Heimat aufgeben und sehe mich gezwungen, von vorn wieder anzufangen."

„Warum wendeten Sie sich aber gerade nach Berlin?" forschte der Vorsitzende. „Wollten Sie denn mit Ihrem Vater hier zusammentreffen?"

„Muß ich darauf Antwort geben?"

„Es wird in Ihrem eigenen Interesse liegen, zwingen kann ich Sie dazu nicht."

„Nun denn, wir reisten meinem Vater nach, um ihm womöglich einen Teil seines Raubes wieder abzunehmen. Er hatte durch ein Verbrechen uns an den Bettelstab gebracht. Ich ruhte nicht, bis ich seine Spur wieder auffand. Ich nehme nicht zu erklären Anstand, daß ich meinen Vater der hiesigen Behörde übergeben haben würde, hätte er uns nicht wenigstens teilweise Schadenersatz zu leisten vermocht."

Es sprach eine solche verstandesnüchterne Herzenskälte aus den Worten des Zeugen, daß der Vorsitzende nur mit Mühe ein Wort der Mißbilligung unterdrücken konnte. Plötzlich fragte er unvermittelt: „Sind Sie in der Lage, Ihren Aufenthalt während der Nacht vom 26. auf den 27. Juli nachzuweisen?"

Kein Muskel in dem Gesicht des Gefragten veränderte sich; er schob nur lässig die Schultern hoch. „Da muß ich zuerst nachdenken. Wahrscheinlich war ich zu Hause. Meine Mutter ist schon leidend hier eingetroffen. Unmittel-

bar barauf wurde sie schwer krank. Sie ist es auch heute
noch, sonst wären wir längst wieder nach Amerika zurück=
gekehrt. Ich bin ihr einziger Pfleger und schon aus diesem
Grunde sehr häuslich."

„Sie haben in der kritischen Nacht also nicht etwa ein
Gartenlokal, zum Beispiel das am Bellevuebahnhof gelegene
Café Gärtner, aufgesucht?"

„Wohl schwerlich."

„Schmidt, treten Sie noch einmal vor," gebot der
Präsident dem Zeugen.

Der Kellner aus dem Café Gärtner näherte sich in
offenbar großer Verwirrung dem Richtertische. Forschend,
mit weitgeöffneten Augen hatte er William Francke schon
die ganze Zeit über betrachtet.

„Kennen Sie diesen Herrn?" fragte der Vorsitzende.
„Sehen Sie sich ihn genau an."

„Ich weiß nicht, was ich davon denken soll," stotterte
der Kellner verlegen. „Ich möchte es beinahe auf meinen
Eid nehmen, daß es dieser Herr war, den ich damals im Re=
staurationsgarten mit dem Alten zusammen gesehen habe."

William Francke blieb ganz gelassen.

„Warten Sie einmal," sagte er dann, als ob es sich
um eine ganz nebensächliche Angelegenheit handelte, „haben
Sie mich nicht einmal mit meinem Namen begrüßt? Natür=
lich. Ich glaube Sie wiederzuerkennen, es war in dem
Wirtshause an der Spree. Ich traf dort mit meinem Vater
zusammen. Ich sah ihn damals zum letztenmal lebend.
Er soll noch in derselben Nacht verunglückt oder das Opfer
eines Verbrechens geworden sein."

Die Verblüffung, welche diese Worte des Zeugen her=
vorbrachten, war eine allgemeine; sie wurde noch gesteigert,
als der Präsident dem Amerikaner die braunlederne Brief=
tasche vorhielt und ihn fragte, was es mit dieser Brieftasche
für eine Bewandtnis habe.

„Ich erhielt die Brieftasche von meinem Vater," berich=
tete William kaltblütig weiter, „es war gelegentlich unserer
letzten Zusammenkunft in jenem Wirtshause."

„Eben dem Café Gärtner?" schaltete der Präsident ein.

„Das mag sein, ich merke mir nicht leicht Wirtshaus=
namen. Mein Vater zahlte zwanzigtausend Mark an mich
zurück. Von dieser Summe müssen noch neunzehntausend=
vierhundert Mark in der Tasche liegen."

„Wie erklären Sie es, in den Besitz einer Tasche ge=
kommen zu sein, welche Ihrem Vater selbst nicht gehörte?"

„Sie fragen mich wirklich zu viel. Ich höre eben erst,
daß die übrigens wertlose Tasche fremdes Eigentum sein
soll. Jedenfalls händigte mir mein Vater die Summe in
ihr aus."

„Wußten Sie, woher Ihr Vater das Geld erhalten
hatte?" setzte der Vorsitzende das Verhör fort.

Nur ganz unmerklich zögerte der Gefragte; dann neigte
er leicht das Haupt. „Ja, ich wußte es. Mein Vater
hatte die unterschlagenen Gelder bereits in Monaco ver=
spielt, als ich ihn einholte. Ich stellte ihn vor die Wahl,
verhaftet und an die Heimat ausgeliefert zu werden oder mir
zwanzigtausend Mark zurückzuzahlen. Ich habe schon gesagt,
daß meine Mutter und ich unser Letztes hergegeben hatten,
um seine Unterschleife teilweise zu decken. Mein Vater
suchte mich zu beschwichtigen, indem er mir sagte, daß er
von früherher Beziehungen in Berlin habe, die er vielleicht
ausnützen könnte. Ich müsse ihm jedoch Zeit lassen, da
sein Vorhaben gewisse Vorbereitungen beanspruche."

„Mit anderen Worten, Sie wußten darum, daß Ihr
Vater eine hochachtbare Frau unglücklich gemacht hatte, und
veranlaßten ihn wohl nun gar noch, Kapital aus seiner
Schändlichkeit zu schlagen."

„Wir wollen darüber nicht streiten!" entgegnete William
frostig. „Ich könnte sagen, daß ich nicht einsehe, warum

anbere ungerupft bavonkommen sollen, während meine
Mutter und ich unser ganzes Vermögen für das zweifel=
hafte Vergnügen haben hergeben müssen, einen solchen
Gatten und Vater gehabt zu haben. Aber die Quelle,
aus der mein Vater schöpfte, entdeckte mir dieser erst, als
er mir das Kapital einhändigte. Zuvor hatte ich auf
seine allgemeinen Andeutungen nicht viel gegeben; die über=
aus schwer einsetzende Krankheit meiner Mutter hatte mich
auch zu sehr in Anspruch genommen, zudem interessierten
mich die hiesigen Beziehungen meines Vaters wirklich nicht.
Ich begnügte mich damit, ihm mit dürren Worten meine
Meinung über seine Handlungsweise zu sagen."

„Aber das Geld steckten Sie ruhig ein?" konnte der
Verteidiger sich nicht enthalten, sarkastisch dazwischen zu
rufen.

William schaute ihn hochmütig von der Seite an. „Ich
habe keine Veranlassung, mich hierüber mit Ihnen aus=
einanderzusetzen," sagte er. „Woher das Geld stammte,
konnte mir gleichgültig sein; jedenfalls hatte ich die Pflicht,
für meine Mutter zu retten, was noch möglich war." Er
schwieg und schaute den Präsidenten mit der Miene eines
Mannes an, der seiner Pflicht durchaus genügt zu haben
glaubt und nun entlassen zu werden wünscht.

„Wann verließen Sie mit Ihrem Vater das Café
Gärtner?"

„Es war ziemlich spät. Ich mußte eilen, um den letzten
Ringbahnzug noch zu erreichen. Derselbe fuhr gerade in
die Halle ein, als ich das obere Treppenende passierte."

„Soweit wir Ihre Angaben zu kontrollieren in der
Lage sind, haben Sie sich bisher streng an die Wahrheit
gehalten," sagte der Präsident. „Auf der Anklagebank
dort steht ein Mann, des Mordes an Ihrem und seinem
Vater beschuldigt. Der Verdacht fiel auf ihn, weil er bis
unmittelbar vor der That sich in Gesellschaft des Opfers

befunden haben, dann aber auch begründete Ursache gehabt haben soll, das Ableben des Lewis Francke zu wünschen. Durch Ihre eigene Aussage wird nun aber bewiesen, daß Sie und nicht der Angeklagte jener Begleiter waren. Sie räumen ein, mit Ihrem Vater zusammen den Restaurations= garten verlassen zu haben. Nun steht aber fest, daß kaum fünf Minuten später an Ihrem Vater ein Mord verübt worden ist. Was haben Sie hierauf zu erwidern?"

William Francke begnügte sich mit einem frostigen Achsel= zucken; seinen verschlossenen Zügen war weder Erregung noch Mißbehagen über die Frage des Präsidenten anzu= merken.

„Ich glaube schon gesagt zu haben, daß ich mich un= mittelbar vor dem Gartenlokal von meinem Vater getrennt habe. Was sich nachher ereignet hat, entzieht sich völlig meiner Kenntnis."

„Sie haben Ihren Vater also nicht über die Fuß= gängerbrücke geleitet?"

„Nein."

„Sie haben also auch keine Ahnung, wer Schuld an dem plötzlichen Ableben Ihres Vaters trägt?"

„Wie sollte ich wohl? Die letzte Beziehung zwischen meinem Vater und mir hatte in dem Moment aufgehört, in dem er mir das Geld eingehändigt hatte."

„Woher erfuhren Sie von dem Tode Ihres Vaters?"

„Durch die Zeitung, ungefähr vier Tage darauf."

„Merkwürdig bleibt es, daß Sie keinerlei Schritte unter= nommen, sich nicht einmal bei der Behörde gemeldet haben."

„Wozu denn? Um Scherereien zu haben? Ich gestehe offen, daß ich den Tod meines Vaters als eine Erlösung für uns aufgefaßt habe."

Die sichere, frostige Manier des Zeugen erschütterte den bisher bewiesenen Gleichmut des Präsidenten. Schroff sagte er: „Wie nun, wenn man Verdacht wider Sie erhöbe?"

„Ah, Sie nehmen vielleicht an, ich sei es, der meinen Vater ermordete?" fragte William kaltblütig zurück. „Nun, ich hatte wirklich verteufelt wenig Ursache, meinen Vater zu töten, nachdem er mir das Geld ausgezahlt hatte."

„Es steht noch nicht fest, ob Ihnen Ihr Vater die Tasche mit dem Geld gegeben hat. Sie können sie ihm ebenso gut auf der Fußgängerbrücke entrissen haben."

„Ah, Possen!" rief William spöttisch. „Will man mich etwa zum Mörder stempeln? Man möge sich vorsehen, ich bin nicht der Mann, ungestraft sich auf leere Verdachts=gründe hin schädigen zu lassen. Ich bin Amerikaner. Wollen Sie mir gefälligst sagen, auf welche Weise ich dieses er=staunliche Verbrechen verübt haben soll?"

„Zeuge," ermahnte der Präsident, „ich mache Sie dar=auf aufmerksam, daß die Art Ihres Auftretens ganz un=gehörig ist. Ihre augenblickliche Lage ist ernster, als Sie vermuten mögen. Jener Mann dort steht unter der An=klage, Ihren Vater von der sogenannten Fußgängerbrücke gewaltsam über die Brüstung in den Strom geschleudert zu haben. Durch Ihre Zeugenaussage sind nun aber viele der gegen ihn sprechenden Verdachtsgründe entkräftet worden."

„Sie meinen darum, es sei füglich in mir der Thäter zu suchen?" fragte William mit kaltem Lächeln.

„Ein solcher Schluß läßt sich nur schwer abweisen. Sie sind ein kräftiger Mann, es kann Ihnen nicht schwer gefallen sein, den Unglücklichen mit beiden Armen zu um=fassen, ihn gegen das Geländer zu drängen und kopfüber ins Wasser zu stürzen."

„Mit beiden Armen!" sagte William gelassen. „Ich besitze leider nur einen Arm, hier der rechte ist ein künstliches Glied."

Eine einschlagende Bombe hätte kaum größere Sen=sation erregen können als diese Behauptung des Zeugen,

in welchem den eigentlichen Thäter zu sehen schon die über=
wiegende Mehrzahl der Anwesenden geneigt war.

„Ueberzeugen Sie sich selbst!“ fuhr William spöttisch
fort, nachdem er sich einen Moment an dem Erstaunen
der Anwesenden geweidet hatte.   Zugleich streifte er ge=
schickt mit der Linken den Gehrock ab, schlug den Hemd=
ärmel von dem rechten Arme zurück und offenbarte dadurch,
daß dieser wirklich nur eines jener mechanischen Kunstwerke
war, wie sie in berühmten Spezialwerkstätten als Ersatz
natürlicher Gliedmaßen hergestellt werden.   Gleichzeitig
öffnete der Zeuge mit den Lippen die Hemdmanschette des
linken Armes und hob diesen hoch.

„Sie sehen, ich bin ein Stiefkind der Natur, meine
Herren,“ sagte er mit bitterem Auflachen.   „Als Folge der
englischen Krankheit behielt ich noch aus den Kinderjahren
diesen verkrüppelten linken Arm, er ist eben stark und ge=
schickt genug, um leidlich eine Feder zu führen, oder mir
die bei der Toilette nötigen Handreichungen zu verrichten.
Zu mehr ist er nicht zu brauchen.   Den gesunden rechten
Arm verlor ich vor zwei Jahren bei einem Unglücksfall
in der Fabrik, deren leitender Ingenieur ich damals war.
Ein Zeugnis darüber wird sich bei den vorhin beschlag=
nahmten Papieren finden.   Der Herr Kommissar hatte
Eile und raffte unbesehen alles in unserer Wohnung be=
findliche Schriftliche zusammen.“

Noch im Sprechen begriffen, hatte er wieder mit der
Bedeckung des künstlichen Armes begonnen; der Nuntius
kam ihm auf einen Wink des Vorsitzenden zu Hilfe.   Es
war erstaunlich, mit welcher Geschicklichkeit der Amerikaner
sich zu bedienen vermochte.   In ganz kurzer Zeit hatte er,
hochmütig die Hilfeleistung des Gerichtsboten abweisend, den
Rock wieder angezogen.

Nunmehr erhob sich der Staatsanwalt.

„Wenn den Zeugen überhaupt ein Verdacht traf, so

wird er wohl jetzt behoben sein," meinte er. „Es ist ganz
ausgeschlossen, daß ein mit solchem Defekt behafteter Mann
einen kräftigen Menschen, wie der Ermordete sicherlich gewesen ist, überwältigen kann. Ein Kampf hat aber stattgefunden, davon zeugt schon der zerrissene Rock des Toten.
Ich glaube, eine weitere Vernehmung des Zeugen ist nicht
nötig."

„Da bin ich doch anderer Meinung," sagte Doktor
Hellborn, der sich ebenfalls erhoben hatte. „Ich habe noch
eine Reihe von Fragen an den Zeugen zu stellen."

Der letztere hatte damit gerechnet, keinem weiteren
Verhör unterzogen zu werden; mit einem unfreundlichen
Blick streifte er den Verteidiger, der sich dadurch indessen
nicht beirren ließ.

„Verstand ich recht," begann er, „so ist Ihre Mutter
an der sogenannten Gliedergicht erkrankt, einer überaus
schmerzhaften und langwierigen Krankheit?"

„Allerdings. Meine Mutter kann sich nicht die kleinste
Handreichung selbst machen. Schon aus diesem Grunde
möchte ich bitten, mich so bald als möglich zu entlassen."

„Nun, Ihre Mutter wird nicht ohne Pflege zurück-
geblieben sein. Der Kommissar sagte mir vorhin, daß sich
Ihre Flurnachbarin sofort zur Aushilfe bereit erklärt habe.
Es wird ohnehin nicht zum erstenmal sein. Wenn Sie
ausgingen, mußte doch jemand für Sie eintreten."

„Frau Böhme ist mir heute, wo meine Mutter natürlich durch das Erscheinen der Polizei äußerst erregt ist,
nicht zuverlässig genug."

„Aber sie war es doch sonst? Oder hatten Sie eine
andere Pflegerin, wenn Sie einmal das Haus verließen?"

„Niemals."

„Also wartete jene Frau Böhme Ihre Mutter auch in
der Nacht vom 26. auf den 27. Juli ab?"

So harmlos die Frage auch klang, schien sie William

doch zu befremden; er zauderte eine Sekunde mit der Ant=
wort und stieß schließlich widerwillig genug ein „vermut=
lich" heraus.

„Wann kamen Sie in jener Nacht nach Hause?"

„Weiß ich nicht. Sie können ja Frau Böhme danach
fragen, die war noch bei meiner Mutter, erinnere ich mich
recht."

„Das geschieht selbstverständlich. Ich stelle hiermit den
förmlichen Antrag auf sofortige Vorladung der Frau
Böhme."

„Aber wohin soll das führen?" rief der Staatsanwalt
ärgerlich. „Auf diese Weise sitzen wir hier bis Pfingsten
und entfernen uns immer weiter vom Ziele."

„Es handelt sich hier um Leben und Tod für meinen
Klienten, und ich werde nichts unversucht lassen, was mir
zur Erbringung des Beweises seiner Unschuld geeignet er=
scheint. Hat der Zeuge die Wahrheit gesprochen und den
letzten Ringbahnzug noch erreicht, dann muß er spätestens
um ein Uhr in seiner Wohnung eingetroffen sein. Hier=
über wünsche ich die Befragung der Zeugin Böhme. Bis
zu deren bewirkter Vernehmung beantrage ich Aufrecht=
erhaltung der wider den Zeugen Francke ausgesprochenen
Sistierung."

Als habe er nicht recht gehört, fuhr der letztere herum
und starrte den Rechtsanwalt mit zornentstelltem Gesicht
an. Dann wendete er sich an den Vorsitzenden.

„Ich vertraue auf die Gerechtigkeit in diesem Lande!"
rief er aufgebracht. „Man hat kein Recht, mich hier fest=
zuhalten! Es könnte meiner armen Mutter den Tod
bringen. Die in unser stilles Heim getragene Aufregung
läßt mich ohnehin das Schlimmste befürchten."

Eine wahre Herzensangst sprach aus den letzten Worten,
die niemand hinter dem sich so gefühllos Gebenden ver=
mutet haben würde. Die Liebe zur Mutter war offen=

bar die weiche Stelle im Herzen dieses kalten, harten
Mannes.

Der Staatsanwalt hatte sich erhoben. „Ich muß dem
Antrage der Verteidigung widersprechen. Der Zeuge hat
in so ruhiger und genauer Weise alle Fragen beantwortet,
daß wohl auch seiner Versicherung Glauben geschenkt wer=
den kann, er habe sich unter der Ausgangsthür des Restau=
rantgartens in jener kritischen Nacht von seinem Vater
verabschiedet. Was soll da diese Frau Böhme eigentlich
bekunden?"

„Ich beharre bei meinem Antrage," versetzte Hellborn
gelassen. „Nach den auch von mir nicht angezweifelten
Aussagen des Zeugen hat er bis hart an die Schwelle
jenes Augenblickes in Gesellschaft seines Vaters zugebracht,
in welchem dieser einem Kapitalverbrechen zum Opfer fiel.
Damit fällt aber die Anklage gegen meinen Klienten in
sich zusammen. War der Angeklagte nicht in Gesellschaft
seines Vaters, so kann er auch diesen nicht in die Spree
gestoßen haben. Es widerstrebt mir, hieraus weitere Schlüsse
zu ziehen. Jedenfalls ist es für den Zeugen Francke von
schwerwiegendem Interesse, sofort den Nachweis erbringen
zu können, daß er wirklich, wie er behauptet, mit dem
letzten Ringbahnzuge gefahren ist. Bestätigt Frau Böhme
seine Behauptung, so ist für den Zeugen ein wichtiger
Alibibeweis erbracht; meines Erachtens der einzig aus=
schlaggebende, denn daß es ihm körperlich unmöglich ge=
wesen sein soll, unter Umständen das meinem Klienten zur
Last gelegte Verbrechen zu verüben, das bezweifle ich. Da
lassen sich allerlei Möglichkeiten denken, die es auch einem
körperlich Vernachlässigten ermöglichen, einem Stärkeren
verhängnisvoll zu werden."

„Will man mich hier etwa anklagen?" brauste William
auf. „Wagt jener Herr wirklich zu behaupten, ich stünde
mit jener That in irgend einer Beziehung?"

Der Präsident verwies ihn strenge zur Ruhe. „Der Herr Verteidiger nimmt nur sein gutes Recht wahr, wenn er aus Ihren Aussagen durchaus sinngerechte Folgerungen zieht. Es liegt in der Natur der Sache, daß Ihre Aussagen einen Wendepunkt im gegenwärtigen Prozesse bedeuten und darum mit ganz besonderer Sorgfalt geprüft werden müssen. Es wird sich wahrscheinlich sogar Vertagung als notwendig herausstellen. Ehe der Gerichtshof sich indessen hierüber schlüssig macht, soll der Versuch gemacht werden, trotz der vorgerückten Stunde die Zeugin Böhme zur Stelle zu schaffen. Sie selbst, Zeuge, haben sich zur Verfügung des Gerichts zu halten.“

„Aber was soll aus meiner Mutter werden?“ rief William im Tone wirklicher Herzensnot. „Sie wollen ihr noch die letzte hilfreiche Hand entziehen. Dazu die Verlassenheit, Polizeileute in der Wohnung! So üben Sie doch Barmherzigkeit! Es kann ihr Tod sein!“

„Haben Sie denn niemand außer dieser Frau Böhme, der sich inzwischen der Pflege Ihrer Mutter widmen könnte?“ forschte der Präsident.

„Niemand,“ sagte der Zeuge dumpf. „Wir stehen ganz allein. Meine Mutter ist so überaus ängstlich, sie erträgt kein fremdes Gesicht.“

„Darauf kann der Gerichtshof keine Rücksicht nehmen. Der Kriminalschutzmann könnte höchstens Auftrag erhalten, eine Angehörige der öffentlichen Krankenpflege mit in die Wohnung des Zeugen zu nehmen.“

In diesem Augenblick erhob sich Klara Gutjahr, die mit immer wachsender Teilnahme den Auftritt verfolgt hatte, von der Zeugenbank und trat schüchtern näher.

„Darf ich vielleicht meine Dienste anbieten?“ fragte sie stockend.

Die Ueberraschung im Saale war allgemein. Ihr Vater rief halblaut unmutig hinter ihr her, davon könne

die Rede nicht sein. Auch William Francke hatte sich nach
ihr umgewandt und sah sie mit sprachlosem Erstaunen an.

„Wie meinen Sie das, Zeugin?" fragte der Präsident.

„Meine Mutter litt an derselben Krankheit, ich pflegte
sie bis zu Ende und verstehe mich darum auf die Behandlung solcher Kranken. — Ich meine," setzte sie stockend und
errötend hinzu, „es müßte dem Herrn vielleicht angenehm
sein, seine Mutter zunächst nicht allein zu wissen."

Der Konsul wollte ungehalten gegen den Vorschlag
seiner Tochter Verwahrung einlegen, der auch den Verteidiger zu einem Kopfschütteln veranlaßte.

Nur Gisbert nickte der Verlobten anerkennend zu.

„Was wollen Sie bei meiner Mutter?" entfuhr es
dem Zeugen grollend. „Vielleicht sie aushorchen? Sparen
Sie sich die Mühe! Meine Mutter weiß nichts Verfäng-
liches zu berichten."

„Was fällt Ihnen ein!" rügte der Präsident. „Das
dankenswerte Anerbieten der Zeugin verdient keine Krän-
kung."

„Die Dame ist doch die Braut des Angeklagten!" rief
William. „Er oder ich, einer von uns soll ja der Thäter
sein."

„Das glaube ich nicht," fiel Klara mit leuchtendem Blicke
und aufglühenden Wangen ein. „Sie sind so unschuldig
wie Gisbert, das ist meine feste Ueberzeugung."

William Francke wurde gleich einem gescholtenen Schul-
knaben rot. Ungläubig starrte er auf das schöne Mädchen,
als begriffe er deren Worte nicht.

„Ihr Anerbieten, mein Fräulein, ist jedenfalls dankens-
wert," schnitt der Präsident weitere Auseinandersetzungen
ab. „Ich sehe keinen vernünftigen Grund, keinen Gebrauch
davon zu machen. Wenn Sie sich also dem Schutzmann
anschließen wollen —"

Klara stand noch immer abwartend; fragend ruhte ihr

Blick auf dem düster umwölkten Gesicht Williams. Als
er von ungefähr ihrem Blicke begegnete, ging eine neue
dunkle Blutwelle durch seine Wangen.

„Ich bin Ihnen dankbar, mein Fräulein," kam es rauh
und widerstrebend über seine Lippen. „Bitte, beruhigen
Sie meine Mutter meinetwegen, ich bin nun einmal ihr
Sorgenkind!"

Er versuchte zu lächeln, aber es mißlang ihm.

Nach der Entfernung Klaras dauerte es noch eine Weile,
bis die durch den Zwischenfall hochgehenden Stimmungs=
wogen sich wieder glätteten, und die in diesen Räumen
gewohnte trockene Nüchternheit sich wieder über der Ver=
sammlung lagerte. Die im Saal entzündeten Lampen mit
ihren trüben, lange Schatten werfenden Flammen trugen
wesentlich dazu bei, den Grundton froherwachter Hoffnung
wieder herabzumindern.

Doktor Hellborn erbat das Wort.

„Ich wünsche nochmals festzustellen, daß durch die
durchaus glaubwürdigen Beurkundungen des Zeugen Francke
der Unschuldsbeweis für meinen Klienten erbracht worden
ist. Gegen ihn spricht nur noch das eigene, inzwischen
längst widerrufene Schuldeingeständnis, sowie verschiedene
Zufälligkeiten, wie das Abnehmen des Vollbartes und der
immerhin auffällige Umstand, daß der Angeklagte gegen=
über dem Kommissar Varnhagen zuerst den richtigen That=
ort genannt hat. In dieser Hinsicht nun hat mich der
Angeklagte ermächtigt, seine vorhin gegebene Schilderung
zu ergänzen. Mein Klient ist thatsächlich in jener Nacht in
der Nähe des Café Gärtner, jedoch nicht in diesem selbst
gewesen. Auf meinen ausdrücklichen Rat hat er dies bis=
her seinen Richtern verschwiegen. Ich wollte nicht, daß dem
Angeklagten ungünstige Schlüsse aus diesem Bekenntnisse
gezogen würden. Es liegt jetzt aber kein Grund mehr vor,
um nicht auch diese letzte ergänzende Erklärung abzugeben."

Auf die Frage des Vorsitzenden räumte Gisbert nun=
mehr ein, etwa um die elfte Abendstunde auf seinem ziel=
losen Durchstreifen des Tiergartens auch den zwischen
dem Parkgitter von Schloß Bellevue und dem Spreebett
sich hinziehenden Promenadenweg beschritten zu haben, der
am Garten des Café Gärtner vorüberführt.

„Bei einem zufälligen Blick in den Garten nahm ich
meinen Vater wahr. Er saß von grellem Laternenlicht
voll beschienen derart da, daß jeder Vorübergehende ihn
erblicken mußte. Er saß nicht allein am Tisch; ihm gegen=
über, mit dem Rücken nach dem Fußgängerwege, saß ein
anderer Herr, auf den ich indessen nicht geachtet habe.
Ich habe mein Seelenleben in jener Nacht bereits ausführ=
lich geschildert und brauche mich deshalb in keiner Wieder=
holung zu ergehen. Ich kann nur sagen: der Anblick
meines Vaters reizte mich aufs äußerste. Ich war stehen
geblieben; konnte ich auch kein Wort der Unterhaltung
verstehen, so hörte ich doch das häufige spöttische Lachen
des Vaters. Bei dem Gedanken, daß dieser Mann, der
so Schweres über mich und meine Lieben gebracht hatte
und vielleicht auch ferner noch bringen würde, zu lachen
vermochte, während mir vor Jammer und Not das Herz
blutete, versetzte mich in einen fürchterlichen Zustand.
Mordgedanken waren es wirklich, die mich in jener Stunde
überkamen. Wie lange ich stand und solch finsteren Ge=
danken nachhing, weiß ich nicht mehr. Endlich brachten
mich die rohen Redensarten zweier Burschen, die den Weg
mit untergefaßten Armen auf und nieder schritten und Witze
über mich machten, wieder zu mir. Ich begann mich meiner
abscheulichen Regungen zu schämen und ging hastig in den
Tiergarten zurück.“

„Sie wollen vermutlich dadurch aufklären, wie Sie
dazu gekommen sind, die Fußgängerbrücke als Thatort an=
zugeben?“ fragte der Vorsitzende.

„Allerdings. Ich hätte schon beim Beginn der Verhandlung dies mitgeteilt, hätte ich nicht auf ausdrückliches Verlangen meines Verteidigers davon Abstand nehmen müssen. Er wollte mich auch jetzt noch von dieser Ergänzung meiner Mitteilungen zurückhalten; aber ich bin es mir selbst schuldig, glatte Bahn zu schaffen."

„Der Angeklagte hätte richtiger gethan, den Ratschlag der Verteidigung unberücksichtigt zu lassen," fiel der Staatsanwalt ein. „Ich stelle fest, der Angeklagte hat hiermit eingeräumt, kurz vor der kritischen Stunde in der Nähe des Thatortes sich aufgehalten zu haben. Damit bleiben sämtliche Folgerungen der Anklage bestehen; ja, es ergiebt sich mit zwingender Notwendigkeit die Anklage aus Paragraph 211. Der Angeklagte hat auf sein Opfer gelauert, er folgte diesem über die Brücke und vollbrachte auf dieser die vorsätzlich geplante und mit kalter Ueberlegung ausgeführte That."

Die scharf zugespitzten Worte des Staatsanwalts erweckten einen nachhaltigen Eindruck im Saale. Wie ein erkältender Hauch wehten sie über die Züge der Geschworenen, in denen sich vorher mehr oder minder deutlich Anteilnahme für den Angeklagten ausgedrückt gehabt hatte.

„Ich bin mir des ungünstigen Eindrucks vollkommen bewußt, welchen das Geständnis des Angeklagten notwendig hervorrufen mußte," äußerte Hellborn wieder. „Ich würde mich auch niemals zu einer derartigen Erklärung haben bestimmen lassen, leitete mich nicht die ganz bestimmte Absicht, die Aufmerksamkeit des Schwurgerichts auf einen bisher ganz vernachlässigten Umstand zu lenken, der durch die Worte meines Klienten in etwas gestreift wurde. Mein Freund deutete an, daß er durch zwei rohe Burschen belästigt und dadurch bestimmt wurde, sich zu entfernen. Mir gegenüber hat der Angeklagte auch seiner Vermutung Ausdruck gegeben, daß die beiden Leute Schifferknechte oder

dergleichen gewesen seien. Wir wissen aus den Ergeb-
nissen der Verhandlung, daß der ja auch als Zeuge vernommene Schiffseigner Lupke aus Lübben in jener Nacht
in der Nähe der Fußgängerbrücke mit seinem Ziegelkahn
verankert gelegen hat. Ich beabsichtige nun, einige Fragen
dem Zeugen noch vorzulegen."

Schon bei Nennung seines Namens hatte Lupke, eine ge-
drungene, stämmige Erscheinung in den mittleren Mannes-
jahren, sich mit kurzem, militärischen Ruck von der Zeugenbank erhoben. Auf einen Wink des Vorsitzenden trat er
jetzt an den Zeugentisch heran.

„Was ich gesagt habe, ist die reine Wahrheit!" sagte
er schon während des Nähertretens in dem allen Schiffern
gemeinsamen Platt. „Ich habe den toten Menschen erst
morgens gesehen. Da giebt es keine Geheimnisse nicht."

„Hatten Sie Knechte im Dienst?" fragte Hellborn.

„Ja, Herr, es waren ihrer zwei; Ede Grasnick, meiner
Schwester Sohn, ist vor'n paar Tagen freiwillig eingetreten
bei den Pionieren, und der andere, hm, hm —" er besann sich nicht gleich — „ist nämlich eine tolle Zucht mit
den Leuten, sie halten nicht aus, habe diesen Sommer
vielleicht zwanzig gehabt. Wird aber wohl der Rotkopf
gewesen sein, der dürre Schultze."

„Nun besinnen Sie sich einmal genau. Hielten sich die
beiden Knechte in jener Nacht an Bord auf oder waren
sie an Land gegangen?"

„Das möchte wohl stimmen, die trieben sich wie fal-
sches Geld umher, Sitzfleisch hat so was nicht."

„Die beiden Knechte waren also auch in der kritischen
Nacht nicht an Bord. Wann mögen sie heimgekommen
sein?"

„Da fragen Sie mich zu viel, lieber Herr. So was
zieht die Stiefel aus und huscht auf den Socken in die
Kabine, da soll der Deubel was hören. Um zwölf waren

sie noch nicht da. Mein Schwestersohn sagte mir ein paar
Tage drauf, es sei merkwürdig, daß sie von der Be-
scherung nichts gemerkt hätten. Ihr Schlafraum liegt
nämlich nahe beim Steuer. Es war freilich dunkel damals, und Laternen brannten nicht."

„Wo ist dieser Schultze jetzt?"

„Weiß nicht, lieber Herr. Aber mein Schwestersohn
kann es wissen, die schreiben sich, wie mir meine Alte
berichtet hat."

„Ich stelle den Antrag auf schleunige Vorladung des
Eduard Grasnick," wendete sich der Verteidiger mit erhobener Stimme an den Gerichtshof. „Ich stelle es billigem
Ermessen anheim, die Verhandlung bis dahin zu vertagen."

Der Staatsanwalt hatte keine Einwendung zu machen;
aber die lässige Handbewegung, mit der er seine Erklärung
begleitete, sagte deutlich genug, daß seiner Ansicht nach alle
Bemühungen der Verteidigung nur nutzlos den endlichen
Prozeßausgang aufhielten, der doch die Verurteilung des
Angeklagten bringen mußte.

Schon wollte sich der Gerichtshof zur Beratung zurück-
ziehen, als der entsendete Kriminalschutzmann mit der
Meldung von dem Eintreffen der Zeugin Böhme an Ge-
richtsstelle eintrat. Es wurde beschlossen, zur sofortigen
Vernehmung der Zeugin zu schreiten und mit dem Ein-
verständnis der Verteidigung über den neuen Antrag sich
erst später schlüssig zu machen.

Frau Böhme, eine einfache, schlichte Frau aus dem
Volke, trat in tausend Aengsten vor. Mit weinerlicher
Stimme entschuldigte sie sich wegen des schlechten Anzuges,
in welchem sie vor Gericht erscheinen mußte. Aber der
Schutzmann habe ihr kaum Zeit gelassen, ein Kopftuch
umzubinden und die Schürze abzuthun.

William Francke hatte bisher wie teilnahmlos, ganz

in sich versunken, dagesessen. Beim Eintritt der Zeugin
war flüchtige Röte in seine Wangen gekommen; er hatte
sich rasch erhoben.

„Wie geht es meiner Muttter?" hatte er sich schon
fragend an die Zeugin gewandt, ehe der Vorsitzende ihn
daran zu hindern vermocht hatte.

„Na, es könnte besser sein," berichtete die geschwätzige
Frau. „Sie hat einen Herzkrampf gekriegt vor Aufregung
und Schreck. Aber es ist schon wieder besser," setzte sie trö-
stend hinzu, als der Fragende bei ihren Worten zusammen-
zuckte.

„Sie hören, Zeuge, daß bereits Besserung eingetreten
ist," verwies der Vorsitzende. „Wenden Sie sich hierher,
Zeugin, ich darf solche ganz unzulässigen Verständigungen
unter keinen Umständen dulden."

Es dauerte eine Weile, bis die üblichen Personalfragen
erledigt waren, und der Präsident der Zeugin erläutert
hatte, um was es sich handelte.

„Herr Francke ist sehr häuslich, er hat weder Freunde
noch irgend welchen Umgang," berichtete Frau Böhme nun.
„Er geht ganz in der Pflege seiner Mutter auf, so ein
braver Mensch, wie er ist! Wunderselten einmal, daß er
ausgeht."

„War Herr Francke Ende Juli einmal abends ausgegangen?" forschte der Präsident. „Er behauptet, in der
Nacht vom 26. zum 27. Juli einmal viele Stunden hintereinander von Hause fortgewesen zu sein."

„Ja, ich erinnere mich," fiel die Zeugin rasch ein.
„Mit der Zeit kann das wohl stimmen. Damals ist Herr
Francke ein paarmal hintereinander fortgewesen, und ein-
mal bis spät in die Nacht hinein."

„Können Sie sich erinnern, ob das genau in jener
Nacht war?"

„Unmöglich, Herr Gerichtshof, das weiß ich nicht. Aber

nicht wahr, Herr Francke" -- sie wendete sich dabei nach dem Zeugen um — „es war nur ein einziges Mal?"

„Sehen Sie hierher, Zeugin," unterbrach sie der Präsident. „Können Sie sich noch erinnern, wann Herr Francke in jener Nacht nach Hause gekommen ist? Besinnen Sie sich genau, ehe Sie antworten. Es hängt von Ihrer Antwort manches ab."

Der Zeugin war unbehaglich zu Mute. Ihrem faltigen, hageren Gesicht war die Angst abzulesen, vielleicht etwas auszusagen, was dem ersichtlich von ihr hochgeachteten Zeugen peinlich sein konnte.

„Ich mache Sie nochmals darauf aufmerksam, Zeugin," belehrte sie der Vorsitzende eindringlich, „Sie stehen unter Ihrem Eide und haben sich bei Ihren Aussagen streng an die Wahrheit zu halten. Nun, haben Sie sich besonnen?"

Seiner Mahnung ungeachtet machte Frau Böhme immer wieder den Versuch, sich nach dem Zeugen umzuschauen, wie in der Hoffnung, dieser werde ihr auf die richtige Spur helfen.

„Wie war es nur gleich? Ach ja, ich war vor Langerweile eingeschlafen, als Sie nach Hause kamen, nicht wahr, Herr Francke? — Nehmen Sie es nur nicht übel, Herr Gerichtshof, ich meine es ja nicht schlimm, aber Herr Francke muß es eigentlich besser wissen. Sie standen schon mitten im Zimmer, als ich aufwachte. Es roch so stark, nicht wahr? Hatten Sie nicht Zahnweh? Mir ist es, als ob Sie aus der Flasche verschüttet hätten. Ihre ganzen Kleider rochen so stark,   na, was war es doch gleich?"

„Wahrscheinlich Aether oder Chloroform," fiel der Verteidiger ein.

„Ja, so was wird's wohl gewesen sein."

Augenscheinlich war die Schwatzhaftigkeit der Frau dem Zeugen Francke unangenehm. Er trat einige Schritte vor. „Es handelt sich um ein in jeder Apotheke erhältliches

Schmerzbetäubungsmittel. Ich kam mit Zahnschmerzen nach
Hause und wollte Watte beträufeln. Da mag ich ein paar
Tropfen vergossen haben."

„Na, Herr Francke, das sagten Sie damals schon,"
meinte die Zeugin ungläubig. „Ich habe Ihren Anzug
ganze Tage lang in die Luft gehängt, und er riecht heute
noch nach dem Zeug. Aber das ist ja einerlei. Wo war ich
nur gleich?"

„Sie wollten uns sagen, wie spät es war, als Herr
Francke an jenem Abend nach Hause kam."

„Sagten Sie nicht, es wäre eins durch?" wendete sich
die Zeugin wieder um Auskunft an William. „Ich war
nämlich so verschlafen, daß ich keine langen Geschichten
mehr machte, sondern in mein Bett kroch. Am nächsten
Morgen verschlief ich natürlich die Zeit, denn ich hatte
ganz vergessen, den Wecker aufzuziehen. Meine Zimmer-
herren mußten mich wachpochen."

„Sie sind also nicht im stande, uns genau die Stunde
anzugeben?"

„Aber natürlich, Herr Gerichtshof. Herr Francke schaute
doch auf die Uhr und sagte, es sei eins vorbei."

„Das kann uns nicht genügen," meinte der Präsident.
„Ist sonst noch eine Frage an die Zeugin?"

Der Staatsanwalt verzichtete; Hellborn wollte nur wissen,
ob William Francke nach Wahrnehmung der Zeugin häufig
an Zahnschmerzen litt. Darauf wußte Frau Böhme keine
richtige Antwort zu geben. Bemerkt habe sie es nicht besonders; wenigstens vorher nicht. In der letzten Zeit habe
Herr Francke zuweilen von dem Zeug auf ein Watteflöckchen
gegossen und solches in den hohlen Zahn gesteckt.

Doktor Hellborn schien befriedigt; er erklärte, für die
Zeugin vorerst keine weitere Frage zu haben.

Während der Gerichtshof sich hierauf zur Beratung über
den Antrag des Verteidigers zurückzog, plauderte dieser

anscheinend unbefangen mit einem unansehnlichen Mann, den er im Zuhörerraum entdeckt und herangewinkt hatte. Der Vorgang wurde kaum bemerkt; immerhin wollten einige in dem Unscheinbaren einen Detektiv erkennen und besondere Schlüsse aus dieser Unterredung ziehen.

Zu ihnen mochte auch der Staatsanwalt gehören. Er näherte sich, als die Unterredung ihr Ende gefunden, und der Unscheinbare sich in der Menge wieder verloren hatte, wie zufällig dem Verteidiger.

„Sie hegen wohl Besorgnis, dieser Mister Francke könne uns durch die Lappen gehen?" fragte er im gemütlichsten Plaudertone. „Na, schadet nichts, wenn Sie ihm die Nacht über jenen Meisterspürhund an die Sohlen heften. Ich habe meine Maßregeln gleichfalls getroffen."

„Das freut mich," gab Doktor Hellborn zurück. „Sie trauen mit anderen Worten dem Landfrieden auch nicht recht. Wir erleben noch eine Ueberraschung an dem Herrn."

„Aber in anderem Sinne, als Sie meinen," äußerte der Staatsanwalt. „Ihr Plan war fein durchdacht; aber Sie werden diesen Prozeß niemals als Erfolg für sich registrieren können."

Der Wiedereintritt des Gerichtshofes schnitt die Entgegnung des Verteidigers ab.

„Beschlossen und verkündet," berichtete der Präsident, „dem Antrage der Verteidigung wird stattgegeben. Schleuniges Ersuchen ergeht an das Kommando des hiesigen Gardepionierbataillons, den Eduard Grasnick behufs Abgabe seines Zeugnisses auf morgen vormittag neun Uhr zu kommandieren. Die vorläufige Festnahme des Zeugen William Francke wird aufgehoben, jedoch beschlossen, die Beschlagnahme der in seiner Wohnung aufgefundenen 19,400 Mark vorläufig aufrecht zu erhalten. Die Sitzung wird bis morgen neun Uhr vormittags unterbrochen. Der Angeklagte bleibt in Haft."

4.

Zu kritischer Stunde hatte Klara Gutjahr die dürftig eingerichteten Räume betreten, welche Mutter und Sohn in Schöneberg bewohnten. Im Augenblick sah es doppelt wüst darin aus. Halb herausgezogene Kommodenschub= laden mit völlig durchwühltem Inhalt, Waschbecken mit teilweise verspritztem Wasserinhalt da und dort auf den Stühlen, eine Menge wie in größter Aufregung zusammen= geholter und unordentlich nebeneinander auf den Nachttisch hingestellter Arzneiflaschen; all dieses wirre Durcheinander legte beredtes Zeugnis dafür ab, daß der enge Raum noch vor kurzem der Schauplatz eines geschäftigen, von irgend einem heftigen Schrecken beeinflußten Treibens gewesen sein mußte.

So verhielt es sich auch. Ganz vor kurzem noch hatte ein in größter Hast herbeigeholter Arzt seines ernsten Be= rufes gewaltet. Die Unglückliche, die eben, wie in tiefen Todesschlaf versenkt, unbeweglich lag, war von einem hef= tigen Herzkrampfe befallen worden, der lange allen An= strengungen des Arztes gespottet hatte. Endlich hatte er nachgelassen, und die Kranke lag nun sterbensmatt in tod= ähnlichem Schlafe. Der Arzt sagte, er werde um die späte Abendstunde nochmals nachsehen; der Zustand der Kranken sei äußerst kritisch, und ein neuer Anfall werde sie be= stimmt dahinraffen. Darum sei äußerste Stille geboten, und jede Erregung peinlichst fernzuhalten.

Auf den Zehenspitzen war Frau Böhme den in die Woh= nung Tretenden entgegengekommen und hatte diesen alles mitgeteilt. Es hatte Schwierigkeit genug gekostet, um der nach Art der meisten kleinen Leute mißtrauischen Frau klar zu machen, daß sie unverzüglich dem Kriminalschutz= mann zum Gericht folgen und inzwischen Klara gestatten müsse, ihren Platz neben dem Lager der Schwerkranken

einzunehmen. Sie wollte dieser noch eine Menge Ver=
haltungsmaßregeln zurücklassen und war nur mit Mühe
zum Fortgehen zu bewegen.

Mit bleiernem Flügelschlage verstrich die Zeit. Nichts
war vernehmbar als die schwachen, unregelmäßigen, zu=
weilen ganz aussetzenden Atemzüge der Schlafenden, und
Klaras Gedanken gingen in die jüngste Vergangenheit
zurück. Was hatte ihr diese für Schicksalsstürme gebracht!
Aus der umschmeichelten, einzigen Tochter eines reichen
Vaters, aus der wie im Maiensonnenschein des Glückes durch
das Dasein gehenden Braut eines ebenso liebenswürdigen,
wie um seiner Tüchtigkeit willen angesehenen und um sei=
nes Charakters geachteten jungen Mannes war ein nieder=
gebeugtes, bekümmertes Wesen geworden, das mit Thränen
morgens sich erhob und weinend den allzu langsam vor=
übergekrochenen Tag wieder begrub. Die seit der Ver=
haftung des geliebten Mannes verstrichenen Wochen er=
schienen ihr wie ein böser Traum.

Die Verhandlung vor dem Schwurgerichte hatte dem
jungen Mädchen eine Fülle neuer Erregungen gebracht.
Den ganzen Tag über hatte sie sich in einem schwer zu
beschreibenden Zustande äußerster Nervenanspannung be=
funden; in einem solchen Zustande, tief von heiligem Mit=
leid angefaßt, hatte sie sich auch erboten, am Krankenbette
der Mutter des Stiefbruders Gisberts Pflegerinnendienste
zu leisten.

Nun erst, in der tiefen, beinahe beängstigenden Stille
des Krankenzimmers, kam ihr das Gewagte ihres Schrittes
recht zum Bewußtsein. Das wächserne, verfallene, spitzig
zulaufende Gesicht der Kranken ließ sie erschauern. Bäng=
lich kroch der Gedanke an sie heran, daß die Unglückliche
vor ihr vielleicht schon im Verlaufe der nächsten Viertel=
stunden den letzten Atemzug thun könne. Und nicht diese
Empfindung allein quälte sie. Während sie hier müßig

wartend faß, entfchieb fich vielleicht des Geliebten Schicffal und damit ihr eigenes.

Wie fie noch faß, bachte und fann, öffneten fich mit einemmal bie Augen ber Kranken, und biefe fchaute fie mit einem langen, forfchenben Blicke an. In bem verfallenen Geficht ber Erwachten prägte fich kein Befremben über bie Anwefenheit ber ihr boch völlig Unbekannten aus. Sie ließ es gern gefchehen, baß Klara ihr Waffer reichte und ihr Stirn und Schläfen mit Kölnifchem Waffer benetzte. Unverwandt fchaute fie in bas Geficht bes jungen Mäbchens; bann taftete fie nach Klaras Hanb und umklammerte fie mit ber eigenen fieberglühenben.

„Sie finb gut, nicht fortgehen!" fagte fie in englifcher Sprache. „Sie finb fehr gut!"

Nach einer Weile kehrte ihr bie Erinnerung an bie letzten Vorgänge zurück; jäher Schreck prägte fich in ihren bleichen Zügen aus, und unruhig begannen ihre Augen im Raume hin und her zu irren.

„Wo ift mein Sohn?" kam es röchelnb über ihre Lippen. „Allmächtiger, was gefchah mit ihm?"

Mit fanfter Gewalt hielt Klara bie Kranke in ben Kiffen nieber. Sie fuchte biefer verftänblich zu machen, baß ber Vermißte balb zurückkehren werbe und nur an Gerichtsftelle berufen worben fei, um Zeugnis abzulegen. Die Kranke verftanb inbeffen, wie fich balb herausftellte, kaum ein beutfches Wort, und Klara mußte all ihre englifchen Kenntniffe hervorholen, um fich ihr notbürftig verftänblich machen zu können.

„Meine Stunben finb gezählt," fagte bie Kranke mit Anftrengung und fo unbeutlich, baß Klara Mühe hatte, fie zu verftehen. „Wenn mein Sohn kommt, werbe ich fterben. Es wirb mir nur feinetwegen fchwer. Wir waren fo eng verbunben, er liebte nur mich, und ich nur ihn.

Die Welt kennt nicht sein Herz. Dieses besaß nur ich. Allen anderen gegenüber erscheint er kalt und schroff."

Dann überkam sie wieder die Angst. In schrillen Tönen rief sie nach dem Fernen; die in ihr lodernde Unruhe verzehrte sie. Dann schwieg sie wieder und kämpfte mit einer Ohnmacht. Nur wenn irgend ein Geräusch in der Wohnung sich regte, erschauerte sie und fragte, ob ihr Sohn noch immer nicht heimgekehrt sei.

Sie ahnte nicht, wie das Warten ihrer Pflegerin selbst zur unerträglichen Qual wurde, wie Klara nur noch mit Aufgebot all ihrer Willenskraft gegen die verzehrende Angst des eigenen Herzens anzukämpfen vermochte.

Längst war die neunte Stunde vorüber, als draußen an der Korridorthür Geräusch laut wurde.

Die Kranke fuhr auf und lauschte. Ein seliges Lächeln umspielte ihre Lippen, und angestrengt schaute sie nach der Thür. „Es ist William, ich höre seinen Schritt. Er tritt so leise auf, der gute Junge."

Er war es in der That; in seiner Begleitung erschienen Frau Böhme und Konsul Gutjahr. Der letztere war gekommen, um seine Tochter heimzuholen.

Diese Absicht stieß bei der Kranken aber auf entschiedenen Widerspruch. Kaum machte Klara Miene, sich vom Stuhle zu erheben, so tastete sie auch schon angstvoll nach ihrer Hand.

„Nicht fortgehen, bei mir bleiben!" bat sie in kläglichem Tone. „Halten Sie meine Hand, gutes Kind! Es thut so wohl. Ich sterbe leichter."

William war vor dem Bette der Mutter niedergekniet; er wollte dieser sanft zureden, erreichte aber nur, daß die Kranke Anzeichen bedrohlicher Erregung von sich gab.

„Gieb mir auch deine Hand, so ist es gut!" hauchte sie angestrengt, und als ihrem Willen Genüge geschehen war, ging ein Lächeln über ihre verfallenen Züge.

Mit scheuem, unsicherem Blicke maß William wieder=
holt die notgedrungen dicht neben ihm Sitzende. „Wir
sind uns völlig fremd. Es ist zu peinlich!" stieß er ge=
dämpft hervor. „Ich begreife meine Mutter nicht."

Klara lächelte nur wehmütig. „Ich erfülle gern Ihrer
Mutter Wunsch," sagte sie leise. „Sind wir Menschen
nicht aufeinander angewiesen?"

„Aber ich will es nicht annehmen! Gerade Sie!"

„So leise er auch gesprochen, hatte ihn die mit ge=
schlossenen Augen Daliegende doch verstanden. „Nicht
fortgehen!" hauchte sie flehend noch einmal und umklam=
merte fester des Mädchens Hand.

„Ich bleibe gern bei Ihnen," sagte Klara leise.

Die Kranke nickte nur und blieb weiter mit geschlossenen
Augen liegen.

Das dauerte wohl eine Stunde. Dann schlug die
Kranke die Augen voll auf; unverwandt schaute sie ihren
Sohn an.

„William," sagte sie mit leiser, aber klarer Stimme,
„du bist ein guter Sohn gewesen. Du hast viel für mich
gethan. Was du aber gethan hast, wird Gott dir ver=
zeihen, denn dich trieb die Liebe zu mir."

Verstört blickte der junge Mann sie an. Kein Laut
kam über seine Lippen, unverwandt schaute er die Ster=
bende an. „Mutter, du darfst mich nicht verlassen!" drang
es plötzlich in heftigstem Schmerze über seine Lippen. „Du
darfst mich nicht verlassen, ich habe nur dich, nur dich,
Mutter!"

Ein sanftes Lächeln ging über die durchsichtig gewor=
denen Züge der Scheidenden. „Küsse mich, mein Lieb=
ling — leb wohl!"

Ein letzter leiser, verhauchender Seufzer. Dann sank
ihr Haupt zurück, und sie hatte ausgelitten.

Das junge Mädchen saß erschüttert und wehrte den

unaufhaltsam rinnenden Thränen nicht. Noch in der letzten Todesnot hatte die nun Verschiedene ihr in heißem Dank die Hand gedrückt; nur mit sanfter Gewalt vermochte Klara jetzt ihre Hand zu befreien.

Mit scheuem Blicke schaute sie auf William. Dieser stand wie ein Eichenstamm im Sturm; er wankte und zitterte nicht, obgleich bis zum Wahnsinn gesteigerter Schmerz aus seinen Zügen sprach.

„Sie ist tot!" brachte er dann rauh hervor. „Ich danke Ihnen. Sie machten ihr das Sterben leicht. Ich wollte, ich könnte Ihnen meine tiefe Schuld bezahlen!"

„Es war so wenig, was ich ihr thun konnte!" rief das Mädchen und brach in Schluchzen aus. „Sie sollen mir nicht danken. Sie können mir nichts geben! Für mich giebt es nur ein Glück: meines Verlobten Freiheit und Ehre! Die können Sie ihm nicht zurückgeben."

William schien nicht mehr auf sie zu hören; er hatte sich zu der Toten gewendet und starrte unablässig trockenen Auges auf diese nieder.

Still verließen Vater und Tochter den Raum.

Am nächsten Morgen um neun Uhr wurde die Schwurgerichtssitzung unter großem Andrange des Publikums wieder eröffnet. Die Abendzeitungen hatten schon Berichte über die sensationell zugespitzte Angelegenheit gebracht. Die Erwartung, welchen endlichen Ausgang dieselbe nehmen würde, war aufs höchste gesteigert.

Die Zeugen waren vollzählig wieder erschienen. Auch William Francke hatte sich eingefunden. Alle Farbe war aus seinen Zügen gewichen, diese selbst erschienen schlaff und leblos. Nur in seinen Augen flackerte ein düsteres, unstetes Feuer.

Der Vorsitzende eröffnete die Sitzung mit der Mitteilung, daß die Militärbehörde dem an sie gerichteten

Ersuchen Folge gegeben habe, und der Pionier Grasnick erschienen sei.

„Vor Eintritt in die Tagung habe ich eine Mitteilung zu machen," begann der Staatsanwalt. „Der Herr Verteidiger hatte gestern abend im Gerichtssaale hier, wie er mir auch unumwunden zugegeben, einen hiesigen Privatdetektive mit der Ueberwachung von Zeugen beauftragt. Ich habe nun in Erfahrung gebracht, daß dieser den erfolgreichen Versuch gemacht hat, in die hiesige Pionierkaserne noch kurz vor Zapfenstreich Einlaß zu erhalten. Er hat eine längere Unterredung mit dem heute als Zeugen vorgeladenen Pionier. Grasnick gehabt. Ich ersuche den Herrn Verteidiger um eine bündige Erklärung hierüber."

„Der Herr Staatsanwalt irrt, wenn er an eine versuchte unzulässige Zeugenbeeinflussung glaubt. Es lag mir nur daran, den Aufenthaltsort des Schiffers Schultze ungesäumt festzustellen, um diesen erforderlichen Falles sofort zur Hand zu haben. Da Grasnick nach Aussage seines Onkels mit dem früheren Genossen noch in Briefwechsel steht, so muß er auch dessen Aufenthalt kennen. Der Zeuge wird mir bestätigen, daß der Detektive ihm noch nicht einmal Mitteilung von dem schwebenden Prozesse, geschweige von der ihm bevorstehenden Zeugenvorladung gemacht hat."

„Wo befindet sich der Schiffer Schultze?" fragte der Staatsanwalt.

„Er soll zuletzt von Bromberg aus geschrieben haben. Der Detektive ist sofort dorthin gereist; ich kann jeden Augenblick eine Depesche erhalten und werde nicht verfehlen, das Resultat dem Herrn Staatsanwalt mitzuteilen."

Damit war der Zwischenfall vorläufig erledigt. Der Präsident ließ sofort den Zeugen Grasnick eintreten, einen gleich seinem Onkel gedrungenen, vierschrötigen Gesellen mit gewöhnlichen, ziemlich rohen Zügen.

„Sie erinnern sich, daß am frühen Morgen des 27. Juli von Ihnen und Ihrem Onkel in der Nähe der sogenannten Fußgängerbrücke eine männliche Leiche aufgefunden worden ist?"

„Jawohl."

„Sie wissen auch, daß es sich um einen Mord handelt. Sie waren ja damals bei der polizeilichen Aufhebung der Leiche zugegen."

„Jawohl. Mein Onkel hat mir auch draußen auf dem Korridor erzählt, daß der Mann totgeschlagen worden ist."

„Das wollen wir auf sich beruhen lassen. Jedenfalls liegt eine gewaltsame Tötung vor. Sie sollen nun in der Nacht zuvor mit einem Kollegen, genannt der dürre Schultze, sich außerhalb Ihres Schiffes umhergetrieben und erst lange nach Mitternacht an Bord zurückgekehrt sein. Stimmt das?"

„Ich glaube nicht. Wir werden wohl in der Koje gelegen haben, wir hatten kein Geld damals."

„Ne, Junge, bleibe man bei der Wahrheit!" rief des Zeugen Onkel von der Zeugenbank her. „Du und der andere Windhund, der Schultze, ihr seid damals alle Nächte durchgegangen."

„Nun, wie verhält es sich damit, Zeuge?"

„Wenn's der Onkel sagt, wird's wohl stimmen."

„Sie erinnern sich nicht selbst?"

„Nein."

„So können Sie uns auch nicht sagen, wo Sie und Ihr Freund sich in der kritischen Nacht umhergetrieben haben?"

„Nein."

„Jener Herr dort" — der Präsident deutete auf den Angeklagten — „will Sie etwa um elf Uhr nachts in unmittelbarer Nähe der Fußgängerbrücke gesehen haben."

Grasnick schielte nur von der Seite auf den Angeklagten. „Ich weiß wirklich nicht," stotterte er.

„Erkennen Sie in dem Zeugen einen der Burschen
wieder, Angeklagter?" forschte der Präsident.

Gisbert verneinte. „Ich habe nicht sonderlich acht auf
die Burschen gegeben. Auch war es Nacht."

„Na, hören Sie mal, Zeuge, seien Sie nicht so zurückhaltend. Sie haben geschworen, nichts zu verschweigen,
verstanden? Die Auffindung einer Leiche ist doch nichts
Alltägliches, da wird man auch die Nebenumstände behalten."

„Der Zeuge ist überhaupt sehr zurückhaltend," fiel der
Verteidiger ein. „Gestern abend kostete es alle Mühe,
die doch unverfängliche Frage nach dem derzeitigen Aufenthalt des Schultze von ihm beantwortet zu erhalten."

„Ja, Zeuge, darauf können wir uns nicht einlassen,"
fuhr der Vorsitzende streng fort. „Es geschieht Ihnen hier
nichts, Sie sollen nur die Wahrheit sagen. Sie räumten
selbst ein, damals kein Geld gehabt zu haben, Sie haben
also kein Wirtshaus besucht. Es wird wohl richtig sein,
daß Sie sich da in der Nähe Ihres Ankerplatzes umhergetrieben haben."

Dies räumte Grasnick endlich zögernd ein.

„Also, Sie entsinnen sich, in jener Nacht beim Café
Gärtner einen Herrn angerempelt zu haben?"

Auch dies gab der Zeuge zögernd zu, der sich jedes
Wort nur widerwillig entlocken ließ.

„Wann sind Sie nun nach Hause gegangen?"

„Hm, vielleicht um zwei Uhr, ich weiß nicht mehr."

„Allein oder mit Ihrem Kameraden?"

„Mit 'm Schultze, das kann der beschwören."

„Wir glauben Ihnen ohnedies, Zeuge. Haben Sie
nun in der Nacht, ungefähr um zwölf Uhr, keinen Hilfe-
schrei gehört? Besinnen Sie sich, Zeuge! Waren Sie

in der Nähe, so müssen Sie ihn gehört haben," mahnte der Präsident.

„Nein, wir haben nichts gehört." Das kam mit großer Bestimmtheit heraus.

„Wissen Sie überhaupt zur Sache etwas anzugeben?"

„Nein."

Der Vorsitzende sah den Verteidiger fragend an; etwas wie stummer Vorwurf lag in seinem Blicke, um solch nichtssagender Aussage willen Vertagung herbeigeführt zu haben.

„Sagen Sie mal, Zeuge," fragte jetzt der Verteidiger, „wann war es, als Sie über die Fußgängerbrücke nach dem Kahne gingen?"

„Ich weiß nicht. Vielleicht um zwei Uhr."

„Machten Sie irgend eine Wahrnehmung auf der Brücke? — Nicht? Na, am nächsten Morgen ist doch der Hut des Ermordeten auf der Brücke gefunden worden. Stießen Sie in der Dunkelheit nicht vielleicht an einen ähnlichen Gegenstand oder traten auf ihn?"

„Nein," sagte der Zeuge ebenso bestimmt wieder.

„Nahmen Sie vielleicht einen Geruch wahr, der Ihnen auffiel? Noch es scharf oder betäubend, etwa nach Chloroform?"

„Ich begreife wirklich nicht, Herr Verteidiger, wohin diese Frage zielen soll. Mit dem Aufwerfen immer neuer, gar nicht zur Sache gehörender Fragen wird den Interessen des Angeklagten schlecht gedient."

„Die Möglichkeit liegt vor, daß Lewis Francke von einem hinter ihm Schreitenden durch Vorhalten eines mit Chloroform getränkten Taschentuches betäubt und in einem solchen Zustande dann beraubt und über das Brücken- geländer gewälzt worden sein kann. Eine solche That kann auch von einem körperlich Vernachlässigten vollführt werden," versetzte der Verteidiger.

Mit einem keuchenden Laut der Empörung war
William Francke, der bis dahin völlig teilnahmlos dagesessen, emporgesprungen. Aus seinem wutentstellten
Gesicht sprühten die zornig glühenden Augen. „Soll das
etwa auf mich zielen?“ rief er heiser.

„Darauf dem Zeugen zu antworten, liegt für mich
ein Grund nicht vor,“ gab Hellborn kühl zurück.

„Ich erbitte mir den Schutz des Herrn Präsidenten
gegen derartige infame Verdächtigungen!“

Der Vorsitzende wies ihn energisch zur Ruhe. „Sie
sind hier lediglich als Zeuge vorgeladen und nicht be-
rechtigt, unaufgefordert irgendwie in die Verhandlung ein-
zugreifen. Da Sie selbst zugaben, bis unmittelbar vor
vollbrachter That in Gesellschaft des Opfers geweilt zu
haben, müssen Sie sich eine Nachprüfung Ihres Verhaltens
in jener Nacht gefallen lassen. — Schweigen Sie jetzt!“
setzte er drohend hinzu, als William nochmals den Versuch machte, ihm zu antworten. „Kein Wort mehr, oder
ich lasse Sie wegen grober Ungebühr sofort abführen!“

Zeuge Grasnick hatte während des Zwischenfalles mit
gesenktem Kopfe dagestanden und an seinen Nägeln zu
kauen begonnen.

„Nun, Zeuge, Sie haben gehört, was der Herr Verteidiger Sie gefragt hat,“ wendete sich der Vorsitzende an
ihn. „Was haben Sie darauf zu antworten?“

„Auf der Brücke lag ein Tuch, das roch so streng,
es wurde einem ganz schwindelig.“

Die Antwort erregte Sensation im Saale. Einzelne
Geschworene erhoben sich von ihren Sitzen und beugten
sich vor, um den nur undeutlich verständlichen Zeugen
besser hören zu können.

„Reden Sie lauter, Zeuge,“ mahnte der Präsident mit
einem erstaunten Blicke auf Grasnick. „Können Sie es
auf Ihren Eid nehmen, daß ein solches stark riechendes

Tuch wirklich von Ihnen in jener Nacht auf der Brücke gefunden worden ist?"

„Jawohl," sagte der Zeuge.

„Und Sie sagen das völlig, aus sich heraus, man hat Ihnen nicht aufgegeben, ähnliche Behauptungen auf= zustellen, oder Sie sind nicht erst jetzt darauf gekommen, eine solche Aussage zu machen?"

Grasnick schüttelte nur den Kopf.

„Die Aussage des Zeugen klingt doch sehr unwahr= scheinlich," fiel der Staatsanwalt scharf ein. „Erst stellt er entschieden in Abrede, überhaupt etwas wahrgenommen zu haben, nun will er gar ein chloroformgetränktes Tuch auf der nachtdunklen Brücke gefunden haben. Weiß der Zeuge nicht, daß es seine Pflicht gewesen wäre, dieses Tuch am nächsten Morgen gleich dem Kriminalkommissar auszuhändigen?"

„Da hatten wir's doch nicht mehr," meinte der Zeuge. „Wir warfen's ins Wasser. Was wußten wir viel, ob einer um die Ecke gebracht worden war oder sonst was."

Dem Verteidiger war kurz vorher eine Depesche be= händigt worden. Er wendete sich jetzt an den Zeugen.

„Wo hält sich Schulze jetzt auf? Hier wird mir eben mitgeteilt, daß er nur etwa acht Tage in Bromberg ver= weilte und dann sich wieder verheuert hat."

Das wußte der Zeuge nicht anzugeben; er habe den letzten Brief aus Bromberg bekommen und seither nicht. mehr geschrieben."

„Dann muß ich die Vertagung beantragen," sagte der Verteidiger. „Durch die Aussage des Zeugen Grasnick ist in die Verhandlung ein ganz anderes Licht gekommen. Wir wissen bereits, daß die Zeugin Böhme an dem Zeugen Francke bei dessen Nachhausekunft in der kritischen Nacht einen auffälligen Chloroformgeruch wahrgenommen hat. In Verbindung mit der heute gehörten Aussage

scheint es nahezu als erwiesen, daß Francke nicht sowohl
zur Beseitigung von Zahnschmerzen als zur Ausführung
der Mordthat das Chloroform benützt hat. Ich erhebe
hiermit die formelle Anklage gegen den bisherigen Zeugen
Francke, die meinem Klienten zugeschobene That ausgeführt zu haben."

Totenstille entstand nach seinen Worten. William
Francke, auf den sich aller Blicke richteten, war auf-
gesprungen und stand keines Wortes mächtig da.

„Ich bitte mir die äußerste Ruhe aus!" sagte der
Präsident strenge. „Insbesondere von Ihnen, Zeuge
Francke. Der Gerichtssaal ist nicht der Platz für persön-
liche Auseinandersetzungen. Ueber den Antrag der Verteidigung wird nachher Beschluß gefaßt werden. Zunächst
habe ich noch einige Fragen an den Zeugen zu richten."

Es gelang ihm, Stille im Saale wiederherzustellen.
Auch William Francke beschied sich, so furchtbar hart ihn
diese Mäßigung auch ankommen mochte. Doktor Hellborn
verhandelte leise mit einem Gerichtsdiener.

„Ich frage Sie, Zeuge, warum haben Sie von Ihrer
Wahrnehmung keinem Menschen, insbesondere nicht dem
amtierenden Kommissar, Mitteilung gemacht?"

„Niemand hat gern mit der Polizei zu thun. Wir
wollten keine Schereien haben, darum schwiegen wir."

„Wir? Aha, Sie und der Schultze! Wer von Ihnen
fand das Tuch?"

Grasnick besann sich eine Weile. „Es wird wohl
Schultze gewesen sein. Er stieß mit 'm Fuß an so was
Weiches. Das roch so streng. Wir lachten noch drüber.
Dann warfen wir's ins Wasser. Das ist alles. Ob sich
der Schultze noch drauf besinnt, das weiß ich nicht."

„Wo Schultze sich augenblicklich aufhält, das wissen
Sie wirklich nicht?"

„Nein."

„Aber ich weiß es!" fiel Doktor Hellborn in triumphie=
rendem Tone ein. Soeben wurde mir durch ein Detektiv=
bureau die überraschende Mitteilung, daß der Schultze ge=
legentlich eines Bandendiebstahls auf frischer That hier in
Berlin ertappt worden ist und seit dem 29. September
im hiesigen Untersuchungsgefängnis sitzt."

„Das wollen wir sofort feststellen," meinte der Staats=
anwalt, warf einige Zeilen auf ein Blatt Papier und
winkte den Nuntius herbei. „Fragen Sie sofort in der
Kanzlei des Untersuchungsgefängnisses an!"

Einige Minuten bänglichen Zuwartens verstrichen.
Dann kam der Bote eilfertig zurück und händigte dem
Staatsanwalt eine kurze Bleistiftnotiz aus.

„Ein Schiffer Schultze befindet sich allerdings in Unter=
suchungshaft. Er wird gleich erscheinen."

„Herr Präsident, ich bin nicht fähig, länger solche
Marter zu ertragen!" rief William, der sich wieder er=
hoben hatte. „Ich bitte, hören Sie mich an!"

„So reden Sie, aber nicht so erregt. Was wollen
Sie sagen?"

„Ich habe nur eines: meine Ehre. Diese wird hier
verunglimpft. Man beschuldigt mich eines abscheulichen
Verbrechens. Meine eigene Mutter hat an meine Schuld
geglaubt. Gott allein weiß, wie sie zu solcher Vermutung
hat kommen können. Nun treten neue Zeugen wider mich
auf. Die harmlosesten Vorkommnisse, wie ein durch stun=
denlangen Aufenthalt in dem naßkühlen Gartenlokale bei
mir hervorgerufener Zahnschmerz, werden wider mich zu
fürchterlichen Anklagen aufgebauscht. Nun gut, wollen
Sie mich zum Opfer haben, so thun Sie nach Ihrem
Willen. Mit meiner Mutter ging mir das Letzte ver=
loren. Gönnen Sie mir nur Zeit, sie zu begraben.
Dann verurteilen Sie mich meinetwegen für eine That,
von welcher mein Herz nichts weiß."

Der Präsident unterbrach ihn ungehalten. „Das ge=
hört alles nicht hierher," versetzte er. „Wohl Ihnen,
wenn Sie ein ruhiges Gewissen haben! Hier handelt es
sich aber nicht darum, Beteuerungen entgegenzunehmen,
sondern um Recht zu finden."

Der Gefangene Schultze, ein durchtrieben aussehender
Bursche, wurde in den Sitzungssaal geführt. Es fiel auf,
daß bei seinem Erscheinen Grasnick den Hals weit vor=
bog und allerlei Versuche machte, die Aufmerksamkeit des
Vorgeführten zu erregen. Da er von den vor und neben
ihm sitzenden Zeugen verdeckt wurde, gelang ihm sein Vor=
haben nicht.

„Sie haben sich nicht im Saale umzuschauen, sondern
nur hierher zu blicken!" ermahnte der Präsident, dem der
Zwischenfall nicht entgangen war, streng den Vorgeführten.
„Sie sollen hier Zeugnis ablegen. In der Nacht zum
27. Juli fanden Sie auf der hiesigen Moabiter Fußgänger=
brücke ein mit Chloroform getränktes Taschentuch, was
machten Sie damit?"

„Als wie icke?" fragte der Zeuge in unverfälschter
Berliner Mundart frech zurück. „Da möchte ick doch sehre
bitten, davon is mich nischt bewußt."

„Denken Sie nur nach. Das war in der Nacht, wo
jener Mann ermordet worden ist, der am Morgen dar=
auf unmittelbar beim Ziegelkahne, auf dem Sie damals
verheuert waren, gefunden wurde."

„Den soll ick woll ooch um die Ecke jebrungen haben?"

„Reden Sie nicht so dreist! Beantworten Sie meine
Frage!"

„Wie kann ick denn. Dat is ja allens erlogen."

„So?" fragte der Vorsitzende gedehnt zurück. „Nun,
da wird Ihnen der Zeuge Grasnick das Gegenteil sagen.
Er behauptet ausdrücklich — aber treten Sie lieber vor,
Zeuge!"

„Wat, der Hund hat jepfiffen?" rief Schultze, der im Gesicht dunkelrot geworden war. Er warf dem sich unsicher nähernden Zeugen einen finsteren, gehässigen Blick zu. „Wat, 'rinlejen willst du mir? Hoho, warte man, wer hat denn dem Ollen eens uf die Plauze jejeben, du oder ick?"

Im selben Augenblicke merkte der Wütende aber auch schon, was er in seinem sinnlosen Zorn angerichtet hatte. Er wurde erdfahl, stand mit schlotternden Gliedern und verstummte.

Als hätte der Wetterstrahl in den Saal geschlagen, so schrecklich tagte es in all den bisher widerstrebenden Meinungen.

„Ruhig, kein Wort, Graßnick!" gebot der Vorsitzende dem Zeugen, der wie das verkörperte böse Gewissen dastand und blöde vor sich hin starrte. „Da hilft kein Ableugnen mehr. Ihr beide habt euch verabredet, den alten Mann zu überfallen und zu berauben. Ihr habt ihn im Café Gärtner sitzen sehen und durch das Gartengitter beobachtet, daß er eine große Summe in einer Banknotentasche mit sich trug. Ihr folgtet ihm über die Fußgängerbrücke, schlugt ihn auf der Mitte nieder, fandet euch in eurer Vermutung betrogen, der Ueberfallene hatte seine Banknotentasche mehr in seinem Besitze, und um eure rasche That zu verdecken, warft ihr den Körper des Unglücklichen in die Spree."

Wie Blitz und Donnerschlag waren die Worte des Vorsitzenden einander gefolgt. Immer eindringlicher und vernichtender hatten sie geklungen.

„Der da war's!" rief nun Schultze mit einem bösen Blick auf den Kumpan. „Er hatte dem Ollen im Jarten zuerst zujesehen, wie er mit dem villen Jeld sich mausig machte. Wir wollten ihm nur eenen uf 'n Deetz jeben, morden wollten wir 'n ja nich. Aber der Esel, der Jraß-

nick, schlug zu feste druf. Der Alte schrie und war ooch
schon hin. Da kriegten wir's mit der Angst und warfen
ihn int Wasser."

Da half kein Leugnen mehr, das sah nun auch Gras=
nick ein. Mit der angeblichen Auffindung des chloroform=
beträufelten Taschentuches verhielt es sich, wie der Prä=
sident richtig vermutet gehabt hatte. Es war eine Finte
des gewissenbeschwerten Burschen, der dadurch von vorn=
herein allen weiteren unbequemen Fragen vorbeugen zu
können gehofft hatte.

Die Schuldigen wurden abgeführt. Die Geschworenen
zogen sich nur der Form wegen zur Spruchfindung wider
Gisbert Francke zurück. Wenige Minuten später war dieser
in ehrenvollster Weise freigesprochen, und selbst die Ge=
schworenen traten hinzu, um dem Freigesprochenen und
seinem Verteidiger die Hand zu drücken.

Nur einer stand still abseits mit gesenktem Kopfe und
wartete, bis die unaufhörlich hin und her flutende Menge
ihm den Weg freigab.

William Francke war es. Aber kaum war der Blick
der glückestrunkenen Klara auf ihn gefallen, als sie sich
auch schon bewegt zu ihm wendete und ihm die beiden
Hände entgegenstreckte.

„Schlagen Sie ein, William!" sagte sie innig. „Sie
dürfen uns nicht länger ein Fremder sein! Wir wollen
an Ihrem Schmerze um die tote Mutter, Sie sollen aber
auch an unserem Glücke teilnehmen. In schwerer Stunde
begegneten sich unsere Lebenswege. Kommen Sie zu Ihrem
Bruder, wir wollen Ihre Freunde sein."

William stand mit abgewendetem Gesicht. Er wollte
sich losreißen und vermochte es doch nicht zu thun.

„Ich kann Ihnen nichts abschlagen!" sagte er bebend.
„Sie thaten so viel an meiner Mutter!"

Nun stand er vor dem Manne, der gleich ihm so

Hartes hatte erdulden müssen und dessen Züge die seinigen waren.

Eine Sekunde verstrich, während deren sich beide Männer unausgesetzt in die Augen schauten.

„Bruder!" sagte dann der Freigesprochene freundlich, ihm die Hand hinreichend.

Da kam ein unartikulierter Laut über Williams Lippen. Er taumelte vorwärts und fiel dem neugefundenen Bruder erschüttert an die Brust.

Polizeihunde.

Ein Kapitel aus dem modernen Sicherheitsdienst.

Von Benno Braun.

Mit 7 Illustrationen. (Nachdruck verboten.)

Der Hund," sagt Friedrich Cuvier, „ist die merkwür=
digste, vollendetste und nützlichste Eroberung, welche
der Mensch in der Tierwelt jemals gemacht hat. Die
ganze Art ist unser Eigentum geworden, jedes Einzel=
wesen derselben gehört dem Menschen, seinem Herrn,
gänzlich an, richtet sich nach seinen Gebräuchen, kennt und
verteidigt sein Eigentum und bleibt ihm ergeben bis zum
Tode. Und alles dieses entspringt weder aus Not noch
aus Furcht, sondern aus reiner Liebe und Anhänglichkeit.
Die Schnelligkeit, die Stärke des Geruchs haben aus dem
Hunde einen mächtigen Gehilfen des Menschen gemacht,
und vielleicht ist er sogar notwendig zum Bestande der
menschlichen Gesellschaft. Der Hund ist auch das einzige
Tier, das dem Menschen über den ganzen Erdboden ge=
folgt ist."

Diese Worte des berühmten Naturforschers werden
durch die Kulturgeschichte aller Völker bestätigt. Selbst
bei den armseligsten, rohesten Völkern alter wie neuer

Zeit finden wir den Hund als Genossen, Freund und Verteidiger des Menschen, und wie der Ursprung des Herrn der Erde, so ist auch die Abstammung seines treuesten

Begleiters aus dem Tierreiche in ein Dunkel gehüllt, über das die sorg= fältigste Forschung bisher noch kein Licht verbreitet hat.

Daß der Hund als Schützer der Herden, des Hau= ses, des Eigen= tums oder der Per= son des Herrn von jeher unentbehrlich war, ist allgemein bekannt; weniger dagegen, daß er auch bereits seit dem Altertum im Staats= und Kriegsdienste stand. Plutarch und Plinius er= zählen verschiedene Beispiele dafür, zum Beispiel von dem Spartaner= könig Agesilaos,

Polizeihund van Wesemail in Gent.
Nach einer Photographie von G. Sacré.

der bei Mantinea Kriegshunde benutzte, ebenso wie der Perserkönig Kambyses bei seinem Zuge nach Aegypten. Aeneas (600 v. Chr.) berichtet von Hunden, denen man

zur Beförderung von Nachrichten Briefe in das Hals=
band einnähte. Auch die Cimbern und Teutonen führten
Hunde mit; das waren Kampfhunde, die von den römi=
schen Legionssoldaten mit Recht gefürchtet wurden. Der
römische Militärschriftsteller Vegetius bekundet, daß man
Hunde auf Befestigungstürme brachte, damit der Anmarsch
des Feindes rechtzeitig erkannt, und die Besatzung wach
gebellt wurde. In den Trümmern von Herkulanum ist
ein Flachbild gefunden worden, das gepanzerte Hunde bei
der Verteidigung eines von Barbaren angegriffenen römi=
schen Postens darstellt; damit stimmt die Ueberlieferung
überein, daß Völkerschaften des Altertums, zum Beispiel
die Gallier, ganze Koppeln von Kriegshunden hielten, die
gepanzert waren und breite langspitzige Stachelhalsbänder
trugen.

Im Mittelalter brauchte man Kriegshunde zur Be=
wachung von Wagenburgen und Lagern. Einen beson=
deren Ruf hatten damals die schottischen Bluthunde, welche
die flüchtigen Gegner in den entlegensten Schlupfwinkeln
aufspürten. Auch verwendete man sie zum Angriff auf
feindliche Reiterei, deren Pferde von den Hunden nieder=
gerissen wurden. Letztere waren durch mit Stacheln und
Sicheln besetzte Kettenpanzer geschützt. Selbst Feuertöpfe
befestigte man auf dem gepanzerten Rücken der Hunde,
die das Feldlager in Brand setzen sollten. An den Tagen
von Granson und Murten 1476 begannen schweizerische
Hunde gegen burgundische den Kampf, und bei Murten
wurden die burgundischen Rüden von den Alpenhunden
zerrissen. Nach der Entdeckung Amerikas sollen Kriegs=
hunde 2000 Indianer hingewürgt haben. Auch die Eng=
länder benutzten auf Jamaika Bluthunde gegen die Maron=
neger, wie die Sklavenhalter der südlichen Vereinigten
Staaten zur Aufspürung flüchtiger Sklaven.

Neuerdings wird zwar der Hund als Mitkämpfer nicht

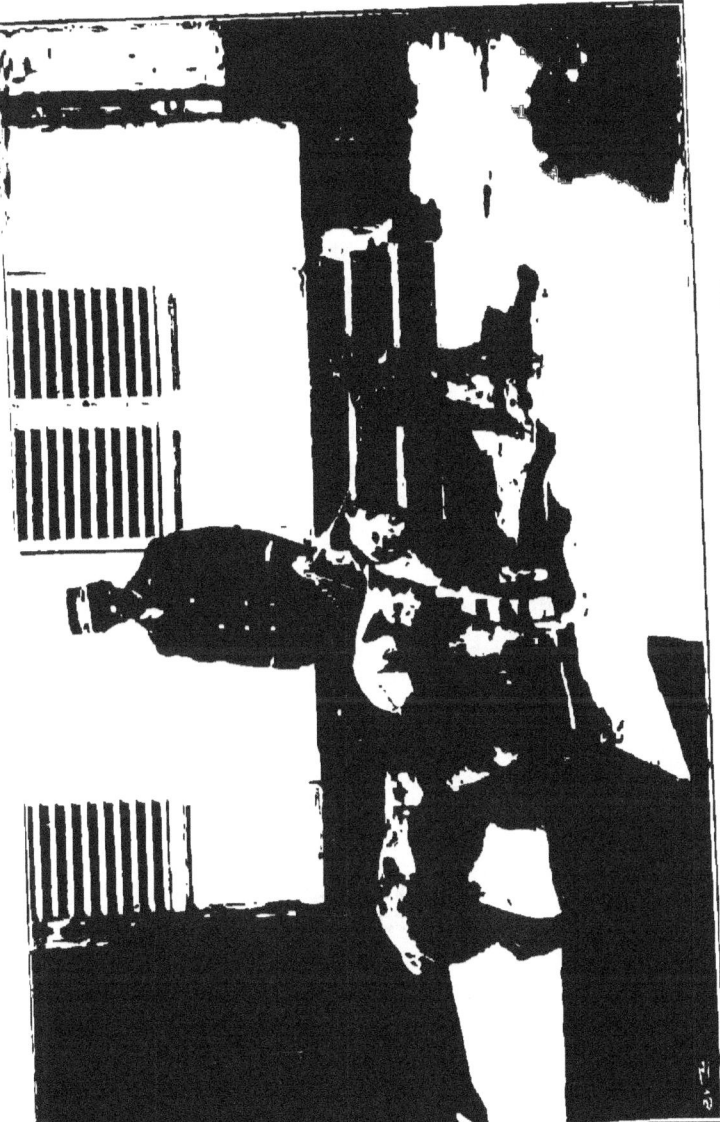

Der Dresseur mit seinen Zöglingen. Nach einer Photographie von R. Liebre.

mehr gebraucht, wenigstens nicht in den modernen Kultur-
staaten, aber trotzdem ist im Heere der „Kriegshund" zu
neuem Ansehen gekommen als Helfer beim Vorpostendienst
und Patrouillengang, als Ueberbringer von Botschaften,
als Zuträger von Munition in die vorderste Feuerlinie;
endlich wird der „Sanitätshund" benutzt zur Aufsuchung
von Verwundeten auf dem Schlachtfelde.

Aber damit ist die amtliche Verwendung des Hundes
nicht erschöpft. Das Beispiel der Stadt Gent in Belgien
zeigt, daß der Hund auch im Zivildienst seinen Posten
mit Ehren und Vorteil auszufüllen vermag. Während
er in unseren Großstädten bisher als bloßes Luxustier
mehr und mehr an Achtung und Ansehen verlor, ja wohl
gar als Uebel empfunden wurde, hat der Vorgang von
Gent gezeigt, daß seine soziale Bedeutung auch für die
moderne Großstadt noch besteht, und er als „Polizei-
beamter" die ersprießlichsten Dienste zu leisten vermag.
Mit dieser modernsten Verwendung des Hundes wollen
wir uns im folgenden etwas näher beschäftigen. Die
Thatsache ist jedenfalls für die Kulturgeschichte der Gegenwart in höchstem Grade interessant und in gewisser Hinsicht kennzeichnend.

Gent ist mit rund 170,000 Einwohnern eine der bedeutendsten Städte Belgiens. Der lebhafte Verkehr bringt
zahlreiches Gesindel aller Nationalitäten in das Stadt-
gebiet, und da dieses von vielen Kanälen durchzogen ist,
rings um den Stadtkern außerdem zahlreiche Landhäuser
inmitten weiter Gartenflächen liegen, so hatte die Polizei
eine harte, nicht immer erfolgreiche Arbeit zu bewältigen.
Die Diebstähle in den Gärten und Landhäusern nahmen
so überhand, und die Aufspürung und Verfolgung der
Stromer und Spitzbuben war so schwierig, da sie in den
Gärten stets vorzüglichen Unterschlupf fanden, daß endlich der dortige Polizeichef van Wesemail auf den Ge-

banken verfiel, zur Unterstützung seiner Leute eine Anzahl Hunde auszubilden. Dieser Gedanke war äußerst glücklich. Die Polizeihunde erwiesen sich als so geschickt und erfolgreich, daß seitdem angeblich die Zahl der Diebstähle nahezu auf ein Drittel der früheren Höhe gesunken ist.

Dressur auf den Mann.
Nach einer Photographie von M. Lefebvre.

Die Erziehung und Abrichtung des Genter Polizeihundes für seinen Beruf geschieht mit größter Sorgfalt und ist durch geeignete Vorschriften bis ins kleinste geregelt. Prügel sind ganz ausgeschlossen, nur Geduld und gütliche Mittel werden in Anwendung gebracht. Ein Hund, dessen Erziehung auf diese Weise nicht gelingt, hat nicht Intelligenz genug für die ihm gestellte Aufgabe und wird aus dem Dienste in den Zivilstand entlassen. Dort mag er sich fortan als gewöhnlicher Schäferhund oder Hofhund sein Brot verdienen. Eine höhere Carriere ist ihm verschlossen.

Es gehört viel Geschick und Eignung dazu, einen Polizeihund richtig abzurichten. Er muß lernen, Stromer, Vagabunden, Verbrecher aufzuspüren, zu stellen, nieder= zuwerfen, festzuhalten, aber ohne sie ernstlich zu verletzen. Die Abrichtung auf den Mann wird damit begonnen, daß man den Hund an einer lebensgroßen Puppe, die einen Stromer darstellt, Uebungen machen läßt. Zuerst bringt man die Puppe in die Stellung eines Mannes, der versucht, sich zu verbergen oder zu verkriechen. Der Hund begreift bald, daß das ein Feind ist, auf den er Jagd machen soll, und folgt der Weisung mit Eifer; schwieriger ist es aber schon, ihm beizubringen, daß er nicht beißen darf, noch schwieriger, ihn zu lehren, einen Fliehen= den einfach durch Anspringen niederzuwerfen und den am Boden Liegenden festzuhalten. Und das muß er unter allen Umständen lernen, wenn er brauchbar sein soll.

Ist die Vordressur an der Puppe vollendet, so be= ginnen die Uebungen am lebenden Modell. Als solches dient anfangs der Abrichter des Hundes, für den letzterer naturgemäß die meiste Liebe und Anhänglichkeit hat. Trotzdem legt man dem hündischen Polizeianwärter zuerst einen Maulkorb an, damit er nicht etwa durch Bezeigung gar zu großen Diensteifers Unheil anrichte. Später kann man mit ihm die Uebungen ohne Maulkorb vornehmen und auch andere Polizisten als Versuchsobjekt verwenden. In etwa vier Monaten ist die Ausbildung eines intelli= genten Polizeihundanwärters so weit vollendet, daß er als neues, vollgültiges Mitglied in das Hundecorps ein= gestellt werden kann. Zu seinen Fertigkeiten müssen außer den oben erwähnten auch noch folgende gehören: er muß gut und willig ins Wasser gehen, dort einen Flüchtling packen, erforderlichen Falls ihn vom Ertrinken retten können;

Genter Polizist mit seinem vierbeinigen Kameraden.
Nach einer Photographie von M. Lefebvre.

er muß an senkrechten Mauern ein beträchtliches Stück emporlaufen und sie überspringen können. Das erstere ist wegen der zahlreichen Kanäle, das letztere wegen der Gartenmauern nötig.

Ist nunmehr der vierbeinige Anwärter zum amtlich angestellten Polizeihund befördert worden, so hat er fortan seine vorgeschriebene Dienstpflicht redlich und gewissenhaft auszuüben, dafür aber auch seine bestimmten „Kompetenzen". Ihm gebührt ein gesonderter Raum in dem gemeinsamen Stall der Polizeihunde, ein Verschlag mit vergitterter Thür, über der oben sein Name steht, dazu gehörige Uniformierung und gute Verpflegung. Die Uniform besteht aus einem starken Lederhalsband mit Stahlring, der überdies mit scharfen Spitzen besetzt ist, damit die Verächter von Gesetz und Ordnung den vierbeinigen Polizisten nicht etwa am Halsband packen können. Vorn am Halsband hängt eine Metallmarke, auf der des Hundes Name und Zugehörigkeit, sowie das Geburtsjahr eingraviert ist. Dies ist eine gebotene Vorsicht in Bezug auf etwaige Desertionen. Bei schlechtem Wetter trägt er außerdem einen wasserdichten Ueberzieher, zu allen Zeiten aber muß er sich im Dienst einen Maulkorb aus feinem Drahtgeflecht gefallen lassen, der ihn verhindert, zu fressen, ihm aber gestattet, nach Belieben zu saufen. Diese Maßregel ist durchaus nötig, damit ein pflichtvergessener Polizeihund nicht etwa der Versuchung erliege, eine vergiftete Wurst zu fressen, die ihm eine ruchlose Hand reicht. Der Maulkorb ist durch ein elastisches Band so am Kopfe befestigt, daß er im Augenblick mit einem Griffe abgenommen werden kann. Leider muß auch die für das Selbstbewußtsein des Polizeihundes gewiß kränkende Thatsache konstatiert werden, daß er im allgemeinen von seinen zweibeinigen männlichen Kameraden an einer Kette geführt und nur je nach Bedarf losgelassen und in die Gärten und Felder geschickt wird.

Seine Kompetenzen bestehen außer der oben erwähnten

Wohnung und Uniform in einer guten und reichlichen, aus Suppe, Fleisch, Reis und echtem Kneippschen Gesund= heitsbrot zusammengesetzten Nahrung, sowie aus der Er= laubnis, den ganzen Tag von sechs Uhr morgens bis abends zehn Uhr im Garten des Polizeiamtes faulenzen, schlafen

Das Quartier der Polizeihunde.
Nach einer Photographie von M. Lefebvre.

ober seiner Kurzweil nachgehen zu dürfen. Eine beson= bere Wärterin ist zu seiner Pflege bestellt, und der städtische Tierarzt sorgt für die Erhaltung seiner Gesundheit. Die Wärterin hilft ihm auch bei der Toilette, wenn die Stunde des Dienstes schlägt. Jeder der sechzehn, der Rasse der Schäferhunde angehörigen Polizeihunde von Gent hat einen besonderen Haken in einem Verschlag an der Rückwand des Quartiers; dort hängen seine Uniform und seine Aus=

rüftungsftüde. In diefer „Montierungskammer" findet
durch die Wärterin die tägliche Einkleidung ftatt.

Um zehn Uhr abends beginnt der Dienft. Die Polizei=

Die Wärterin der Polizei-
hunde in der
„Montierungskammer".
Nach einer Photographie von
M. Lefebvre.

hunde kennen die
Zeit ganz genau,
und fobald der alte
Glodenturm aus=
gefchlagen hat, erheben fie fämtlich ein ohrenzerreißen=
des Freudengeheul und. =gebell, das ihrem Pflichteifer
die höchfte Ehre macht. In der Thaat verfehen fie ihren
Dienft mit wahrer Begeifterung, und man macht bei

Fertig zum Dienst.
Nach einer Photographie von M. Lefebvre.

ihnen dieselbe Erfahrung wie bei den Jagdhunden, welche auch wahre Lust und Liebe zu dem erlernten Berufe bekunden, oft in viel höherem Grade als ihre Herren.

Jeder Hund hat seinen besonderen menschlichen Name-

raben im städtischen Polizeicorps, mit dem vereint er seinen
Dienst versieht. Zuerst wird ein Erkundungsgang rund
um die Stadtgrenze gemacht, um festzustellen, daß in den
Landhäusern alles in Ordnung ist. Dann läßt man die
Hunde von der Kette, und sie müssen nun rechts und
links von den Wegen die Gärten absuchen. Keine Ecke,
kein verborgener Winkel, kein Gebüsch entgeht ihrem
Spürsinn. Anständige Leute lassen sie unbehelligt, während sie mit dem angeborenen Haß der Hunde gegen
Landstreicher und Vagabunden diese sofort erkennen. Selten
passiert ihnen in dieser Hinsicht ein Irrtum. Bei der geringsten Spur von etwas Verdächtigem rufen sie durch
lautes Gebell sofort ihren menschlichen Kameraden herbei.
Der Dienst währt bis sechs Uhr morgens, ohne daß die
Hunde je Müdigkeit oder Lässigkeit verrieten. Auch bekunden sie nie Neigung, sich für die Strapazen des Dienstes
durch etwas anderes als Wasser zu stärken, was man von
ihren zweibeinigen Kameraden bekanntlich nicht immer
behaupten kann — kurz, alles in allem sind sie das Ideal
eines Polizisten.

Die Hilfe, welche die klugen Tiere der Genter Polizei
leisten, ist so beträchtlich, daß bereits eine Vermehrung
der Polizeihunde beschlossen wurde, denn die Kosten, die
sie verursachen, stehen mit dem Nutzen in gar keinem Ver-
hältnis. Für ihren Unterhalt giebt die Stadt jährlich im
ganzen nur 1500 Franken aus, während der durch Ver-
hinderung von Diebstählen verhütete Verlust ja allerdings
schwer zu berechnen ist, aber vielleicht das Hundertfache
beträgt.

Es nimmt daher wunder, daß die Polizei anderer
Großstädte, vor allem der immer riesenhafter anwachsen-
den Hauptstädte, auf Grund der in Gent gemachten Erfahrungen nicht schon ebenfalls Polizeihunde angeschafft
hat. Die von Zeit zu Zeit vorgenommenen Razzias in

ben öffentlichen Anlagen und Parks könnten mit viel ge-
ringerem Aufwand an Mannschaften und mit viel größerem
Erfolg ausgeführt werden, wenn man gut abgerichtete
Hunde dabei verwendete. Der Hund ist ein geborener
Polizist, er hat das von Anbeginn der Geschichte bewiesen, und wenn er jetzt auch amtlich als solcher aner-
kannt und angestellt wird, so zeigt dies nur, daß auch die
höchste Zivilisation den ältesten aus der Urzeit stammen-
den Freund des Menschen nicht entbehren kann zur Auf-
rechterhaltung von Ordnung und Gesetz.

Fritz Reuters Heimat.

Biographische Skizze von Ernst Montanus.

Mit 7 Illustrationen.   (Nachdruck verboten.)

In der mecklenburgischen Stadt Neubrandenburg, wo
Reuter eine Reihe von Jahren hindurch gewohnt, hat
man dem hervorragendsten und erfolgreichsten plattdeutschen
Dichter neuerer Zeit ein würdiges Denkmal errichtet.
Das schöne Fritz Reuter-Denkmal des Berliner
Bildhauers Albert Wolff zeigt die überlebensgroße Figur
des berühmten Humoristen in sitzender Stellung. Er scheint
über eines jener „Läuschen un Rimels" nachzusinnen,
deren köstlicher und naiver Humor diesem berühmten Sohne
Mecklenburgs so viele Herzen gewonnen hat.

Goethes Mahnung:

> „Wer den Dichter will verstehen,
> Muß in Dichters Lande gehen,"

sollte man ganz besonders den Dialektdichtern gegenüber
nicht außer acht lassen, und seitdem Fritz Reuter seine
weit über die Grenzen des niederdeutschen Sprachgebiets
hinausreichende Popularität erlangt hat, sind auch schon
zahlreiche Verehrer des Dichters aus dem Norden und
Süden nach Mecklenburg gekommen, um den Poeten in
seiner Heimat verstehen zu lernen und die Vorbilder seiner

Das Fritz Reuter-Denkmal in Neubrandenburg.
(Nach einer Photographie von Heinrich Weblow daselbst.)

urwüchsigen Gestalten aufzusuchen. Da jedoch nicht jedermann Zeit und Gelegenheit zu einer solchen Reise hat,
so laden wir den geneigten Leser ein, sich im Geiste von
uns nach dem stillen mecklenburgischen Landstädtchen
Stavenhagen, wo des Dichters Wiege stand, führen zu
lassen.

Von der Reichshauptstadt braust der Zug der Nordbahn zunächst durch eine echte brandenburgische Ebene mit
Kieferheiden und Wiesen dahin. Station Dannenwalde,
und wir sind in Mecklenburg, wo die Landschaft alsbald
einen anderen Charakter annimmt, indem dunkler Nadel-
wald mit hellerem Laubwuchse wechselt; die Wiesen werden üppiger, der Boden welliger, und während der ganzen
Fahrt durch das „Strelitzer Ländchen" erfreuen liebliche
Bilder das Auge des Reisenden.

Auf Alt- und Neustrelitz folgt Stargard mit seinem
ragenden Burgturme auf walbiger Höhe, dann grüßt uns
der silbernschimmernde langgestreckte Tollenser See, an dessen
Nordende Neubrandenburg liegt, das „Nien-Bramberg"
unseres Dichters. Es ist Knotenpunkt für die weiter nach
Stralsund gehende Berliner Nordbahn und die mecklen-
burgische Friedrich Franz-Bahn, die uns jetzt nach Nord-
westen zu, in das eigentliche „Reuter-Land" hineinträgt.

Als Scenerie rechts und links wiederum frische Laub-
walbungen, ausgedehnte Weiden mit Viehherden und
Koppeln edler Füllen, dann wieder Torf- und Moorkulturen
und dazwischen friedliche Ortschaften, von denen die eine
für den Fremden so ziemlich ausschaut wie die andere.
Jetzt kommt ein Städtchen inmitten wohlbestellter Felder,
von einem Schlosse überragt, das sich zwischen alten
Kastanienbäumen erhebt, und der Ruf des Schaffners:
„Stavenhagen" läßt uns keinen Zweifel darüber, daß wir
unser Ziel erreicht haben.

Den kurzen Weg von der Station zur Stadt legen

wir zu Fuß zurück. Freundliche reinliche Häuschen zwischen bunten Gärten, ein industriellen Zwecken dienendes großes Gebäude, Felder, ein mit gelben Seerosen bedeckter Teich — das sind die Eindrücke, die wir gewinnen, bis städtische Gebäude, Kaufläden und hübsche Anlagen vor uns auf=

Stavenhagen.

tauchen. Wir überschreiten den Fritz Reuter=Platz, sehen uns die Kirche an, einen schlichten Kreuzbau des 18. Jahr= hunderts, und wandern weiter durch die mit trefflichen und sorgsam reingehaltenen Bürgersteigen versehenen Straßen. Unter ihren Häusern fehlen die stolzen Giebel= bauten altdeutschen Bürgertums, die in den ehemaligen mecklenburgischen Hansestädten Wismar und Rostock so

anziehend wirken. Doch hat auch in diesem bescheidenen
Städtchen in der Periode des Barockstils die Holzschnitzerei
geblüht, wie uns das eine oder andere alte Haus erkennen
läßt. An der einen Ecke des Marktplatzes stehen die Apo=
theke und das Haus Herse als Zeugen längst vergangener
Tage zusammen. Es sind anspruchslose Bürgerhäuser,
denen aber das kecke, blendendweiß gestrichene Ornament
über den Thüren einen überaus anheimelnden Charakter
verleiht.

Doch wir gönnen ihnen keine längere Aufmerksamkeit,
denn unsere Blicke richten sich quer über den Marktplatz
auf das Rathaus, Reuters Geburtsstätte. Der stattliche,
aber schmucklose Bau trägt inmitten der Stirnseite eine
Attika mit einem niederen Bogen. Auf der linken Seite
ist zwischen den beiden, der Ecke zunächst liegenden Fenstern
des Erdgeschosses eine Marmortafel eingelassen, die fol=
gende Inschrift in goldenen Buchstaben aufweist:

„Der Dichter Fritz Reuter wurde am 7. November 1810
in diesem Hause geboren. Nach Beschluß von Rat und
Bürgerschaft am Geburtszimmer angebracht 1873.“

Fritz Reuters Vater war bekanntlich Bürgermeister
von Stavenhagen; jetzt gehört sein Geburtszimmer zur
Wohnung des Stadtsekretärs, in die wir nach freundlich
gewährter Erlaubnis einen Blick zu werfen uns nicht ent=
halten können. Die Räume sind noch dieselben wie dazu=
mal, aber irgend welche unmittelbare Erinnerungen an den
Dichter und seine Familie befinden sich nicht darin. Vorn,
nach dem Markte zu, liegen zwei hohe luftige Wohnzimmer
mit tiefen Fensternischen, in denen sogenannte „Auftritte“
angebracht sind — Erhöhungen von nur einer Stufe, die
Schubläden in sich bergen. Daran stoßen, der rechten,
einem Gäßchen zugekehrten Flanke des Gebäudes ent=
sprechend, zwei gleich hohe Schlafzimmer und nach dem
Hofe zu, mit einer ins Freie führenden Thür, ein schönes

Eßzimmer. Die Küche liegt jenſeits des Flures. Das iſt alles. Aus Reuters Kinderzeit ſtammen nur noch die mächtig ſtarken Mauern, die im Sommer ebenſo der Hitze wehren, wie im Winter behagliche Wärme feſthalten, und jene für Kinder ſo anziehenden „Tritte" unter den

Altes Haus in Stavenhagen.

Fenſtern mit blitzenden Meſſingbeſchlägen, ſowie endlich die Wirtſchaftsbauten im Hofe mit nicht mehr ſenkrechten Wänden und Dachfirſten, die in Schlangenlinien aus= laufen.

Um Stavenhagens Sehenswürdigkeiten gleich hinter= einander zu beſichtigen, verfolgen wir die neben dem Rat= hauſe vorbeiführende und dann hochanſteigende Gaſſe zur ehemaligen Burg, dem Schloſſe und nunmehrigen Amte Stavenhagen. Der Burgberg iſt in uralter Zeit inmitten

der sumpfigen Niederung künstlich aufgehäuft worden;
um seinen Fuß zog sich ein tiefer Graben, der längst aus-
getrocknet und in prächtige Gärten verwandelt ist.   Wir
überschreiten ihn auf einer breiten Steinbrücke und gelangen im Schatten der Kastanien in den Schloßhof.   Das
zu unserer Linken gelegene Schloß ist ein schlichter, zwei-
geschossiger Palastbau des vorigen Jahrhunderts, dem nur
der große „Ehrenhof" und die beiden hervorspringenden
Pavillons an den Ecken ein gewisses Ansehen verleihen.
In die Ecke zwischen dem „Corps de Logis" und dem
linken Pavillon ist ein Treppenturm eingebaut, der das
Schloß arg verunstaltet.   Ueber dem Eingange steht: „Groß-
herzogliches Amt und Amtsgericht".

    Nun können wir nach gewissenhaft erfüllter Besichti-
gungspflicht wieder in das Städtchen hinabsteigen, um
uns bei „Kutzbach", einem vornehmen Gasthause alten
Stiles, wo auch „Fritz" einst manchen Tropfen getrunken
hat, zu stärken und der Jugendschicksale unseres Dichters
anteilnehmend zu gedenken.

    Fritz Reuters Vater, der Stavenhagener Bürger-
meister, war der Sohn eines Predigers und hatte die
Rechte studiert, seine Mutter eine Bürgermeisterstochter.
Er ist also einer Beamtenfamilie entsprossen, die allerdings nicht über, sondern in und mit dem Volke lebte.
Vater Reuter, ein tüchtiger, streng rechtlicher Justiz- und
Verwaltungsbeamter, der die Bedürfnisse des Volkes genau
kannte, trieb selbst Landwirtschaft, rief mancherlei ge-
werbliche Anlagen ins Leben und ging mit seinen Bürgern
und Bauern Hand in Hand.   Der alte Herr wurde im
Jahre 1845 aus dem Leben abgerufen, geraume Zeit bevor sein Fritz, für dessen Zukunft der wackere Mann nicht
viel Hoffnung mehr hatte, es zu etwas gebracht hatte.

    Der Knabe war zunächst im Elternhause heran-
gewachsen; sein erster Unterricht war ziemlich planlos und

ungeregelt. Bei allen, bie ihn kannten, war Fritz wegen
seines frischen, heiteren Wesens überaus beliebt; seine
Mutter liebte ihn zärtlich, ber Vater nicht minber, wenn
er sich auch genötigt sah, ihn wegen seiner geringen Lern=
lust unb mangelnben Ausbauer hin unb wieber gehörig

Das Haus Herse am Markt.

ins Gebet zu nehmen. Vom vierzehnten Jahre an be=
suchte er erst bas Gymnasium zu Frieblanb unb bann bas
in Parchim, kam aber nur langsam unb nicht ohne
äußeren Zwang vorwärts. 1831 bestanb er inbessen boch
glücklich bas Maturitätsexamen unb bezog bann bie
Rostocker Hochschule, wo er nach bem Willen bes Vaters

Jura studieren sollte. Fritz brachte jedoch wenig Neigung
für die Juristerei mit, sondern gab sich mit Vorliebe dem
fröhlichen Treiben seiner Verbindung hin. Später ging
er nach Jena, wo er wiederum die Jurisprudenz nur
lässig, um so eifriger dagegen Mathematik und Zeichnen
betrieb und sich außerdem an den burschenschaftlichen Bestrebungen mit jugendlicher Begeisterung beteiligte.

Die französische Julirevolution von 1830 hatte auch
in den unter dem entnervenden Druck der Reaktion stehen=
den deutschen Landen die Geister mächtig erregt. Die
Regierungen witterten überall „demagogische Umtriebe“,
wie man die noch höchst unklaren nationalen und frei=
heitlichen Bestrebungen namentlich der studierenden Jugend
nannte. Die Dunkelmänner legten den für das Deutsch=
tum schwärmenden jungen Leuten hochverräterische Be=
strebungen unter, und dieser Verdacht hatte die gerichtliche
Verfolgung und Einkerkerung von mehreren der vermeint=
lichen Hauptsträbelsführer zur Folge.

Zu diesen hatte Fritz Reuter in gar keiner Weise gehört, trotzdem ward er 1833 auf der Heimreise in Berlin
verhaftet und ungeachtet der von Mecklenburg aus er=
gangenen Reklamation ein Jahr lang in Untersuchungs=
haft behalten. Der vollkommen unschuldige junge Mann,
dem weiter nichts zur Last gelegt werden konnte, als daß
er Mitglied der Jenenser „Germania“ gewesen und „am
hellen lichten Tage in den deutschen Farben umhergegangen
war“, wurde zum Tode verurteilt, vom König Friedrich
Wilhelm III. aber zu breißigjähriger Festungsstrafe begnadigt. Nach vierjähriger Haft in mehreren preußischen
Festungen, deren Qualen er später so ergreifend in „Ut
mine Festungstib“ geschildert hat, wurde er erst auf persönliches Drängen des Großherzogs von Mecklenburg an
die heimatliche Regierung ausgeliefert. Es wurde jedoch
die Bedingung dabei gestellt, daß er auch in Mecklenburg

in Haft bleiben folle und nur von Friedrich Wilhelm III.
begnadigt werden dürfe. 1838 nach Mecklenburg ausgeliefert, internierte man das unglückliche Opfer der
Demagogenriecherei in Dömitz, bis er endlich 1840 infolge
der preußischen Amneftie feine Freiheit wiedererhielt.

Der Marktplatz.

Einen Schwächeren würde der fiebenjährige Druck zer-
malmt haben, dem genialen Reuter aber war genug von
feiner alten weltfreudigen und kerngefunden Natur erhalten geblieben, daß er fich nach zehnjähriger Sammlung
zu dichterifchem Schaffen erheben konnte, das ihn zu einem
Liebling feines Volkes gemacht hat. Leider aber hatte er

aus der traurigen Festungszeit ein unheilbares Nervenleiden davongetragen, das ihn von Zeit zu Zeit zwang, sich durch übermäßigen Genuß geistiger Getränke Linderung zu erkaufen. Seine Verkleinerer und Neider haben als Trunksucht und moralische Schwäche ausgelegt, was thatsächlich seine Krankheit war, die er vergebens durch Wasserkuren zu bekämpfen suchte. Sie hat mehr als alles andere an seinem Marke gezehrt und das Ende seines Lebens beschleunigt.

Zunächst machte er nach seiner Entlassung einen Versuch, das Studium der Jurisprudenz in Heidelberg wieder aufzunehmen, der indessen mißlang, weil er ihr noch weniger Geschmack abgewinnen konnte als früher. Nun wurde Reuter „Strom", wie man in Mecklenburg einen Pächter oder Oekonomen zu nennen pflegt. Der Vater hinterließ ihm bei seinem Tode 5000 Thaler, die Summe war aber natürlich nicht hinreichend, um eine selbständige Stellung als Landwirt zu gewinnen. Er führte nun von 1845 an fünf Jahre lang ein Wanderleben, bis er sich mit seiner geliebten Luise, der Tochter des Predigers Kuntze, verlobte und dann daran ging, sich um jeden Preis eine bürgerliche Stellung zu gründen.

Er ließ sich 1850 als Privatlehrer zu Treptow in Vorpommern nieder, wo er sich durch Erteilung von Unterricht „um zwei Groschen die Stunde" ein allerdings bescheidenes Auskommen erwarb und im folgenden Jahre sogar verheiraten konnte. In seinen Mußestunden schrieb er plattdeutsche Gedichte in mecklenburgisch-vorpommerischer Mundart nieder — allerlei Schnurren, die er von jeher unübertrefflich zu erzählen wußte. Schon Hoffmann von Fallersleben hatte ihm einmal, überrascht durch sein hervorragendes Erzählertalent, den Rat gegeben, solche Geschichten aufzuschreiben. Nun that er es, in der Hoffnung, durch ihre Veröffentlichung im Druck sich vielleicht

eine kleine Einnahmequelle zu eröffnen. Ein Freund schoß
ihm das Geld vor, um die erste Sammlung unter dem
Titel „Läuschen un Rimels" 1853 auf den Büchermarkt
zu bringen, und der Erfolg war ein so überraschend

Das Rathaus in Stavenhagen, Reuters Geburtshaus.

günstiger, daß Reuter den Entschluß faßte, sich fortan
ganz der Dialektdichtung zu widmen.

1856 siedelte er nach Neubrandenburg über, wo er bis
1863 wohnen blieb und seine besten Werke schuf. Dieser
Aufenthalt Reuters veranlaßt uns, der Stadt, die eine
denkwürdige und interessante Geschichte hat, auf der Rück-

reise ebenfalls einen kurzen Besuch abzustatten. Ein un=
vergleichlich reizvolles Landschaftsbild liegt vor dem Reisen=
den, wenn er die Stadt von dem etwa eine halbe Stunde
entfernten großherzoglichen Lustschloß Belvedere betrachtet,
das auf einer in den Tollenser See vorspringenden Wald=
anhöhe liegt. Die Stadt zeigt sich von einem Kranze
hoher alter Eichen umgeben, da ihre ganze Umwallung
mit etwa 700 dieser Bäume dicht bestanden ist. Die acht
Meter hohe Stadtmauer ist größtenteils aus Feldsteinen
aufgeführt, und zu den schönsten mittelalterlichen Bau=
werken in ganz Norddeutschland gehören die vier Stadt=
thore, von denen drei Doppelthore sind. Man hat sie
seit 1843 in ihrer ganzen altertümlichen Schönheit wieder=
hergestellt. Das schöne Reuter=Denkmal wurde bereits
im Eingange dieses Aufsatzes erwähnt.

Frei am Marktplatze liegt das großherzogliche Palais,
dessen ganze Ostseite einnehmend. Es hat nur zwei Stock=
werke und ist in ganz einfachem Stil erbaut. Die vielen
Blitzableiter auf dem Dache erinnern noch heute an die
Gewitterfurcht des durch Reuters „Dörchläuchting" be=
kannten, gemütlichen und originellen Herzogs Adolf Fried=
rich. Bei einem aufziehenden Unwetter mußte jedesmal
der Konrektor Bobinus im Schlosse erscheinen, um als
Naturkundiger den ängstlichen Herrn zu beruhigen, wofür
er immer reichlich beschenkt wurde. Frauenzimmer duldete
„Dörchläuchting" nicht um sich, ebenso wie seine noch ori=
ginellere „Christel=Schwester", Prinzessin Christel, die in
dem unweit dem Palais gelegenen Eckhause Nr. 326 wohnte,
keine Mannsleute um sich haben mochte. Fritz Reuter läßt
den Konrektor Aepinus (Bobinus) über sie äußern: „'t
is doch en markwürdig Frugenstimmer, geiht in ehre Stuv
in 'ne bucklebberen (ziegenlederne) Hos', in Kanonen
(hohe Stiefel) un 'ne korte Husorenjack, rökt 'ne korte
Piep und drinkt Portwein dortau, und dorbi les't sei

ben Cicero unb, wat noch miḩr is, verſteiḩt ok, wat
ſei leſ't." —

Auf bie erſte Sammlung ber „Läuſchen un Rimels"
folgten bie poetiſchen Erzählungen „De Reiſ' nah Belligen",

Das Schloss in Stavenhagen.

eine neue Folge ber „Läuſchen un Rimels", „Kein Hüſung"
unb „Schurr Murr", burch bie man in ganz Deutſchlanb
auf bie in ber plattbeutſchen Sprache wohnenbe Fülle bes
köſtlichſten Humors unb ihre echten Naturlaute für ben
Ausbruck tiefen Geſühls, woburch ſie in ber rechten Hanb

ein äußerst wirksames Mittel für volkstümliche Genre-
barstellung wird, aufmerksam wurde. Sein Bestes und
Höchstes gab der Dichter in der poetischen Erzählung
„Hanne Nüte" und in den unter dem Gesamttitel „Olle
Kamellen" vereinigten Prosaerzählungen. Namentlich der
in letzterer Sammlung enthaltene größere Roman „Ut
mine Stromtid" mit der unsterblichen Figur des „Onkel
Bräsig" gehört zu den eigenartigsten und dichterisch wert-
vollsten Hervorbringungen des neueren deutschen Schrift-
tums.

Von Neubrandenburg zog Fritz Reuter nach Eisenach,
wo er sich am Fuße der Wartburg in herrlicher Umgebung
ein Landhaus erbaute, das er 1864 mit seiner „Luising" bezog. Von dort unternahm er mehrere größere Reisen,
aber außer der ziemlich schwachen „Reis' nach Konstan-
tinopel" ist in seinem „Sorgenfrei" nichts mehr entstanden. Seit 1868 siechte er, von seiner treuen Gattin auf-
opfernd gepflegt, langsam hin, bis ihm am Sonntag den
12. Juli 1874 der Tod die müden Augen schloß. Seine
Witwe starb 1894; sie vermachte seine Eisenacher Villa,
in der seitdem ein Reuter-Museum eröffnet wurde, der
Schiller-Stiftung, die sie der Stadt Eisenach käuflich über-
lassen hat.

Grossstadt-Spezialitäten.

Skizze aus dem sozialen Leben der Gegenwart.

Von A. Oskar Klaussmann.

(Nachdruck verboten.)

In dem vornehmen Restaurant, das mit allem nur denk=
baren Luxus ausgestattet ist, sitzen in der elften Abend=
stunde an den einzelnen Tischen verschiedene größere und
kleinere Gesellschaften von Herren und Damen. Die Theater
sind soeben aus, und das elegante Publikum strömt in
die feinen Lokale, um noch etwas zu sich zu nehmen. Ge=
räuschlos eilen die Kellner hin und her, das eigentümliche
Schwirren, durch viele gedämpfte Stimmen entstehend,
erfüllt die Luft, Gläser klingen und Tischgeräte klirren.
Da erscheint an der Thür des ersten der Restaurationssäle
eine auffällige Frauengestalt, jung, schön, stattlich und in
die Vierländer Tracht gekleidet.

Die Vierlande sind ein zur Stadt Hamburg gehöriges,
vor ihren Thoren liegendes Gebiet, dessen von holländi=
schen Kolonisten abstammende Bewohner eine sehr ori=
ginelle Tracht haben, die man noch jetzt zuweilen in den
Straßen Hamburgs an den Vierländer Bäuerinnen sehen
kann.

Unsere Vierländerin aber ist keine Bäuerin. Sie trägt ein elegantes Blumenkörbchen in der Hand und bietet Blumen zum Verkauf in bescheidener Weise an. Die Blumen sind frisch und schön, die Vierländerin läßt sich aber auch hohe Preise dafür zahlen. Die Herren an den verschiedenen Tischen beeilen sich, für die bei ihnen sitzenden Damen einzelne Blumen oder Sträußchen zu kaufen.

„Sie hätten nicht so viel Geld ausgeben sollen!" sagt an einem der Tische eine junge Dame zu einem Herrn, der ihr vier kostbare Rosen geschenkt hatte. Der Ton in der Stimme der jungen Dame klingt allerdings durchaus nicht vorwurfsvoll, und sie ist über die Aufmerksamkeit des Mannes, der sich schon seit einiger Zeit um ihre Hand bewirbt, augenscheinlich keineswegs erzürnt.

„Mein gnädiges Fräulein," entgegnet der Herr, „außer dem für mich so großen Vergnügen, Ihnen eine kleine Aufmerksamkeit erweisen zu dürfen, erfülle ich noch mit dem Ankauf der Blumen einen guten Zweck, ich steuere bei zum Lebensunterhalt einer verarmten Familie. Die Blumenverkäuferin ist eine junge Frau aus den gebildeten Ständen, die sich mit drei Kindern auf diese Weise ernährt. Sie hat einen Mann gegen den Willen ihrer Angehörigen geheiratet und Schiffbruch gelitten. Ihr Mann ist eines Tages mit Hinterlassung zahlreicher Schulden nach Amerika geflohen und hat die junge Frau mit drei Kindern hilflos zurückgelassen. Die junge Mutter hat sich in ihrer Verlassenheit diesen Erwerb erwählt."

„Aber das ist doch nicht denkbar!"

„Nun, ich habe zufällig nähere Kenntnis von dem Vorfall. Die Frau ist tagsüber eine sorgsame Mutter und fleißige Hausfrau, die ihre Wirtschaft und ihre Kinder in bester Ordnung hält. Wenn der Abend kommt, legt sie ihr Kostüm an und besucht die eleganten Lokale, um die Blumen, die ihr von einer Blumenhandlung zu

billigen Preisen geliefert werden, zu verkaufen und dabei
einen Verdienst zu machen, der es ihr ermöglicht, sich und
die Kinder zu ernähren. Wenn sie hier ihren Rundgang
beendet hat, geht sie draußen in die Garderobe, hüllt
sich in ihren Mantel und eilt nach dem nächsten Lokal,
um dort ihren Blumenhandel fortzusetzen. Sie besucht
nur die elegantesten Lokale und muß sich sehr beeilen,
denn bis gegen ein Uhr nachts muß sie fertig sein, da sich
dann die Lokale zu leeren anfangen."

„Welch eine Existenz für eine gebildete Frau!" sagte
ergriffen die junge Dame.

„Ja, das Leben in der Großstadt ist sehr schwer, der
Kampf ums Dasein grausam, und vielleicht am schwersten
für die alleinstehenden Frauen. Wenn Sie erst ständig
in unserer Stadt wohnen werden, wird Ihnen manch
originelle Beschäftigung von Frauen, die um ihre Existenz
kämpfen, aufstoßen. Da klingelt es zum Beispiel an der
Flurthür. Man öffnet und sieht eine elegant gekleidete
Dame draußen, deren Auftreten einen Besuch aus der
guten Gesellschaft erwarten läßt. Haben Sie die Dame
in den Salon eintreten lassen, da sie den Wunsch äußerte,
die Hausfrau zu sprechen, so entpuppt sie sich als Stadtreisende für Kartoffeln. Sie hat Kartoffelproben in
einem Täschchen bei sich und sucht Sie zum Ankauf von
guten Speisekartoffeln zu überreden, oder sie zieht einige
Fläschchen mit heller Flüssigkeit hervor und macht Ihnen
ein Angebot von Petroleum. Auch Agentinnen für den
Verkauf von Flaschenbier, von Nähmaschinen
treten in dieser eleganten Form auf, und meist hat man
das Gefühl, daß es der jüngeren oder älteren Dame, die
als „Besuch" im Salon sitzt, nicht an der Wiege gesungen
worden ist, daß sie einst auf solche Weise werde ihr Brot
verdienen müssen. Man kauft oft nur aus Mitleid, erweist sich aber die Ware als gut, so wird man ständiger

Kunde. Die Stadtreisende hat nur Prozente vom Verkauf bei der Firma, die sie vertritt, und muß vom frühen
Morgen bis zum späten Abend auf den Beinen sein, um
so viel zu verdienen, daß sie sich und wohl gar noch Angehörige ernähren kann. Manche schroffe Zurückweisung,
manche unliebenswürdige Behandlung muß sie mit in den
Kauf nehmen, wenn sie ihre „Tour" macht. Es ist kein
angenehmes Dasein, das können Sie sich denken."

„O, wie bedaure ich diese Armen!"

„Ja, das moderne Leben treibt wunderliche Blüten.
Gewisse großstädtische Geschäfte können thatsächlich nur
prosperieren, wenn sie solche Agentinnen benützen. Da will
ich Ihnen gleich Näheres von einem Geschäft erzählen, das
Sie besonders interessieren wird, indem es sich um Damen-
toiletten handelt. Die Damen der großen Gesellschaft
brauchen nicht nur gewöhnliche Toiletten für Haus, Straße
und Gesellschaft, sondern auch solche für große Festlich-
keiten und repräsentative Gelegenheiten, die nur wenige-
mal getragen werden können. Nun ist es in den Häusern
der vornehmen Damen üblich, solche Garderobenstücke dem
Kammermädchen oder der Garderobenfrau zu schenken.
Diese Geschenke bilden einen Teil des Lohnes, und die
Dienerinnen verkaufen die Kleider in besonderen Geschäften, die nun durch Agentinnen die Ware zu verwerten
suchen. Diese Agentinnen suchen die Damen der minder
begüterten Stände auf, die elegant aussehen und doch
nicht viel dafür aufwenden wollen. Besonders Schau-
spielerinnen sind in dieser Beziehung gute Kundinnen.
Die weiblichen Agenten besitzen große Redegewandtheit,
und keine Frau, kein Mädchen wird so leicht widerstehen,
wenn ihnen zum Beispiel ein Jäckchen aus wertvollem
Sammet zu billigem Preise angeboten wird. Und die
Agentin versteht ihr Geschäft, sie einigt sich mit der
Käuferin auch auf Abschlagszahlungen, für die sie aller-

bings dem Geschäft, das sie vertritt, haftet. Aber die
Firma hat durch diese Agentinnen einen außerordentlichen
Vorteil, denn sie würde nicht ein Drittel des Umsatzes
haben, wenn sie darauf warten sollte, daß die Kundinnen
zu ihr kämen. Wie diese Geschäfte machen es leider auch
kleinere Warenhäuser, die mit minderwertigen Sachen
handeln. Schmuck, Kleidung, Wäsche zur Ausstattung
bietet die Agentin von der Hintertreppe den Dienstmädchen
an, und es ist schändlich, wie teuer oft schlechte Waren
durch solche Agentinnen, die dann allerdings selbst nicht
besser sind als ihre Ware, an die Dienstmädchen und
Arbeiterfrauen verkauft werden."

„Ach, bitte, erzählen Sie mir lieber von anderem
Frauenerwerb, bei dem es sich nicht um Täuschung und
Betrug handelt."

„Mit Vergnügen. Unsere moderne Zeit bringt immer
neue Möglichkeiten für den Frauenerwerb in der Großstadt. Detektive kann nicht jede Frau werden, weil dazu
besondere Anlagen gehören, aber in letzter Zeit hat sich
die Zahl der weiblichen Reporter für die großstädtischen
Zeitungen ziemlich vermehrt. Diese Berichterstatterinnen
sind sehr fleißig, und gewisse Gebiete der Berichterstattung
eignen sich ganz besonders für Frauen. Einzelne dieser
reportierenden Frauen bringen es zu großen Einnahmen.
Eine weitere ganz neue Erwerbsquelle für Frauen ist das
Amt der F r e m d e n f ü h r e r i n. Die amerikanischen Damen machen ohne Herrenbegleitung in größeren Gruppen
Reisen durch die ganze Welt. Ihrem Beispiel sind auch
die Engländerinnen und Skandinavierinnen gefolgt, und
so treffen in der Reisezeit in den großstädtischen Gasthöfen
ganze Scharen von Damen ein, die auf eigene Faust
reisen und denen viel daran liegt, eine Führerin anstatt
eines Führers zu bekommen. So sind englisch sprechende,
gebildete Damen darauf verfallen, als Fremdenführerinnen

zu dienen. Eine solche ist für die Damen auch ein sehr wertvoller und angenehmer Begleiter, wenn es sich um Einkäufe handelt."

„Ja, da mögen Sie recht haben."

„Wer aber hätte noch vor wenigen Jahren geglaubt, daß Frauen auch als Grundstücksverkäuferinnen und Hypothekenmaklerinnen auftreten würden? Wir haben heute in der That Maklerinnen dieser Art, die sehr schöne Prozente verdienen. Es giebt viele alleinstehende, ältere und ängstliche Frauen, die Grundstücke besitzen, die verkauft werden sollen, es giebt viele solcher Frauen, die vermögend sind und ihr Geld auf Hypotheken ausleihen wollen. Solche Frauen nehmen gern einen weiblichen Vermittler, weil eben die Frau am liebsten wieder mit der Frau zu thun hat. Besonders weniger gebildete Frauen, wie es solche unter den vermögenden Matronen sehr häufig giebt, haben größere Neigung, mit Frauen Geschäfte zu machen als mit Männern. So fanden die „weiblichen Makler für Grundstücke und Hypotheken" sehr bald Auftraggeberinnen. Bei dieser Art von Geschäften handelt es sich auch sehr viel um das Zureden, und das verstehen die Frauen ja alle aus dem Grunde."

„Sie werden ironisch, mein Bester!"

„Ganz und gar nicht. Ich glaube vielmehr, daß eine kluge Frau dem Manne einen großen Gefallen erweist, wenn sie ihm gut zuredet, und daß ein verständiger Ehemann sehr oft gut thut, sich von seiner Frau zureden zu lassen. — Aber bleiben wir bei dem Frauenerwerb in der Großstadt, der nicht in den gewohnten Bahnen geht. Die zuletzt erwähnten seltenen Berufe können nur von Frauen ergriffen werden, die kinderlos sind oder doch schon Kinder haben, die nicht mehr beständig der Aufsicht, Abwartung und Pflege bedürfen. Es gehört auch noch eine gewisse Bildung und ein Vertrautsein mit den Gewohnheiten der

guten Gesellschaft zu der Ausübung oben erwähnter Berufe. Frauen, die nicht in solcher Weise sich ernähren
können, müssen zu anderen Mitteln greifen. Es wird Sie
interessieren, zu erfahren, daß ein so unbedeutendes Toi-
lettenstück für Herren, wie der Schlips, dazu dient, die
Not vieler Menschen zu lindern. In den großstädtischen
Seidenwaren-, noch mehr aber in den Konfektionsgeschäften
bleiben kleine Reste von Seide und Atlas übrig, die für
das Geschäft ganz wertlos sind. Diese Seidenreste schenken
die Geschäfte an arme Frauen, die auf häuslichen Erwerb angewiesen sind. Die Frauen verarbeiten die Seiden-
und Atlasreste zu Schlipsen und bringen diese in ein Restaurant, in dessen Saal täglich eine sogenannte Schlips-
börse stattfindet. Hier kaufen die Händler die Schlipse
auf und lassen sie durch Agenten, zu denen sie meist stel-
lungslose junge Kaufleute verwenden, verkaufen. Diese
Schlipshändler ziehen von Haus zu Haus, besuchen Werk-
stätten und Fabriken und finden guten Absatz, denn in der
Großstadt trägt selbst der gewöhnliche Arbeiter wenigstens
Sonntags einen Schlips. Schlimmsten Falls hausieren die
Agenten mit den Schlipsen in den Restaurants. Diese
Schlipse sind also das Erzeugnis der Abfallindustrie."

„Sie erwähnten der Männer bei dieser Art von Geschäft; es giebt also auch für Männer absonderliche Erwerbs-
zweige in der Großstadt?"

„Selbstverständlich! Da ist zum Beispiel der „gewerbsmäßige Zeuge", den Sie in mindestens zwei
Exemplaren auf jedem Berliner Standesamt finden. Diese
Zeugen sind Leute, die noch einen Frackanzug ihr eigen
nennen und sauber aussehen. Sie sind auch mit den
nötigen Legitimationen versehen. Dem Brautpaar, das
auf dem Standesamt getraut werden soll, passiert es sehr
oft, daß ein Zeuge, der geladen war, gar nicht kommt
oder so lange auf sich warten läßt, daß der Standes-

beamte bie Trauung nicht mehr aufschieben kann. Sehr
oft erscheinen aber auch Zeugen, bie nicht bie gehörige
Legitimation bei sich haben. Da ber Standesbeamte in
ber Großstadt bie Leute nicht persönlich kennt, muß er
auf guten unb gültigen Legitimationen bestehen. Ein
Zeuge ohne solche ist nicht verwendbar, unb so kommt
bas Brautpaar in bie peinlichste Verlegenheit. Da springt
ber gewerbsmäßige Standesamtszeuge ein, indem er sich
für bie Zahlung von brei Mark bazu hergiebt, ben Zeugen
bei ber Trauung zu machen. Ein sehr origineller Groß=
stadttyp ist ferner ber H u n b e f ü h r e r , bas heißt ber
Mann, ber gegen Bezahlung Hunde spazieren führt. Leider
halten sich auch bie Großstädter manchmal große Hunde.
Diese Tiere verkümmern, wenn ihnen nicht täglich bie
notwendige Bewegung im Freien zu teil wirb. Die Be=
sitzer ber Hunde sinb aber von ihren Berufsgeschäften meist
so in Anspruch genommen, baß sie ihre Hunde nicht
spazieren führen können; ba tritt ber Mann in Thätig=
keit, ber gegen Bezahlung mehrmals wöchentlich erscheint,
um ben Hund spazieren zu führen. Gewöhnlich nimmt
er zwei Hunde zum Spaziergang mit, unb wenn er ben
ganzen Tag unterwegs ist unb alle Tage ber Woche besetzt
hat, nährt er sich ganz gut von seinem seltsamen Gewerbe.
Auch ber S c h l a n g e n = unb K r ö t e n j ä g e r gedeiht nur
in Großstädten, wo sich viele Leute Terrarien unb Tier=
käfige halten, bie ihnen gewissermaßen einen Ersatz für
bas Naturleben bieten müssen."

„Nun hören Sie aber auf, Sie werden phantastisch!"

„Es ist alles buchstäblich wahr. Noch eine Spezialität
ber Großstadt ist ber h a u s i e r e n b e K ü n s t l e r. Er ist
Bildhauer, erscheint abends in Bierrestaurants unb er=
bietet sich hier gegen Zahlung von brei Mark, Porträt=
büsten aus rotem Thon anzufertigen. Er ernährt sich ba=
mit, ba bie kleinen, nur mehrere Centimeter hohen Büsten

doch einige Aehnlichkeit mit dem Kopfe der Person zeigen, die sich auf diese Weise hat verewigen lassen. Noch unter ihm steht der S e i f e n m a l e r, der sein Brot in den Kneip= lokalen untersten Ranges findet. Er führt ein Stück prä= parierter Seife mit sich, die so aussieht wie ein Stück Billardkreide. Mit der Seife malt er auf Spiegel und Fensterscheiben Porträts des Wirtes oder einzelner Gäste, malt Köpfe von berühmten Persönlichkeiten oder lachende Kindergesichter. Der Wirt spendiert dem Manne, der die Gäste unterhält, Bier und Zigarren, und die Gäste sammeln für den „Künstler" einige Nickel. Allerdings ist diese Seifenmalerei ein Gewerbe, das nahe an den Bettel streift, und damit will ich die Ihnen gebotene Uebersicht der neuesten in der Großstadt betriebenen Gewerbe schließen, denn die älteren Spezialitäten kennen Sie gewiß schon aus den Zeitungen."

„Man könnte sich vor der Großstadt fürchten," erklärte die junge Dame. Aber der Blick, den sie ihrem Gegen= über zuwirft, scheint darauf hinzudeuten, daß sie unter seiner Führung sich ganz sicher fühlen wird, wenn sie erst einmal seine Frau ist.

Mannigfaltiges.

Gefährliche Auszeichnung. — Kaiser Nikolaus I. von Ruß=
land (1825—1855) liebte es sehr, ohne weitere Begleitung auf
dem Newskiprospekt oder dem Englischen Quai in St. Petersburg
spazieren zu gehen. Der Herrscher ging, meistens in einen
grauen Militärmantel gehüllt, wie ein gewöhnlicher Spazier=
gänger, freundlich die ehrfurchtsvollen Grüße der Passanten er=
widernd, dahin. Nur war es strengstens verboten, den Zaren
anzusprechen oder ihn gar mit Bittschriften zu belästigen.

Eines Tages, als er wieder seinen gewöhnlichen Gang machte,
bemerkte er den französischen Schauspieler Vernet, der sehr bei
ihm in Gunst stand. Die Umstehenden freundlich grüßend, trat
der Kaiser an Vernet heran und sagte: „Ah, sieh da, mein
lieber Vernet, spielen Sie heute abend?"

„Jawohl, Majestät. Ich habe die Ehre, heute abend in „Das
Glas Wasser" aufzutreten."

„Das freut mich. Ich werde anwesend sein. Sie spielen
Ihre Rolle vorzüglich in dem Stück."

„Eure Majestät erweisen mir zu viel Ehre," erwiderte der
Schauspieler geschmeichelt.

Noch einige freundliche Worte, und der Kaiser setzte seinen
Weg fort.

Der Schauspieler hatte sich von seiner tiefen Abschiedsver=
beugung kaum wieder aufgerichtet, als ein bärtiger Herr, ihm
eine Hand auf die Schulter legend, halblaut zuflüsterte: „Sie
sind verhaftet, mein Herr. Sie haben den Kaiser angesprochen.
Folgen Sie mir!"

Erst überlegen lächelnd, dann aber ärgerlich machte der
Schauspieler geltend, daß der Kaiser ihn und nicht er den Kaiser
angeredet habe, und berief sich auf das Zeugnis der Umstehenden.
Aber die Menge, die ihn soeben noch neugierig, ob der hohen
Ehre, die ihm geworden, angestarrt hatte, war, sobald der Polizist
an ihn herangetreten, wie vom Winde auseinander gestoben.
Alles Beteuern, alles Reden und alle Drohungen halfen nichts,
der Beamte zuckte gleichmütig die Achseln, der arme Vernet
mußte mit zum Polizeirevier und wurde nach einem kurzen Verhör einfach eingesperrt. —

Es war am Abend, kurz vor Beginn der Aufführung, das
Theater war bis auf den letzten Platz gefüllt, als dem Direktor
gemeldet wurde, der Schauspieler Vernet sei noch nicht da. Man
habe schon einen Boten in seine Wohnung gesandt; aber dieser
sei mit der Meldung wiedergekehrt, Herr Vernet wäre am Morgen
ausgegangen und den ganzen Tag nicht wieder heimgekehrt.
Was war zu thun? Alle Boten, die der Direktor aussandte,
kamen ohne Vernet und ohne eine Nachricht von ihm zurück.
Er war nirgends gesehen worden. Wie besessen rannte der unglückliche Theaterdirektor herum. Ersatz für Vernet war nicht
vorhanden, die Ouverture war schon bis ins Unendliche aus-
gedehnt worden, und das Publikum begann unruhig zu werden.
Es blieb nichts anderes übrig, als ein anderes Stück aufzuführen,
so gut es eben ging. Kaum hatte man begonnen, als auch schon
der Kaiser erschien.

„Warum wird „Das Glas Wasser" nicht gespielt?" fragte er
den herbeigeholten Direktor streng.

„Majestät," erwiderte der Zitternde, der sich im Geiste
schon auf dem Wege nach Sibirien sah, „der Schauspieler
Vernet ist spurlos verschwunden; wir haben keinen Ersatz
für ihn, ich habe ihn schon überall suchen lassen, aber vergebens, und —"

„Vernet verschwunden! Unmöglich, ich habe ihn doch heute
früh noch selbst gesprochen," unterbrach ihn der Kaiser. Plötzlich
aber schien ihm etwas einzufallen; er lachte laut auf und sagte:
„Ich fürchte, ich bin selbst die Ursache, daß der arme Vernet
nicht anwesend ist. Ich sprach ihn heute morgen auf dem Newski-

prospekt an, und die Polizei hat ihn jedenfalls festgenommen. Lassen Sie sofort nachsehen und ihn hierher bringen." ·

Es dauerte keine Viertelstunde, als Vernet schon gebracht wurde.

„Ach, mein lieber Vernet," begrüßte ihn der Kaiser lachend, „ich bin ganz trostlos über das Unglück, das Ihnen durch meine Unbesonnenheit zugestoßen ist. Vergessen Sie es, mein Freund. Was kann ich thun, um Ihnen einigermaßen Ersatz für die ausgestandenen Leiden zu bieten?"

„Wenn Eure Majestät mir eine Gnade erweisen wollen," erwiderte der Schauspieler, „so möchte ich bitten, mich auf der Straße nicht wieder anzusprechen; denn die russischen Gefängnisse sind gar nicht nach meinem Geschmack."

Der Kaiser lachte, versprach's, und die Vorstellung konnte nun endlich beginnen.   W. Stelljes.

Unerreichbare Schätze. — Ein Schatz im Werte von vielen Millionen Mark liegt bereit für den, der im stande ist, ihn zu heben. Nicht sehr weit von dem Hafenort Alnmouth an der Küste von Northumberland in England befindet sich ein mächtiges Steinkohlenlager, das darauf wartet, ausgebeutet zu werden. Es hat nur den kleinen Nachteil, daß diese kostbare Kohlenmine von der Nordsee bedeckt ist. Die Kohle liegt zwar nur etwa 30 Fuß tief, wovon 18 Fuß Meerwasser sind, man kann aber nur an dieselbe herankommen, indem man entweder einen Schacht vom Lande aus gräbt oder einen Wall ins Meer hineinbaut. Beide sehr kostspielige Methoden hat man bereits versucht, aber beide schlugen fehl. Der letzte Versuch kostete den Unternehmern mehr als 8000 Pfund Sterling. Von Sachverständigen wird der Wert des Kohlenlagers auf mindestens 500,000 Pfund Sterling, also auf mehr als 10 Millionen Mark, geschätzt. Der einzige Ertrag ist zur Zeit die Kohle, die vom Meer bei den heftigen Stürmen, die hier häufig vorkommen, ans Ufer gewaschen wird. Allerdings manchmal zehn bis zwanzig Zentner an einem Tage.

Ein anderes, fast ebenso reiches Kohlenlager, aber auch ebenso eifersüchtig vom Meer gehütet, liegt an der Küste von Glanmorgan in Wales. Auch dieses hat man vergebens auszubeuten versucht. Das Meer spült hier jährlich für mehr als 2000 Mark

Kohlen ans Land. Beide Minen befinden sich allem Anscheine
nach außerhalb des Bereichs menschlicher Kräfte und werden es
wohl immer bleiben.

In der Grafschaft Cornwall, zwischen den Städten Bodmin
und Truro, liegt ein Silberschatz, dessen Wert von Sachverstän=
digen auf wenigstens 50 Millionen Pfund Sterling geschätzt
wird. Aber auch mit der Hebung dieses ungeheuren Schatzes
hapert es, trotzdem reicher Lohn denjenigen erwartet, der im
stande ist, ihn zu heben. Das Silbererz ist nämlich mit anderen
Erzen, besonders mit Bleierz, derart verbunden, daß die Kosten
des Läuterns des Silbers den Wert des Edelmetalls fast um
das Doppelte übersteigen. An einigen Orten wird zwar Silbererz
gefördert, aber die Gruben rentieren sich nicht. Vor kurzer Zeit
bot einer der bedeutendsten Grundbesitzer öffentlich demjenigen
die Hälfte seines Besitzes an, der ein Verfahren entdecken würde,
wodurch die Gruben ertragfähig gemacht werden könnten. Aber
es meldete sich niemand.

In der Grafschaft Cumberland befindet sich eine der reichsten
Graphitminen der ganzen Welt; aber sie kann nicht ausgebeutet
werden aus dem eigentümlichen Grunde, weil, wenn man Schächte
anlegen würde, das ganze Gebirge, in dem sich die Graphit=
massen befinden, zusammenstürzen, und ein großer Teil des um=
liegenden wertvollen Geländes zerstört werden würde. Einmal
wurde der Versuch gemacht, das wertvolle Graphit zu Tage zu
fördern, man brachte auch große Mengen herauf, aber eines
Tages stürzten die Stollen zusammen und begruben eine große An=
zahl Bergleute. Seitdem ist die Ausbeutung der Gruben verboten.
Ein Jahresgehalt von 20,000 Pfund Sterling (400,000 Mark)
harrt desjenigen, der Mittel und Wege entdeckt, diesen Schatz
zu heben.

In Südcornwall liegt die auf 800,000 Pfund Sterling ge=
schätzte Zinnmine „Berkeley". Das Erz aus diesem Bergwerke
könnte nun leicht gefördert, leicht geläutert und leicht an den
Markt gebracht werden, wenn nicht wiederum ein unüberwind=
lich scheinendes natürliches Hindernis die Ausbeute verböte. Das
Erz liegt tief in der Erde, und die sehr erzreichen, besonders
kupferhaltigen Schichten, die es bedecken, strömen äußerst giftige

Gase aus. Sobald nun ein Schacht angelegt wurde, strömten die töblichen Gase in den Schacht, und derselbe war und blieb unbefahrbar. An allen nur möglichen Stellen erneute man die Versuche, aber stets mit dem gleichen Ergebnis. Fast alle eng= lischen Gelehrten und Sachverständigen haben versucht ein Mittel zu entdecken, das Hindernis zu beseitigen, aber bisher ohne Erfolg.   W. St.

Neue Erfindungen. I. Operationsrahmen für Pferde. — Unter den verschiedenen Zweigen der Heilkunde hat es heut=

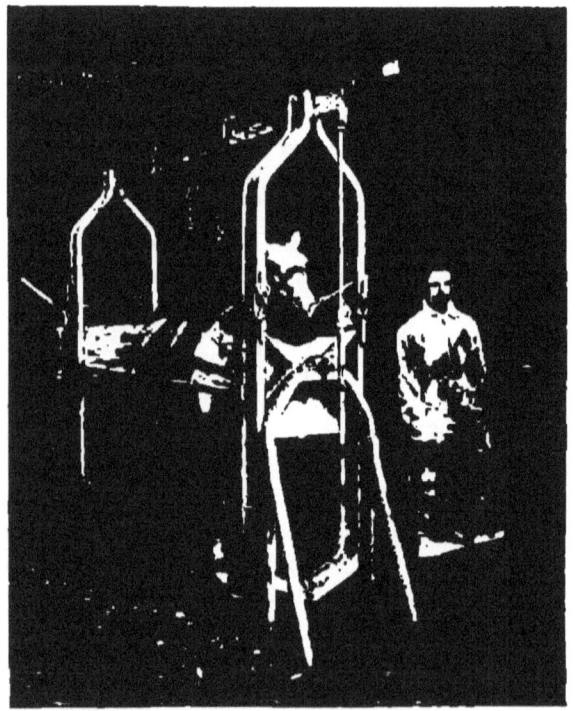

Befestigung des Pferdes im Operationsrahmen.

zutage die Wundbehandlung und Operationstechnik ohne Zweifel am weitesten gebracht und die größten Erfolge aufzuweisen. Dies erstreckt sich nicht nur auf die Behandlung von Menschen, sondern

auch auf die von Tieren, unter denen besonders das kostbare
Pferd sorgfältig gepflegt und ziemlich häufig eingreifenden Opera=
tionen unterworfen wird. Die größte Schwierigkeit besteht darin,

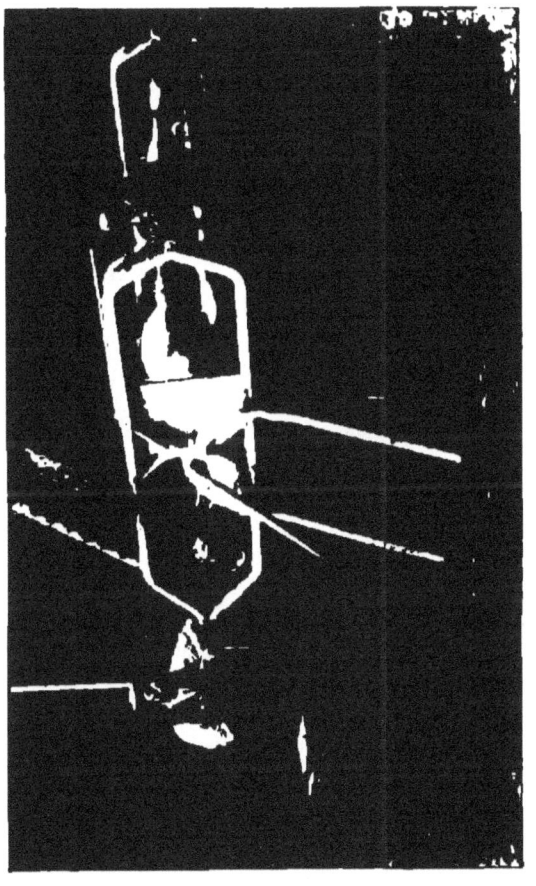

Während der Operation.

die Tiere so zu fesseln, daß durch ihr Sträuben und ihre Be=
wegungen weder der Arzt gefährdet, noch sein Eingreifen gestört
und dessen Erfolg vereitelt werde. Ein neuerdings von dem be=
rühmten Londoner Tierarzt T. A. Dollar erfundener Operations=
rahmen für Pferde leistet in dieser Hinsicht Vollkommenes und

dient auch der Humanität, indem er die Leiden des betreffenden
Tieres auf das geringste Maß herabmindert. Wie unsere Bilder
zeigen, wird das zu operierende Pferd in dem Operationsrahmen,
einem eisernen Gestell, stehend durch Bauchgürtel, Ketten und
Riemen an Leib, Füßen und Kopf befestigt. Dann bringt man
den Rahmen durch Drehung um die mittleren Achsen in eine wage-
rechte Lage, und die Operation kann nun mit völliger Ruhe und
Sicherheit vorgenommen werden. Das Pferd ist gezwungen, still
zu liegen. Damit es sich nicht beschädige, sind rechts und links
an den Seiten sogar Kissen angebracht.   J. Z.

II. Eine Flaschenreinigungsmaschine für Handbetrieb. — Von allen bis jetzt in den Handel gekommenen
Flaschenspülmaschinen hat sich die untenstehend abgebildete ebenso
einfach konstruierte, wie praktische Flaschenreinigungsmaschine

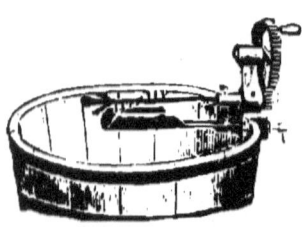

für den Handbetrieb sowohl für
Hotels, Weinhandlungen, wie
für den Privatgebrauch am besten
bewährt und ist bezüglich Lei-
stungsfähigkeit bis jetzt von keinem ähnlichen System über-
troffen worden. Diese Maschine
mit Zahnrädern und Flaschen-
auflage, zum Anschrauben an
den Spülkübel, reinigt die Flaschen schnell und sauber, erfordert einen sehr geringen Kraftaufwand und ist der Abnutzung
so gut wie gar nicht unterworfen, da man die Borsten in die
Stangenbürste sehr leicht selbst einziehen kann. Dabei ist dieselbe
sehr billig (Preis M. 18.—, mit Reserveftangenbürste M. 1,50
mehr) und wird von der Firma Ziegler & Groß in Konstanz 59
versandt.

III. Patentierter Universal-Stiefelknecht. —
Daß ein Stiefelknecht ein mechanisches Hilfsmittel ist, um die
Stiefel, ohne sich bücken und die Hände beschmutzen zu müssen,
auszuziehen zu können, weiß jedermann, und die Zahl dieser nütz-
lichen Apparate ist Legion. Aber ein Stiefelknecht, der einem
die Stiefel auf die bequemste Weise nicht nur aus-, sondern auch
anzieht, ist eine jedenfalls erfreuliche Errungenschaft unserer

erfindungsreichen Zeit. Der patentierte Universal-Stiefelknecht wird besonders wohlbeleibten Leuten eine Freude sein. Wie auf unserem ersten Bilde zu sehen, geht das Aus- ziehen des Stiefels ganz auf die bisher auch bei an- deren Stiefel- knechten übliche Weise vor sich, erst wenn man seine Stiefel anziehen will, tritt seine Ei- genart ans

Der Stiefelknecht beim Ausziehen.

Licht. Man richtet ihn nämlich einfach auf, so daß er auf dem Seitenbrett steht. Die beiden Vorderfüße bilden dann zwei Riegel, in die man die Ösen des Stiefels ein- hängt, und nun mit dem Fuße bequem hineinfah- ren kann.

Der Stiefelknecht beim Anziehen.

Der kleine Maler. — An der Wohnung des Direktors der Münchener Akademie, Peter v. Cor- nelius, klingelte es eines Morgens im Jahre 1840. Es war ein kleiner Bursche von etwa zehn Jahren; er trug eine Jacke von schwarzem Sammet, ein schwarzes Sammetbarett und einen weißen Halskragen, dazu langes, gelocktes Haar. Als das Dienstmädchen öffnete, fragte er: „Ist der Herr Direktor zu sprechen?"

„Na, der Herr Direktor is net z' Haus. Wos willst benn von ihm, Kloaner?"

Während dieser verlegen sein Barett zwischen den Händen drehte, trat die Gattin des berühmten Malers auf den Vorsaal. Sie neigte sich freundlich zu dem hübschen Knaben nieder und sagte: „Mein Mann ist nicht da, kommt aber bald. Wenn du auf ihn warten willst, so komm nur herein!"

Sie ging voran, der Kleine hinter ihr her in ihr Zimmer, und bald waren beide in einem lebhaften Gespräche begriffen. Der Frau Direktor gefielen die kurzen und doch geistvollen Antworten ihres kleinen Besuchers; sie plauderte gemütlich mit ihm, nahm ihn endlich auf ihren Schoß und gab ihm einen herzlichen Kuß. In demselben Augenblick öffnete sich die Thür, und Cornelius trat ein. Lachend blickte er auf die kleine Scene und rief: „Ei, ei, lieber Preyer, Sie haben sich ja rasch bei meiner Frau in Gunst gesetzt!"

Frau Cornelius stieß einen entsetzten Schrei aus, sprang auf, wobei Herr Preyer auf den Teppich kollerte, und verschwand im Nebenzimmer.

Lachend half Cornelius dem kleinen Maler beim Aufstehen und sagte: „Nun, wie geht's in Düsseldorf? Sie bleiben doch zum Mittagessen? — Aber erlauben Sie, daß ich zuerst meine Frau beruhige!"

Nach einiger Zeit erschien hoch errötend die Frau Direktor, und Cornelius stellte vor: „Herr Johann Wilhelm Preyer, der bekannte Stillebenmaler und mein früherer Schüler in Düssel= dorf, von freilich sehr jugendlichem Aussehen, aber — wann sind Sie eigentlich geboren, lieber Preyer?"

„Am 19. Juni 1803, Herr Direktor."

„Nun, siehst du, liebe Frau, mit siebenunddreißig Jahren pflegt man die Kinderschuhe ausgetreten zu haben."

„O, um den erhaltenen Preis würde ich gerne noch darin stecken," sagte der galante kleine Maler († 1889 in Düssel= dorf). D.

Gewitterwolken. — Die Voraussetzung für die Bildung von Gewitterwolken ist das Aufsteigen eines warmen, wasserdampf= reichen Luftstromes. Je höher diese wasserdampfreiche, warme

Luft hinaufsteigt, desto mehr dehnt sie sich aus und kühlt sich
gleichzeitig ab, und wenn die Abkühlung einen bestimmten Grad
erreicht hat, so erfolgt die Ausscheidung des Wasserdampfes in
Form von winzigen Wasserkügelchen, den Grundbestandteilen der
Wolke. Mit dem Nachschub warmer, wasserdampfreicher Luft=
massen gewinnt die Wolke stetig an Größe, und diese Ver=
größerung setzt sich so lange fort, als die vom Winde getrie=
benen Wolkenhaufen in der Atmosphäre die entsprechenden Vor=
bedingungen vorfinden.

Die Mehrzahl der bei uns auftretenden Gewitter sind Wirbel=
gewitter, dadurch gekennzeichnet, daß sie als Begleitschaft der
atlantischen, weit über die Lande hinziehenden Wirbelwinde er=
scheinen. Sie treten am westlichen Himmel auf und, während
sie aufziehen, dreht sich der Wind schnell nach Norden. Wenn
gewöhnlich behauptet wird, daß Gewitter die Luft abkühlen und
reinigen, so gilt dieses nur von diesen Wirbelgewittern. Vor
ihrem Ausbruch herrscht eine hohe, nach ihrem Austoben eine
niedrige Temperatur. Bedeutend seltener sind Gewitter, die
von Osten kommen und bei denen der Wind nach Süden um=
schlägt. Diese führen keine Abkühlung und keine Aenderung des
Wetters herbei.

Hat sich an einem Orte ein Gewitter ausgebildet, so nimmt
es die Form eines langgestreckten Streifens an, so daß dann
die Front des vorwärts schreitenden Wolkenflößes sehr lang, seine
Tiefenentwickelung dagegen verhältnismäßig gering ist. Während
die Länge der Front oft 300 bis 400 Kilometer mißt, beläuft sich
die Breite des Gewitterstreifens meist nur bis auf 40 Kilometer.

Sehr wechselnd ist die Dicke der Gewitterwolken. So sind
Beobachtungen gemacht worden, denen zufolge die Dicke der
Wolken nicht mehr als 8 bis 9 Meter betrug. Daneben finden
sich aber auch in derselben Gewitterbank Teile, die eine Dicke
von vielen Hunderten von Metern aufweisen. Dieser Wechsel
zwischen dicken und dünnen Schichten ist auch die Ursache für
die Verschiedenartigkeit der Wolkenfärbung. Die hochaufgetürmten
Wolkenmassen erscheinen stets dunkelgrau oder dunkelblau, wäh=
rend die dünneren Partien eine hellgraue bis gelblichweiße Fär=
bung besitzen. Uebrigens trägt auch die Beleuchtung durch die

Sonne viel zur Tiefe des Farbentones bei. Dieselbe Gewitter=
bank, die eben noch, als sie die Sonnenstrahlen unmittelbar
trafen, ein unheimliches Dunkelgraublau zeigte, erscheint im
nächsten Augenblick, wo die Sonne von einer voraneilenden
Wolke verdeckt wird, in einem unschuldigen, ziemlich hellen Grau.
Die untere Fläche des Gewitterflötzes ist im Gegensatz zu der
oberen mit ihren übereinander getürmten Ballen fast eben. Erst
kurz vor dem Ausbruch des Gewitters bilden sich auch auf der
unteren Fläche Ausbauchungen und Hervorragungen, die sich zur
Erde herabsenken, aber mit dem Grundstock doch im Zusammen=
hang bleiben.

In der Ebene ziehen die Gewitterwolken durchschnittlich in
einer Höhe von 1400 Meter. Im Gebirge dagegen erheben sie
sich zuweilen zu recht beträchtlichen Höhen. Gewitter, die über
den 4810 Meter hohen Gipfel des Montblanc hinwegziehen, sind
nichts Seltenes. Die untere Grenze geht mitunter außerordent=
lich tief herab. Eines der niedrigsten Gewitter war dasjenige,
welches am 26. August 1827 bei dem Kloster Admont in Steier=
mark beobachtet wurde. Das Kreuz des Klosterturmes, der
38 Meter hoch ist, ragte aus der Gewitterwolke heraus, während
ein Turmfenster, das 30 Meter vom Erdboden entfernt war, sich
unter ihr befand. Demnach schwebte die Gewitterwolke in einer
Höhe von etwas über 30 Meter, und ihre Dicke betrug nur
8 Meter.

Die Fortbewegung der langgestreckten Gewitterstreifen erfolgt
gewöhnlich in der Richtung des vorherrschenden Windes, in
Deutschland also vorwiegend von West nach Ost. In dieser
Richtung schreiten sie dann ziemlich geradlinig fort. Gebirge
üben insofern einen Einfluß auf den Zug der Gewitterwolken
aus, als sie sie leicht von der eingeschlagenen Richtung ab=
drängen. Die Geschwindigkeit, mit der sich die Gewitterwolken
fortbewegen, beläuft sich auf durchschnittlich 40 Kilometer in der
Stunde. Die meisten Gewitter treten in den Nachmittagsstunden
zwischen 3 und 6 Uhr auf. Der geographischen Verteilung nach
nimmt die Zahl der Gewitter im Jahr von der heißen Zone
nach den Polen hin allmählich ab. Der Höhepunkt ihres Auf=
tretens entfällt für Mitteleuropa auf Juni und Juli. In

Deutschland verringert sich die jährliche Zahl der Gewittertage von Südwesten nach Nordosten; am größten ist sie in der ober= rheinischen Ebene, am kleinsten an der Ostseeküste. Die durch= schnittliche Anzahl der Gewittertage im Jahre beträgt für Nor= wegen 6, für Großrußland nördlich von 60 Grad nördlicher Breite 10, für Preußen 13 bis 17, Bayern 20 bis 21, Württem= berg 21, Oesterreich 23 bis 24, Griechenland 31, Italien 38, Westindien 39, Borneo 54 und Java 150.

Eine jede Gewitterwolke besteht aus Zonen, die abwechselnd mit positiver und negativer Elektrizität geladen sind. Am stärk= sten ist diese Ladung in der Mitte der Wolke. Der Ausgleich der erzeugten Spannung erfolgt durch den Blitz in der Rich= tung des geringsten Widerstandes. Vor einem jeden Blitz läßt die Wolke den Regen mit doppelter Gewalt und Schnelligkeit herabstürzen. Allerdings glaubt man gewöhnlich, daß sich der Regen erst nach dem Blitzschlag verstärkt. Allein es ist hierbei zu bedenken, daß sich das Licht mit einer ungeheuren Geschwindig= keit bewegt, während der Regen verhältnismäßig langsam nieder= fällt. Infolgedessen überholt der Blitz den niedergehenden Regen= schwall, so daß dadurch in unserer Wahrnehmung die umgekehrte Reihenfolge in der Entstehung beider Erscheinungen vorge= täuscht wird.

Die Gewitterwolken sind kein fertiges Ganzes, das so lange weiterzieht, als sein Vorrat an Regen und Elektrizität erschöpft ist, sondern sie sind in einem beständigen Entstehen und Ver= gehen begriffen, und dieses Wechselspiel setzt sich so lange fort, als die dazu nötigen Vorbedingungen in der Atmosphäre ge= geben sind. Aus diesem Sachverhalt erklärt sich auch der ge= ringere oder größere Umfang des fortschreitenden Wolkenflötzes, das zeitweilige vollständige Aussetzen der Niederschläge und die ungleiche Heftigkeit der Gewitter an den verschiedenen Orten.

Th. Seelmann.

Das serbische Königspaar. — Das im königlichen Konak zu Belgrad erwartete freudige Familienereignis, wie auch die in der neuen serbischen Verfassung niedergelegten Festsetzungen über die Thronfolge in direkter Linie haben neuerdings in erhöhtem Maße die allgemeine Aufmerksamkeit auf das regierende Herrscherpaar,

den König Alexander I. von Serbien und die Königin Draga,
gelenkt. Der jugendliche König, geboren am 14. August 1876
zu Belgrad als einziger Sohn des Königs Milan Obrenowitsch

König Alexander I. von Serbien
Nach einer Photographie von Jovanowitsch in Belgrad.

und der Königin Natalie, geborenen Keschko, erhielt eine sehr sorg=
fältige Erziehung. Als zwischen seinen Eltern der Konflikt aus=
brach, suchte die Mutter ihn ganz an sich zu ziehen. Sie nahm
ihn auf ihren Reisen nach Rußland und Deutschland mit und
verweigerte 1888 in Wiesbaden die von Milan verlangte Heraus=

gabe des Sohnes, der ihr dann am 13. Juli durch die Polizei weggenommen und nach Belgrad gesandt wurde. Durch die Thronentsagung seines Vaters ward Alexander am 6. März 1889

Königin Draga von Serbien.
Nach einer Photographie von Gurdquin in Biarritz.

König von Serbien, zunächst unter Leitung einer Regentschaft. Schon als Siebzehnjähriger aber schüttelte er diese Vormünder von sich ab, hob dann die Verfassung auf, erklärte sich selber für großjährig und übernahm die Zügel der Regierung (13. April 1893). Alexander I. besitzt eine etwas die Mittelgröße überragende Ge=

stalt und sympathische Züge, aus denen zwei schwarze Augen mit freundlich=gutmütigem Ausdruck blicken. Hochgradige Kurz= sichtigkeit giebt seinem Auftreten den Anschein einer gewissen Befangenheit, der noch durch seinen unsicheren Gang erhöht wird. Bei den Spaziergängen, die der König nicht selten in Gesellschaft seines ersten Flügeladjutanten oder eines Ministers durch die Hauptstraße von Belgrad und den schönen Stadtpark zu machen pflegt, muß er von seinem Begleiter unausgesetzt auf= merksam gemacht werden, wenn es gilt, die Grüße der Vorüber= gehenden zu erwidern, da Alexander I. diese selbst auf wenige Schritte Entfernung nur undeutlich wahrnehmen kann.

Im Anfange seiner Regierung hielt man den jungen Monarchen vielfach für ein willenloses Werkzeug in der Hand seines Vaters; seine durchaus gegen den Willen Milans geschlossene Liebesheirat zeigte aber zur Genüge, wie unbegründet jene Annahme war.

Königin Draga entstammt einem altserbischen Wojwoben= geschlecht; sie ist am 23. September 1867 in Schabbatz geboren, wo ihr Vater Panta Lougnewitza damals Kreisvorsteher war. Sie ist die Enkelin des Nikola Lougnewitza, der einst als der reichste Mann in Serbien galt und einer der bedeutendsten Mit= arbeiter des Fürsten Milosch Obrenowitsch bei der Begründung des heutigen Serbiens gewesen ist. Draga heiratete zuerst Swetosar Maschin, den Direktor großer Antimonminen in der Nähe von Schabbatz, der nach sechsjähriger, kinderlos gebliebener Ehe starb. Kurz darauf wurde die Königin Natalie auf die feingebildete, alleinstehende Witwe aufmerksam und machte sie zu ihrer Hof= dame. Beide reisten viel zusammen, und als die Königin 1894 mit ihrer unzertrennlichen Freundin und Begleiterin nach Serbien zurückkehrte, bezeigte der jugendliche König der um neun Jahre älteren Hofdame lebhafte Aufmerksamkeiten. Natalie verließ des= halb Belgrad bald wieder und kehrte mit Draga nach Biarritz zurück. Als Alexander trotzdem mit der Hofdame in Verbindung blieb, wurde diese von der Königin=Mutter ungnädig entlassen.

Verschiedene Versuche, für den jungen König eine standes= gemäße Partie mit einer europäischen Prinzessin zu stande zu bringen, waren gescheitert, als dieser alle Welt durch die Be= kanntmachung seiner Verlobung mit Draga Maschin überraschte,

bie er bald barauf als seine Gemahlin in den Belgrader Königs=
lonal einführte. Die jetzige Königin ist von mittlerer, schmächtiger
und eleganter Gestalt. Die schwarzen, lebhaften Augen deuten
auf Intelligenz, die auch in ihrer, viele Bildung und große
Menschenkenntnis verratenden Unterhaltung zu Tage tritt, durch
die sie stark zu fesseln und für sich einzunehmen versteht. Das
ganze gesellschaftliche Leben in der serbischen Hauptstadt steht
gewissermaßen unter dem Zeichen der Königin Draga. Man
ist allgemein sehr zufrieden damit, daß wieder eine Königin im
Konal residiert, um so mehr, als diese nicht nur viel Wohl=
thätigleitssinn belundet, sondern auch durch ihre Liebe zur Kunst,
namentlich für Musik, die weitesten Gesellschaftskreise in gleicher
Richtung anzuregen weiß. Fr. K.

Dortig. — Als die an der Saar belegene rheinländische
Stadt und Festung Saarlouis (bekanntlich) Geburtsort des
Marschalls Ney) 1815 von Frankreich an Preußen fiel, gab sich
die Regierung große Mühe, die Einwohner mit ihrem Schicksal
zu versöhnen; allein ein eigentümlicher Vorfall hätte, wie Corvin
in seinem „Leben eines Volkskämpfers" erzählt, das gute Ver=
nehmen beinahe zerstört. Der Bürgermeister war ein sehr ge=
achteter und populärer Mann, und die Einwohnerschaft war sehr
entrüstet, als er von der Regierung in auffallender Weise be=
leibigt wurde. Er erhielt nämlich einen Erlaß, der mit den
empörenden Worten schloß: „Der dortige Bürgermeister wird an=
gewiesen, für die Ausführung dieser Anordnungen Sorge zu
tragen."

Der Stadtrat versammelte sich, und es wurde beschlossen,
einen energischen Protest zu erlassen, in welchem man sich des
beleibigten Bürgermeisters annahm und dessen Charakter volle
Gerechtigkeit widerfahren ließ.

Die Antwort, welche auf diesen Protest erteilt wurde, brachte
aber noch größere Aufregung hervor, denn es hieß darin unter
anderem, daß „die Regierung durchaus nicht begreifen könne,
was der dortige Bürgermeister, der dortige Stadtrat und die
dortige Bürgerschaft bezwecke, und daß es bei dem Erlasse sein
Bewenden haben müsse".

Man schickte endlich einen Regierungsbeamten nach Saar=

louis, der aus den Wolken fiel, als man ihm voll Entrüstung erklärte, weder der Bürgermeister, noch der Stadtrat, noch die Einwohner seien dortig — was nämlich in dem Saarlouiser
Dialekt närrisch oder verrückt bedeutet.   Th.

Ehrenjungfrauen auf der Guillotine. — Während des unter
der Bezeichnung „Campagne in Frankreich" bekannten Feldzuges
wurde Verdun am 1. und 2. September 1792 heftig beschossen.
Als darauf die Festung zur Uebergabe aufgefordert wurde, mußte
der Kommandant Beaurepaire, gedrängt von der Bürgerschaft,
in die Uebergabe willigen. Er erschoß sich aber, nachdem dies
geschehen war. Darauf zog der König Friedrich Wilhelm II.
von Preußen an der Spitze seiner Truppen in Verdun ein, wo
ihn die royalistisch gesinnte Bevölkerung mit Jubel empfing, und
ihm vierzehn Ehrenjungfrauen Blumen darboten. Am 10. Oktober
desselben Jahres kam Goethe nach Verdun. Beim Durchschreiten
der Straßen fragte er seinen Führer nach einem wunderschönen
Mädchen, das sich eben aus einem Fenster eines stattlichen Hauses
bog. Der Führer nannte ihren Namen und bemerkte dabei:
„Das schöne Köpfchen mag sie nur fest auf ihren Schultern
halten. Sie ist auch eine von denen, die dem König von Preußen
Blumen und Früchte überreicht haben." Am 14. Oktober zogen
die Republikaner in Verdun ein, und ein furchtbares Straf-
gericht begann; viele Köpfe angeblich verräterischer Einwohner
fielen unter der Guillotine, unter ihnen auch die jener vierzehn
Ehrenjungfrauen.   E. R.

Indische Schildbürgerstreiche. — Die Erschließung der indischen Litteraturschätze durch englische und deutsche Sanskrit-
gelehrte hat den Zusammenhang der Sagen und Märchen aller
indogermanischen Völker nachgewiesen. Auch die humoristische
Volkslitteratur scheint ihre Wiege in Indien zu haben, und selbst
die Streiche, welche wir Deutschen auf Krähwinkel, Lalenburg,
Schilda übertragen, haben schon in der ältesten indischen Litteratur ihre Vorbilder. Die Kuchengeschichte, welche wir hier nach
der Uebersetzung des indischen Originals mitteilen wollen, er-
innert daran, wie die Lalenburger den Mond haben aus dem
Brunnen holen wollen, und lautet wie folgt.

. In Sushohagrama wohnten viele Bettelmönche. Einer von

ihnen war der Klostergärtner. Sein Garten war voll köstlicher
Bäume, Blumen und Früchte. Des Nachts kam die himmlische
Wunschkuh, um darin zu weiden, und wenn der Morgen an=
brechen wollte, flog sie wieder in die Höhe und war davon. Da
durch diese Besuche der Garten immer mehr verwüstet wurde, so
stellte sich der Bruder Gärtner eines Nachts auf Wache. Als=
bald kam denn auch die Kuh, weidete die ganze Nacht hindurch,
und als sie sich beim ersten Frührotstrahl entfernen und zum
Himmel auffliegen wollte, hing sich der Klostergärtner an ihren
Schweif und kam so in den Himmel. Da bekam er köstlichen
Kuchen zu verzehren, und entzückt durch den Wohlgeschmack, nahm
er sich am anderen Tage einen Kuchen mit, hing sich wieder an
den Schweif der Kuh und kehrte so in den Klostergarten zurück.
Am anderen Morgen versammelten sich die Mönche um ihn und
frugen: „Wo bist du denn gewesen?" Da antwortete er: „Ich
war im Himmel und habe da solche Kuchen gegessen." Dabei
zeigte er seinen Brüdern den Kuchen, den er mitgebracht. Die
Mönche nahmen ein Stückchen, aßen es, und „es blieb ihnen auf
der Zunge kleben", das heißt, es schmeckte ihnen so gut, daß der
Geschmack noch lange danach auf ihrer Zunge zurückblieb. Sie
sprachen: „Höre, bringe uns doch auch in den Himmel, damit
auch wir seine Herrlichkeiten sehen und solche Leckerbissen ge=
nießen können." Und er antwortete: „Nichts leichter als das!
Kommt nur heute abend alle mit mir in den Garten und haltet
euch versteckt. Wenn die Wunschkuh satt ist und in die Luft
auffliegt, dann will ich mich an ihren Schweif hängen; an meinen
Fuß muß sich ein anderer, an dessen Fuß dann wieder ein an=
derer hängen und so fort, bis alle gleichsam eine Kette bilden."
So geschah es denn auch, und alle flogen zusammen in die Höhe.
Als sie den halben Weg zurückgelegt, entstand in dem einen, der
zu unterst hing, ein Zweifel, und er frug: „He du, wie groß
sind denn die Kuchen im Himmel?" Da ließ der oberste Mönch
den Kuhschweif los und wollte es ihm mit beiden Händen zeigen:
„Siehe, so groß sind die Himmelskuchen!" Da fielen denn alle
zur Erde nieder und zerschellten ganz jämmerlich.

Bei ungelegener Zeit — so schließt die Geschichte — muß
man also nicht eines Zweifels Lösung erfragen. C. I.

Der Hof von Anhalt-Köthen war Ende des 18. Jahrhunderts der Schauplatz manches Originellen und Ergötzlichen. Schon bei der Einfahrt in das etwas düster aussehende Schloß begegnete man einer Sonderbarkeit. Es waren zwei lebende angekettete Adler, welche majestätisch den Eingang bewachten. Die Hofhaltung war höchst merkwürdig, und die Lebensweise der Schloßherrschaft bewegte sich in einem wunderlichen Gemisch von Etikette und Ungebundenheit. Zur Tafel zum Beispiel wurden täglich, da Jagdgespräche die Lieblingsunterhaltung des Fürsten bildeten, der eine oder andere der Forstbeamten eingeladen und die Tischplätze hierbei ohne alle Rangordnung durch Nummern bestimmt. Zu diesem Zwecke ging der Hofmarschall mit einem jede Nummer doppelt enthaltenden Beutel in der Hand voran, stellte sich gravitätisch an die Thür des Tafelzimmers und begann hier eine Ziehung von Namen und Nummern, welche er laut ausrief, und wonach die solcher Art zusammengefügten Personen paarweise zur Tafel schritten. Auf diese Weise traf es sich dann oft, daß der Fürst einem Hoffräulein den Arm reichte, während die Fürstin einem Förster zufiel. — Ein Ball bei Hof bot ebenfalls des Ungewöhnlichen genug; so durften die großen Jagdhunde, welche den Fürsten überallhin begleiteten, auch bei einem Hofballe im Tanzsaale nicht fehlen. Diese Tiere rannten äußerst ungeniert zwischen den tanzenden Paaren umher, unter welchen sie zur allerhöchsten Belustigung oft genug ergötzliche Niederlagen anrichteten. Aehnliche Seltsamkeiten wiederholten sich regelmäßig bei den Ausflügen nach den benachbarten Jagdschlössern. G. T.

Seltsame Trauringe. — Eine kleine Welt für sich ist die gegen 600 Quadratkilometer große Insel Man im Irischen Meere gegenüber dem Solway Firth. Die Einwohner (rund 54,000) sind keine Angelsachsen, sondern gehören dem mit den Gälen Schottlands nahe verwandten Volksstamm der Manx an und haben auch ihre eigene Sprache. Noch seltsamer aber ist es, daß die Insel Man noch heute nominell ein eigenes Königreich bildet, im englischen Parlamente nicht vertreten ist und von einem eigenen Parlamente und einem Rat von neun Mitgliedern, an deren Spitze der englische Gouverneur steht, regiert wird. Gesetze haben nur dann Gültigkeit, wenn sie vom Tynwaldhügel öffentlich verkündet worden sind, wie es seit undenklichen Zeiten üblich gewesen ist. Ebenso herrschen in Brauch und Sitte noch zahlreiche uralte Gewohnheiten, wenn freilich auch der, die auf unserem Bilde dargestellten Trauringe bei der Eheschließung zu benutzen, abgekommen ist. Diese alten Reliquien, die der Leser wahrscheinlich auf den ersten Blick für Mühlsteine halten wird,

Steinerne Trauringe auf der Insel Man.
Nach einer Photographie von W. H. Knowles in Great Harwood.

liegen auf dem Kirchhofe von Kirk Brabbon. Einst war es Brauch bei den Manx, daß während der Trauung Braut und Bräutigam einander durch solch einen Stein die Hand reichten, wodurch der Bund bekräftigt und festgemacht wurde, wie jetzt durch das Wechseln der Ringe. Den Ursprung dieses Brauches kennt man nicht mehr, er reicht jedenfalls weit in vorchristliche Zeit zurück. F. J.

Banknoten in Versen. — Die sonderbarsten Kassenscheine hat im Jahre 1856 die Kasse der Niedersächsischen Bank in Bückeburg ausgegeben; ihre Zehnthalernoten enthielten eine Wunderlichkeit, die gewiß niemand auf Geldscheinen zu finden vermuten wird. Einer der Begründer der Bank kam nämlich auf den eigentümlichen Einfall, eine ganze Serie solcher Bank=noten zur Kontrolle mit Versen deutscher Volkslieder zu verzieren, derart, daß jede Banknote ein Wort enthielt und die ganze Serie, nach den Nummern nebeneinander gelegt, das ganze Lied lesen ließ. Die Sache wäre so weit ganz gut — aber die Wahl der Verse, zusammengehalten mit der Entstehung und Bedeutung der Papiere, führt zu recht komischen Betrachtungen. So ent=hielten die Zehnthalernoten von der Nummer 323,300 an das bekannte Lied: „Ich hab' mein Sach' auf nichts gestellt, juchhe!" Welch sonderbarer Vers auf Banknoten! War es die Bank, die ihre Sache auf nichts gestellt hatte, oder war es der unter=schriebene „Spindler"? Oder waren es gar die Inhaber der Scheine? — Eine andere Serie bildete der Vers: „Wer nie=mals einen Rausch gehabt, der ist kein braver Mann!" — Wer also so glücklich war, diesen ganzen Vers in seiner Tasche herum=zutragen, der besaß gerade hundert Thaler und konnte schon ein=mal, wenn anders die Verhältnisse es gestatteten, ein recht braver Mann sein, konnte sich auch erlauben, sich, wenn's ihm sonst gefiel, einen Rausch anzutrinken.   Th.

Das Suchen von Leichen im Wasser. — Von jeher gab es für das Auffinden von Wasserleichen recht merkwürdige Mittel, die sogar hin und wieder heute noch in Anwendung ge=bracht werden. Eines dieser Mittel, welches in Deutschland, England und Frankreich gleichmäßig verbreitet war, war das Suchen der Leiche mit Hilfe eines Laibes Brot, in welches man etwas Quecksilber gethan hatte. Einen solchen Laib setzte man an der Stelle ins Wasser, wo der Verunglückte hinein=gefallen war, ließ ihn schwimmen, folgte seinem Laufe und nahm dabei an, daß er da untersinke, wo die Leiche im Wasser liege. Noch im Jahre 1860 wurde diese Art des Suchens bei Durham in England angewendet.

Wenn die Chinesen eine Wasserleiche suchen, so werfen sie ein lebendes Schaf ins Wasser; sie nehmen an, daß das Tier ebenso lange mit oder gegen den Tod kämpft als der Er=trunkene, und daß sein Kadaver von der Strömung bis zu der=selben Stelle fortgeführt wird, wo auch der Mensch gesunken ist.

Schwer oder nicht zu erklären ist die Art und Weise des Leichensuchens der Norweger, die einen Hahn im Nachen mitführen und glauben, daß an der Stelle, wo der Vogel kräht, die Leiche im Wasser liege. Verständlicher ist dagegen das Leichensuchen mancher Indianerstämme; diese fahren auf einem Boot, das sie treiben lassen, aufs Wasser hinaus und suchen die Leiche da, wo sich das Boot zu drehen beginnt; dort befinden sich Wirbel über Tiefen im Flußbette, und sie nehmen an, daß da auch die Leiche hinuntergedreht worden ist.   G. T.

Gut pariert. — König Ludwig XV. hielt nach längeren Fehden mit England einst Revue über sein Leibgrenadierregiment. Im Gefolge befand sich auch der englische Gesandte. Man hielt vor einem ergrauten Grenadier, dessen Gesicht ganz von Narben zersetzt war. Auf Befehl Ludwigs XV. mußte der Grenadier aus der Front heraustreten.

„Bekennen Sie, Herr Ambassadeur," sagte der König zu dem Engländer, „daß es diesen Leuten auf dem Gesicht geschrieben steht, daß sie die tapfersten Truppen der Welt sind."

„Sire," entgegnete der Gesandte schlagfertig, „was werden Eure Majestät von denen sagen, welche diese Wunden schlugen?"

Ludwig schwieg, und der gewandte Sohn Albions triumphierte schon, als plötzlich der Grenadier grimmig losfuhr: „Von denen lebt keiner mehr!"   J. W.

Drei Exemplare. — Die kolossalen Auflagen mancher Tageszeitungen, die man noch vor mehreren Jahrzehnten kaum in Amerika in solcher Höhe kannte, nehmen immer noch zu. Schon besitzen wir verschiedene Tageszeitungen in Deutschland, die täglich mehrmals in mehr als einer viertel Million Auflage erscheinen. Gegenüber diesen Riesenauflagen nimmt sich höchst sonderbar eine Zeitung aus, die ebenfalls täglich erscheint, aber nur in drei Exemplaren. Unter den 42,800 täglich erscheinenden Zeitungen der ganzen Welt hat sie jedenfalls die kleinste Auflage und ist die originellste. Sie erscheint in Wien, und zwar lediglich für die Privatbenutzung des österreichischen Kaisers. Sie enthält Auszüge der interessantesten Artikel aus allen Zeitungen der Welt. Diese werden in einem besonderen Bureau ausgesucht, übersetzt, zum Druck befördert, und täglich wird das

gebruckte Exemplar dem Kaiser vorgelegt. Von den beiden anderen
Exemplaren geht das eine in das kaiserliche Archiv, das andere
steht zur Verfügung der Generaladjutanten und liegt im Vorzimmer des Kaisers aus.   A. O. Kl.

Das Ende der Potsdamer Riesengarde. — Beim Leichen-
begängnis des Königs Friedrich Wilhelm I. von Preußen
marschierte das Lieblingsregiment des Verstorbenen, die Potsdamer Riesengarde, zum letztenmal auf. Gleich beim Regierungs-
antritt Friedrichs des Großen war die Auflösung der kostspieligen
Riesentruppe beschlossene Sache. Demnach wurden die tüchtigsten
„langen Kerle" ausgesucht und in die verschiedenen Regimenter
verteilt, die meisten der Giganten aber wurden nach Magdeburg
in die Sternschanze geschickt, mit der Weisung, daß man sie da
anständig verpflegen, „ihnen aber nicht wehren wolle, davonzu-
laufen". Viele thaten auch dem König den Gefallen und deser-
tierten. Die übrigen ließ Friedrich später als Heiducken kleiden
und in Bürgerhäusern Berlins einlogieren, um sie bei besonderen Hoffestlichkeiten als die letzten Zeugen des abgestorbenen
Riesenregiments zur Schau stellen zu können.   J. W.

Noch ganz andere Dinge. — Der Vizeabmiral d'Aubigné
war trotz seines schroffen Charakters bei König Heinrich IV.
von Frankreich wohl gelitten und durfte sich manche Grobheit
herausnehmen. Einmal schlief er im Feldlager mit dem Kammerdiener La Force in dem Zelte des Königs. Als er glaubte,
dieser sei eingeschlafen, sagte er leise zu La Force: „Der König
ist doch der undankbarste Monarch von der Welt."

„Wie sagt Ihr?" flüsterte der Kammerdiener.

Heinrich IV. aber war noch wach und rief aus seiner Ecke:
„Aubigné sagt, ich sei der undankbarste Monarch von der
Welt."

Ohne sich aus der Fassung bringen zu lassen, rief der See-
mann zurück: „Schlafen Sie doch lieber, Sire, ich habe Ihrem
Kammerdiener noch ganz andere Dinge von Ihnen zu sagen!"   D.

www.ingramcontent.com/pod-product-compliance
Lightning Source LLC
Chambersburg PA
CBHW020116030726
47498CB00006B/2127